LA VIDA QUE NO ELEGÍ

Lorena Franco

PRÓLOGO

(Fuente: Misterio a la orden)

La idea de que existen otros universos y, por lo tanto, distintos mundos paralelos o líneas temporales, ha sido apoyada por diversos científicos a lo largo de los años, entre los que destaca el físico teórico y ganador del Premio Nobel en 1979, Steven Weinberg. Weinberg comparó la teoría del universo múltiple con las señales de radio. Alrededor nuestro, existen cientos de distintas ondas de radio que emiten desde lejanas antenas en nuestro coche, nuestro salón o nuestro puesto de trabajo, que están repletas de estas ondas de radio. Pero una radio solo es capaz de recibir una frecuencia a la vez, mientras que el resto de frecuencias siguen estando hasta que se logran sintonizar. Cada antena posee una energía y una frecuencia diferente; nuestra radio finalmente solo será capaz de sintonizar una emisión a la vez. Así mismo, en nuestro universo estamos "sintonizados" en la frecuencia que corresponde a la realidad física. Y, sin embargo, existe un número infinito de realidades paralelas que coexisten con nosotros en la misma habitación aunque no podamos sintonizarlas. Aunque se trata de mundos muy similares al nuestro, cada uno tiene una energía distinta porque cada mundo está compuesto de billones de átomos. Esto significa que la diferencia de energía es grandiosa. La frecuencia de estas ondas es proporcional a su energía y, por lo tanto, las ondas de cada mundo vibran a distintas frecuencias y no pueden interactuar entre ellas.

Por lo tanto, si la teoría de los universos paralelos es cierta, la pregunta que todos nos hacemos es: «¿Qué realidad vemos? ¿Cómo es nuestra vida en el resto de dimensiones?»

Por lo general, los universos paralelos se dividen en dos clasificaciones: La primera puede denominarse un "universo divergente", donde dos versiones de la tierra comparten una historia común hasta un punto de divergencia. En este punto, el resultado de algunas historias sucede de manera muy diferente en las dos Tierras y, a medida que el tiempo pasa desde ese punto, son cada vez más diferentes.

La realidad es que solo vivimos una vida dentro de las muchas posibilidades que tenemos. Las personas que elegimos, nuestras relaciones sentimentales, los estudios por los que nos decantamos, el puesto de trabajo que nos ganamos, malos y buenos hábitos, el lugar donde nos instalamos... estas decisiones marcan un antes y un después en nuestra vida. Estas decisiones son nuestra vida. Incluso la decisión más pequeña, la que parece ser más insignificante, determina el curso de nuestra existencia. Pero ¿qué pasaría si, de repente, nos encontramos viviendo la vida que no elegimos? ¿Esa en la que pensamos que podría haber sido, pero que por cualquier razón, descartamos? Decisiones y casualidades. Causa y efecto. ¿Tenemos siempre el control de la situación? ¿El destino influye y nos guía? O como decía aquella canción de Joan Manuel Serrat: «No hay nada más bello que lo que nunca he tenido, nada más amado que lo que perdí».

¿Aquello que no vivimos también influye en nuestras vidas?

Bienvenidos a esta historia. Bienvenidos a LA VIDA QUE NO ELEGÍ.

7 DE NOVIEMBRE DE 2012

EL CONJURO

Bonnie Larson era el tipo de mujer que nadie ve. Invisible ante la sociedad, se acostumbró a vivir en un segundo plano. Las humillaciones en el colegio forjaron en ella un carácter introvertido y áspero que sumado a un físico poco agraciado, no le ayudaron a llevar una vida como la de los demás. Eligió el camino fácil. Encerrarse entre las cuatro paredes de su triste apartamento y salir de él solo para ir a trabajar. El trabajo era toda su vida y, aunque en él sus compañeros tampoco le prestaban la atención que ella en silencio reclamaba a gritos, se adaptó a una rutina cómoda que facilitaba un poco su difícil existencia. Bonnie era un simple peón en una gran cadena de producción para una importante empresa farmacéutica pionera en la ciudad de Nueva York. Pero un frío siete de noviembre, un día que parecía ser normal, una noticia general hacia todos los trabajadores, cambiaría su vida para siempre.

La imponente vicepresidenta ejecutiva de la empresa Nora Clayton, se dirigió hacia todos ellos en lo alto de la escalinata donde se encontraban los ostentosos despachos de los mandamás y desde donde podían tener controlados con unas vistas privilegiadas a todos los peones. Ese día parecía más alta que nunca con su traje azul marino y unos altos tacones que estilizaban su delgada silueta. Llevaba el cabello castaño recogido en un moño alto, iba bien maquillada como de costumbre, resaltando sus bonitos y grandes ojos azules.

Con un seco «buenos días», llamó la atención de las veinte mil personas que estaban trabajando duramente en la cadena de producción. Incluida Bonnie, que alzó su mirada de ojos saltones oscuros, tras unas grandes gafas de pasta que cubrían casi toda su huesuda cara.

—Lamento informaros que, diez mil de las personas que estáis trabajando actualmente en la cadena de producción, seréis despedidas en quince días. A lo largo de esta semana recibiréis vuestra liquidación. Gracias por vuestra atención.

Esas palabras resonaron en la mente de Bonnie como taladros en una pared. Bonnie empezó a sentirse mal al igual que el resto de trabajadores que empezaron a cuchichear alterados y muy enfadados. Nadie entendía nada. La empresa facturaba billones de dólares al año, pero lo que aún no sabían es que unas sofisticadas máquinas de última generación sustituirían a las diez mil personas que serían despedidas y que resultaban mucho más costosas. Reducción de costes. Nada personal.

Nora Clayton volvió a su despacho con aires de superioridad. Bonnie pudo ver en sus ojos claros que poco le importaba que diez mil personas se quedaran en la calle repentinamente sin un sueldo con el que vivir. Nadie se acercó a Bonnie. Nadie la alentó con las palabras que necesitaba escuchar.

«Seguro que a ti no te despiden, Bonnie. Eres la más eficiente en la cadena».

Pero nadie se acercó a ella. Nadie le dirigió la palabra. Y, como de costumbre, nadie la miró.

Media hora más tarde, Bonnie aprovechó su tiempo de descanso para armarse de valor y subir hasta el despacho de la vicepresidenta. Nunca lo había hecho, ni ella ni nadie. Nora Clayton era inaccesible, fría como el hielo y muy poco cercana. Cualidades que sus superiores valoraron enormemente para darle el puesto de vicepresidenta ejecutiva hacía ya cinco años. Estar casada con el hijo del gran jefe también le fue de gran ayuda, por supuesto.

Bonnie abrió la puerta que conducía a la recepción de la secretaria de Nora, una señora de unos cincuenta años estirada y prepotente llamada Virginia Brown.

—¿Qué quieres? —saludó Virginia sin apartar la vista del ordenador.

Bonnie aprovechó para correr hacia la puerta que indicaba con una placa dorada que era el despacho de la Vicepresidenta ejecutiva Nora Clayton. Abrió la puerta sintiendo la respiración de Virginia en su nuca y, ante la atenta mirada de Nora, sentada en su cómodo sillón de piel blanca frente a una mesa repleta de trabajo amontonado, apenas logró balbucear un ininteligible: «Buenos días».

—¿Te he dado permiso para interrumpirme? —preguntó Nora desafiante—. Virginia, ¿para qué te pago?

—Lo siento, señora Clayton, ahora mismo... —respondió Virginia, que en esos momentos más que una estirada prepotente, parecía un corderito a punto de ser degollado.

—No, ya da igual, déjalo —interrumpió Nora—. Después de tanto tiempo al fin me confirmas que eres una inútil. Sal de aquí —continuó, dirigiéndose a Virginia que, mirando despectivamente a Bonnie, salió del despacho—. Y tú, ¿qué quieres? ¿Quién eres?

—No... perdone... yo... Lo siento mucho, solo quería saber si soy una de las personas a las que van a despedir —respondió Bonnie mirando al suelo.

—¿Esto está pasando de verdad? —rio Nora, escribiendo en su ordenador portátil—. ¿Para qué tenemos a los chicos de administración? —suspiró mirando de reojo a la trabajadora bajita y delgaducha que tenía delante—. ¿Tu nombre?

—Bonnie, Bonnie Larson.

—Larson... Ya... Sí, estás despedida —respondió Nora, forzando una media sonrisa que enfureció a Bonnie.

—P-pero... pero... —balbuceó la pobre Bonnie mirando al suelo.

—Sal inmediatamente de mi despacho. —Nora se acercó lentamente a Bonnie—. ¿Qué te he dicho? —preguntó alzando la voz, cuando estaba frente a su trabajadora, mucho más bajita que ella. Bonnie miró hacia arriba y, en un movimiento rápido, le arrancó un par de pelos a la melena castaña de Nora—. ¿Pero se puede saber qué estás haciendo?

Bonnie corrió lo más rápido que pudo y, en vez de volver a la cadena de producción, pasó un momento por su taquilla y recogió sus cosas para no volver nunca más. Aunque a nadie le importaba, nadie se daría cuenta y los de administración pasarían por alto su ausencia a la hora de pagarle lo que le pertenecía. En los diez años que llevaba allí nadie la había visto, ninguno de sus compañeros había reparado en su aparentemente frágil presencia. Nadie la echaría de menos.

Nora no recordó la extraña situación durante todo el día. Tenía demasiado trabajo como para pensar en un ser insignificante como lo era Bonnie, cuya existencia no había conocido hasta ese día.

Procedente de una larga estirpe de brujas, Bonnie se dirigió a su apartamento, situado en una peligrosa callejuela del Bronx a la que ella no temía. Aunque se le habían acercado con intención de robarle en infinidad de ocasiones, una simple mirada hacía que los ladronzuelos huyeran apresuradamente y, muchos de ellos, decidieran poner fin a sus vidas tirándose de cualquier puente. El poder de Bonnie no tenía fin. Aunque la mayoría de sus antecesoras habían utilizado la magia para hacer el mal, Bonnie se había resistido a ello excepto en contadas ocasiones.

Mientras abría la puerta de su apartamento, recordó la vez en la que dejó calva a su archienemiga del instituto, Claudia Robinson. La animadora rubia despampanante, sin ningún tipo de piedad, había derramado bebidas gaseosas sobre Bonnie, le había destrozado tres gafas, la había insultado delante de todo el instituto y, un día, hasta llenó su taquilla de gusanos. Esto último fue la gota que colmó el vaso para que Bonnie le hiciera el conjuro que acabó con su preciosa melena dorada de la que tanto presumía. Sucedió el día en el que, después de educación física, la dejara sin ropa mientras se duchaba. Bonnie, harta y enfurecida, tuvo que correr como su madre la trajo al mundo por los pasillos del instituto, hasta llegar al despacho de la directora pidiendo auxilio. La madre de Bonnie la sermoneó. La poderosa bruja Elisabeth Larson, fue quien le sugirió la idea de dejar a la adolescente problemática calva. Desde entonces, no volvió a meterse con Bonnie, teniendo que aguantar las burlas de los demás compañeros y dejando de ser, automáticamente, la más popular del instituto. Una mala época para la pobre Claudia Robinson, que hoy en día, a sus treinta y cinco años, sigue sin recuperar su preciada melena. Para Bonnie tampoco corrieron buenos tiempos. Desde aquel momento la llamaron «Bruja», y nadie se atrevía a acercarse a ella. Se había vuelto invisible incluso para los profesores, que para no tener problemas, la aprobaban en todas las asignaturas aunque fuera con un mísero aceptable con el que Bonnie se conformaba. Siempre fue un bicho raro. Pero ahora ya nada de eso importaba.

Bonnie corrió hacia el libro de hechizos y conjuros que heredó de su madre cuando murió de un derrame cerebral. Sí, las brujas también mueren y de la manera más absurda. A Elisabeth Larson le estalló una vena del cerebro cuando estaba practicando magia negra con sus primas de Brooklyn. La emoción con la que decía cada una de las palabras que acabarían con el hombre que le había sido infiel a su prima Casandra, provocaron en ella una muerte fulminante.

Bonnie abrió el gran libro por la página setenta y dos. Cogió los dos pelos que le había arrancado a la imponente Nora Clayton, apagó la luz tenue del salón, encendió cuatro velas negras, cerró los ojos y recorrió con los dedos cada una de las palabras impresas desde hacía siglos en el manual.

«Bonnie Larson te invoca. Bonnie Larson te ordena. Bonnie Larson te envía a la vida que no elegiste. A partir de hoy dejarás de ser tú. Las personas que preferiste no te conocerán. Las posesiones que tienes no te pertenecerán y a tu lugar de origen volverás. Dejarás de ser quien eres para ser quien decidiste no ser. El peor ser humano de la faz de la tierra va a desaparecer.
Bonnie Larson te invoca. Bonnie Larson te ordena. A partir de hoy Nora Clayton será la persona que no eligió ser. Un mundo paralelo se abre ante ella, el camino no elegido protagonizará una dramática historia sin final feliz.
Bonnie Larson te invoca. Bonnie Larson te ordena.
Bonnie Larson será al fin la reina».

Las velas se apagaron. Los dos pelos de Nora Clayton se chamuscaron. Bonnie sudaba y jadeaba, agotada tras gritar con intensidad cada una de las palabras del conjuro que había hecho propio. El libro se iluminó de un color verde intenso como hacía siempre que un hechizo había funcionado y se cerró inminentemente.

Bonnie sonrió satisfecha y decidió darse una ducha. Horas más tarde, todo habría cambiado. Estaba impaciente por darle la bienvenida a su nuevo mundo.

DECISIONES IMPORTANTES

Siete de noviembre de 2012.

Era, aparentemente, una mañana como cualquier otra, aunque sabía que ese día tendría que dar malas noticias en la empresa, una de las más importantes del sector farmacéutico de los Estados Unidos. Hacía cinco años que me habían nombrado vicepresidenta ejecutiva y, aunque anhelaba aquellos tiempos en los que era una simple redactora en una revista de moda, me había acostumbrado a llevar la vida cómoda repleta de lujos que cualquier mujer de treinta y seis años puede soñar.

—Buenos días, cariño.

Le di un beso en la mejilla a Stuart, mi marido. Siempre le ha costado madrugar, haciéndose el remolón durante eternos minutos. Una pérdida de tiempo en mi opinión.

—Un ratito más, Nora... por favor... —refunfuñó él dándome la espalda.

—No, Stuart, hay que levantarse —insistí firmemente—. Seguro que Matt ya está en pie y hoy te toca a ti llevarlo al colegio.

Matt es nuestro hijo. Un gamberro de seis años idéntico a su padre al que le encanta madrugar, en especial, por fastidiar, los fines de semana.

Eran las seis y media de la mañana, el sol salía tímidamente entre los rascacielos de Nueva York y las agujas del reloj corrían a gran velocidad. Aún tenía que arreglarme, maquillarme, preparar café, el desayuno de los *chicos* y el almuerzo que Matt se llevaría al colegio. Y si a eso le sumamos el papeleo que debía ordenar y el tremendo tráfico de Nueva York por la mañana, podría decir que ya llegaba tarde.

La culpabilidad que sentía por tener que despedir a diez mil trabajadores de la cadena de producción de la empresa, hacía que no pudiera dormir bien por las noches. Había comprado tres milagrosas barras anti ojeras en dos semanas. Tres. Tres son muchas. Sustituiríamos a diez mil personas que se quedarían en paro con un ridículo finiquito ya pactado entre los peces gordos, por sofisticadas máquinas de última generación que harían el trabajo que hacían ellos. Salían más baratas y trabajarían más rápido. Todo un chollo para la junta directiva. Genial para Stuart, el hijo de mi superior, que a partir de ese momento tendría menos trabajo por hacer en el departamento de administración.

Conocí a Stuart hace doce años. Él era modelo, uno de los mejores y mejor cotizados del momento. Un día fue a la revista para concederle una entrevista a mi compañera Patricia. Ella se enamoró profundamente de él y fueron a cenar en un par de ocasiones. Pero un día fue a buscarla y me vio tras la pantalla de mi ordenador. Yo ni siquiera reparé en él, pero me invitó a tomar un café. Acepté, claro. Un hombre guapo, popular, con estilo, alto y fuerte... ¿Cómo resistirse? Después de ese primer café vinieron muchos más. Y comidas informales, cenas elegantes, fiestas... Cuatro meses más tarde, ya vivíamos juntos en un formidable apartamento de Upper East Side, barrio en el que hemos permanecido, aunque en otra vivienda mucho más grande y ostentosa. Patricia, por supuesto, dejó de ser mi amiga. Creo que aún, esté donde esté, me odia a muerte y desea que me quede calva, sorda, muda y coja.

Stuart dejó su carrera como modelo y empezó a trabajar con su padre, el gran e imponente directivo de la empresa farmacéutica, Michael Clayton. Colocó a su hijo como jefe del departamento de administración, aunque aún no sepa sumar dos más dos sin necesidad de una calculadora. Lo que no esperábamos, fue que, un año después, me nombrara a mí vicepresidenta ejecutiva. Al fin nos prestó atención y supo que yo tenía dos carreras universitarias —periodismo y económicas—, y le vino muy bien confiarme el puesto en la empresa tras la jubilación de su mano derecha, la cruel Charlotte Smith. Y en los cinco años que llevaba ejerciendo el puesto, no le había defraudado. Al contrario. Tal y como siempre me decía, le había sorprendido gratamente y era un orgullo contar con mi presencia, mi valía, mi poderosa inteligencia y profesionalidad. «Mi», «mi», «mi». En serio, hay días en los que no me soporto. Así fue cómo me convertí en una arpía. En el despacho no me aguantaba ni yo misma y deseaba salir corriendo por la puerta y escaparme a cualquier otro lugar que no tuviera que ver con ese mundo. Me había convertido en alguien a quien hubiera detestado si lo hubiera conocido en otro momento de mi vida. Elegí mi destino, mi manera de vivir e incluso mi forma de ser y de tratar a los demás. Con cada mirada de desprecio, con cada sonrisa burlona o con cualquier palabra cruel hacia mis empleados, me estaba ganando el infierno.

Me despedí de Matt en la puerta. Stuart, todavía con la necesidad de un buen tanque de café que lo espabilara, asimiló, al fin, que esa mañana le tocaba a él llevar al niño al colegio, a tres manzanas de nuestro apartamento.

—¡Mamá, déjame...! —se quejó Matt, frotándose con fuerza la mejilla que yo había besado dulcemente.

Ya no era un bebé al que comerme a besos mientras escuchaba su risita. Se estaba haciendo mayor y era una vergüenza que su madre le besuqueara, aunque fuera en la intimidad de nuestro hogar.

—Luego te veo. Va a ser un día duro —comentó Stuart encogiéndose de hombros, con una sonrisa sarcástica que llegó a molestarme.

«¿Un día duro?», pensé. Para él no. Él, como siempre, luciría la mejor de sus sonrisas perfectas frente a las treinta personas que trabajaban a su cargo en el departamento de administración. Se sentaría en su despacho, firmaría unos cuantos documentos previamente revisados por sus eficientes administrativos. vería cualquier vídeo tonto en Youtube, publicaría algún *selfie* con morritos en Instagram dedicado a sus cien mil seguidores que aún lo recordaban de su época de modelo, cuando no había redes sociales y los fans no podían seguir el día a día de los famosos, le haría gracia algún chiste gracioso en Twitter y lo retuitearía, luego comentaría publicaciones que le llamaban la atención en Facebook, donde tenía más amigos que en su vida real y, a las cinco de la tarde, se iría a casa a descansar después de una «dura» jornada laboral.

Sí, ese era el día duro de Stuart.

Le di un último sorbo a mi café. Cogí las veinte carpetas pertenecientes a las últimas reuniones que había tenido con la junta directiva a lo largo de esos días, y me dirigí hasta el aparcamiento.

El motor de mi Porsche Cayman blanco perlado rugió ferozmente, mientras por mi mente resonaban las palabras que había sugerido en cada una de las reuniones de hacía meses. «Sofisticadas máquinas que sustituirían a diez mil personas». «Diez mil personas a las que les costaría encontrar trabajo». No eran buenos tiempos, no lo serían para ellos. Martirizada, recorrí a paso de tortuga la ciudad de Nueva York congestionada por el tráfico matutino, hasta llegar a la empresa, situada a las afueras en un polígono industrial donde se encontraban las compañías más importantes de la ciudad de los rascacielos. Entré en mi despacho sin saludar a la estirada de Virginia. La odiaba. No sé por qué la contraté; hacía dos años que trabajaba conmigo. Todas las secretarias que había tenido a lo largo de esos cinco años se fueron por voluntad propia. Ellas no me soportaban a mí. Por alguna extraña razón, esa vieja bruja seguía en su puesto de trabajo, aguantando mis malas palabras y mi constante desprecio hacia ella.

Puse mis carpetas ordenadas cronológicamente en la mesa de mi despacho. Miré por la ventana, desde donde tenía unas vistas privilegiadas hacia los peones que llevaban trabajando en la cadena de producción desde las siete de la mañana. Reprimí las lágrimas que querían brotar de mis ojos. Imaginé a esos hombres y a esas mujeres como padres y madres de niños pequeños. Niños como Matt a los que alimentar, vestir, dar una buena educación y pagarles un seguro médico. ¿Qué harían ahora sin su trabajo? Ellos, ajenos a lo que unos minutos después escucharían, trabajaban como si nada. Incluso podía ver en el rostro de muchos de ellos satisfacción por el trabajo que realizaban. Sí, la mayoría disfrutaban de su trabajo aunque tuvieran que estar infinidad de horas de pie, concentrados en pequeñas piezas que pronto dejarían de ser manipuladas por sus manos.

Virginia tocó tres veces la puerta de mi despacho.

—¿Qué quieres? —pregunté.

—Le he enviado una lista al correo con los nombres de todas las personas despedidas.

—Muy bien.

La secretaria me miró fijamente, incapaz de apartar la vista de mí. «¿Qué demonios te has fumado, Virginia?»

—¿Algo más? —quise saber.

Negó con la cabeza arrugando aún más si cabe su largo cuello de avestruz.

—Pues vete a tu sitio y cierra la puerta.

Virginia, obediente, volvió a su mesa. Respiré hondo tal y como había aprendido en las clases de meditación de Fabiano, mi profesor de yoga italiano. Pero ni siquiera eso me sirvió para tranquilizarme. ¿Qué demonios? Debía estar feliz. Mi cuenta corriente tendría unos cuantos ceros más gracias a la fabulosa idea que les di a los jefes sobre las máquinas que sustituirían a los empleados. Con un poco de suerte, podría retirarme a los cuarenta y, para eso, solo faltaban cuatro años. ¡Dios mío! ¡Solo cuatro años! ¿Cuándo había pasado tan rápido el tiempo? Volví a respirar. Pero lo único que me funcionaba era apretar la mandíbula, simular una mirada fría como un témpano de hielo y salir del despacho haciendo un gran ruido con mis tormentosos zapatos de tacón para ser el centro de atención de todo el mundo.

Retrasando el momento, continué mirando durante un rato a los trabajadores, cada uno a lo suyo, concentrados, felices y tranquilos por tener un trabajo digno al que acudir cada mañana. Una rutina que valoraban y apreciaban como si les hubiera tocado la lotería. «Mierda. Mierda. Mierda. Mierda». En unos segundos arruinaría la vida de diez mil personas de las veinte mil que había abajo. Veinte mil. Diez mil. Se dice rápido.

Quería volver a ser aquella redactora sin apenas responsabilidades en la revista de moda. La única inquietud que tenía en aquellos tiempos era si me explicaba bien a la hora de informar a nuestras queridas lectoras sobre la mejor manera de aplicarnos la máscara de pestañas, o no montar un desastre cuando, lo único que queremos, es lucir un perfecto *eyeliner*.

—Buenos días —saludé alzando la voz. Tragué saliva, apreté los labios con firmeza y, cuando estuve segura de que las más de veinte mil personas que tenía debajo de la plataforma en la que me situaba estaban pendientes de mí, me dispuse a dar la peor noticia a la que me había enfrentado en mis cinco años como vicepresidenta ejecutiva—. Lamento informaros que, diez mil de las personas que estáis trabajando actualmente en la cadena de producción, seréis despedidas en quince días. A lo largo de esta semana recibiréis vuestra liquidación. Gracias por vuestra atención.

Me di media vuelta y volví a mi despacho con los hombros encogidos sin reparar en la presencia de Virginia. Allí estaba segura. A salvo de todos los cuchicheos, abucheos, críticas, miradas de odio y desprecio que todos los peones me dirigieron al terminar de hablar. Al cabo de diez minutos, entró Stuart sonriente.

—¿Ya has dado la noticia? —preguntó.

—¿Por qué sonríes? ¿Te alegra que diez mil personas se queden sin trabajo?

—¿Sabes la cantidad de dinero que nos ahorraremos? Nos vamos a forrar y, desde luego, mi trabajo disminuirá. Las máquinas no necesitan contratos —siguió riendo.

Stuart siempre había tenido un don: enfurecerme en cuestión de segundos.

—Dirás el trabajo de los administrativos que trabajan para ti. Y sobre lo de forrarnos... en serio, ¿aún más? ¿Para qué, Stuart?

Yo era ambiciosa. Lo había sido. Pero la extrema ambición de Stuart era un problema.

—No entiendo por qué te pones así. Fuiste tú quien tuviste la maravillosa idea al visitar aquella empresa farmacéutica alemana en la que trabajaban más máquinas que seres humanos.

Lo peor de todo es que tenía razón. Yo era la única culpable de todo.

—Vete, por favor. Al contrario que otros, tengo mucho trabajo.

Stuart, indignado, ni siquiera se despidió. Imagino que le sentó mal mi sinceridad. Se fue caminando, dando un portazo tras él, como si volviera a estar en alguna de las pasarelas por las que desfiló. Nuestra relación no era tan idílica como queríamos hacer creer. Lo cierto es que cada vez discutíamos más y yo estaba convencida, desde hacía tiempo, que Stuart me había sido infiel en algún momento de nuestra relación. «Ojos que no ven corazón que no siente», suelen decir. Pero una mujer percibe esas cosas. La intuición falla en muy pocas ocasiones. Mis sentimientos hacia él eran cada vez más fríos y, lo único que nos unía, era nuestro hijo, lo mejor que habíamos hecho en nuestra vida.

Le dije a Virginia que me trajera un café. Como ya era habitual, le faltaba azúcar, pero ni siquiera tenía fuerzas para regañarla.

Una hora más tarde, entró precipitadamente una empleada delgaducha y muy bajita con unas gafas enormes que ocultaban sus ojos saltones de color marrón. Nadie había entrado así en mi despacho y el miedo se apoderó de mí. Cuando el miedo se convierte en el protagonista de mi ser, me vuelvo amenazante, ejerciendo el rol de vicepresidenta agresiva como si fuera la mejor actriz de Hollywood. La pobre chica apenas pudo decir un contundente y claro: «Buenos días». Veía en sus ojos, que miraban en todo momento al suelo, el temor por sus precipitados e inconscientes actos. Virginia, que no la pudo detener, estaba tras ella y también parecía atemorizada.

—¿Te he dado permiso para interrumpirme? —pregunté—. Virginia, ¿para qué te pago?

—Lo siento, señora Clayton, ahora mismo... —se apresuró a decir mi secretaria.

—No, ya da igual, déjalo —la interrumpí—. Después de tanto tiempo, al fin me confirmas que eres una inútil. Sal de aquí —continué diciéndole a Virginia, que tras una mirada de odio a la pobre empleada, se fue a su mesa—. Y tú ¿qué quieres? ¿Quién eres?

—No... perdone... yo... Lo siento mucho, solo quería saber si soy una de las personas a las que van a despedir —respondió la mujer, sin apartar la vista del suelo.

—¿Esto está pasando de verdad? —pregunté riendo. Estaba muy nerviosa, me temblaban las piernas. ¿Así se sentirían los famosos acosados por sus fans? Opté por mirar de nuevo a la pantalla de mi portátil—. ¿Para qué tenemos a los chicos de administración? —suspiré. Fue solo un segundo. Miré de reojo a la empleada, que seguía mirando al suelo—. ¿Tu nombre?

—Bonnie, Bonnie Larson.

—Larson... Ya... —Busqué su nombre en el archivo de despidos. Mierda. Malas noticias—. Sí, estás despedida —le informé, forzando una media sonrisa para no parecer tan bruja como ya se lo había parecido seguramente.

—Pe-pero... pero... —balbuceó la tal Bonnie Larson. Pobrecita.

—Sal inmediatamente de mi despacho —le ordené. Su presencia seguía poniéndome muy nerviosa, pero logré detener el temblor de mis piernas y me acerqué lentamente a ella—. ¿Qué te he dicho? —pregunté, alzando demasiado la voz cuando me situé frente a ella, tres cabezas más bajita que yo. Bonnie alzó la vista y me miró fijamente con sus perturbadores ojos saltones. En un rápido movimiento, me arrancó un par de pelos de mi melena recogida, y se fue corriendo. No me dio tiempo a reaccionar, me quedé paralizada, quieta como una estatua y solo se me ocurrió preguntar—: ¿Pero se puede saber qué estás haciendo?

Podría vivir sin dos pelos. ¿Qué eran dos pelos para los ciento cincuenta mil que tiene normalmente el ser humano? Nada, un número insignificante. Aun así, me extrañó la surrealista situación que acababa de vivir. Imaginé que la pobre mujer querría darme una bofetada o hacerme daño y, lo único que logró alcanzar, fueron dos pelos que se llevó consigo. No pensé más en la situación y volví a sentarme en mi cómodo sillón. Me olvidé de comer y de pedirle más café a la inútil de Virginia. Contesté cientos de llamadas telefónicas incluida la de mi suegro, que pasaba unas vacaciones felices en el Caribe junto a su nueva novia de veintitrés años llamada Brenda. Ya me lo había advertido en la última reunión antes de irse:

—Lo dejo todo en tus manos. Sé que harás un buen trabajo.

Cuando al fin me levanté del sillón, me crujió la espalda. Me estaba haciendo mayor. Me di cuenta que ya eran las siete de la tarde; un día más cenaría a unas horas indecentes. Sonreí al pensar en Matt, en las ganas que tenía de verlo y estar con él aunque fuera jugando al *scalextric*. Y, por supuesto, reconciliarme con Stuart. Aunque su comportamiento no fuera el adecuado, debía entender que yo estaba nerviosa, con mucho estrés y presión, y que mi actitud con él quizá tampoco fuera la correcta.

Cogí mi bolso y apagué el ordenador. Salí de mi despacho revisando que el ordenador de Virginia también estuviera apagado. Me detuve un momento a observar a los peones del turno de noche que ya se habían enterado de la fatal noticia que había dado por la mañana. Algunos me miraron, pero apartaron rápidamente la vista de mí.

Cogí mi coche y me dirigí a casa después de un día duro y extraño. Pero lo que aún no sabía, era que lo que me esperaba esa noche, sí sería raro. Y, lo más duro, aún estaba por llegar.

¿QUIÉN ES ESTA MUJER, PAPÁ?

El portero me miró de manera distante. Aunque le saludé amablemente, no me devolvió el saludo y se limitó a seguir mirando el periódico que tenía encima del mostrador. Pensé que a lo mejor había tenido un día difícil y podía llegar a entenderlo.

Subí por el ascensor hasta la octava planta y, al detenerme para buscar las llaves en mi bolso, no estaban. Tal vez me las había dejado olvidadas en el despacho. Miré hacia el techo y traté de hacer memoria. ¿Había cerrado la puerta con llave al salir? Creía que sí. Por lo tanto, me había llevado las llaves. A lo mejor estaban en la guantera del coche; no era la primera vez que me las dejaba allí. Resignada, toqué al timbre. Matt correteó hacia la puerta.

—¿Quién es? —preguntó.

Su padre y yo siempre le hemos enseñado que, cuando alguien llama a la puerta, lo primero que debe hacer es preguntar quién es y no abrirle a desconocidos.

—Soy yo, cariño.

—Lo siento, no la conozco. Adiós.

—Venga, Matt, por favor... No estoy para jueguecitos...

Otros pasos se acercaron hacia la puerta. Era Stuart.

—¡Stuart! Stuart, ábreme, por favor —imploré cansada.

Stuart abrió la puerta, pero no me invitó a entrar. Me miró con indiferencia, así que no me importaba pedirle perdón por nuestro breve enfrentamiento en mi despacho esa mañana, aunque fuera en el rellano antes de entrar en casa.

—Stuart, perdóname, en serio... estaba muy nerviosa, yo...

—¿Quién eres? —preguntó descolocado. Matt se escondía tras él.

—¿Cómo qué quién soy? ¿Estamos de broma? ¿Hay una cámara oculta o algo?

—Lo siento señora, no la conocemos. Voy a cerrar la puerta.

—Ni se te ocurra, Stuart —dije, sujetando la puerta con toda la fuerza de la que fui capaz, para que no me cerrara en las narices como si fuera un comercial de aspiradoras.

—¿Cómo sabe mi nombre? Váyase o voy a llamar a la policía.

—¿Quién es esta mujer, papá? —preguntó Matt lloriqueando. No lo veía sollozar así desde que tenía tres años y se golpeó la cabeza con una silla.

—No lo sé, John.

—¿John? ¡Por el amor de Dios, Stuart!

El tal John era Matt. Me estaban jugando una maldita broma pesada que a esas horas de la noche y, tras mi fatídico día, no quería aguantar. Ese niño era mi hijo, con los mismos ojos verdes que Stuart, su mismo cabello rubio e incluso su misma mandíbula que ya desde pequeño se intuía fuerte y masculina.

—¿Se puede saber qué le pasa? —me preguntó Stuart aún más descolocado que al principio.

—Venga, ya está bien —reí nerviosa—. Una buena broma, sí... muy buena. Ahora, por favor, quiero quitarme estos malditos tacones y tumbarme en el sofá.

—¡Ala, papá! ¡Ha dicho una palabrota!

«¿Desde cuándo a Matt le molestaban las palabrotas?»

—Ve a acabar de cenar, John. —El niño obedeció enseguida y desapareció del vestíbulo—. Y, usted, está loca. Váyase inmediatamente de aquí, por favor. Está asustando a mi hijo.

Sin que pudiera darme cuenta, Stuart ya me había cerrado la puerta en las narices. Seguí golpeando la puerta insistentemente, hasta que subió el portero con cara de muy pocos amigos.

—Señora, por favor, acompáñeme —dijo lo más educadamente posible, mirando hacia la puerta desde donde sabía que Stuart observaba la escena desde la mirilla. No solía saludarle, siempre fui bastante antipática con él excepto esa noche y podía entender que estuviera disfrutando del momento, pero ¿qué demonios pasaba? ¿Querían volverme loca? ¿El portero también estaba metido en el ajo?

—¿Cómo? ¡Pero es mi casa! ¡Solo quiero entrar en mi casa! —grité, señalando la puerta—. ¡Suélteme! —El portero me hizo caso. Lo miré fijamente y, como si aún estuviera en mi papel de vicepresidenta ejecutiva agresiva, decidí ponerme firme y hablar con determinación—. Se acabó. ¿Dónde están las cámaras? Desde luego ha sido una broma muy graciosa, pero estos tacones me están matando, así que dejadme entrar en mi casa.

—¿Qué tacones? —preguntó el portero riendo.

Miré hacia abajo. No llevaba tacones, sino unas viejas deportivas blancas. Mi falda gris se había convertido en unos tejanos rotos, mi elegante y carísima camisa de Prada era un jersey gris oscuro de cuello alto que picaba, y mi americana y el estupendo chaquetón que había adquirido hacía un mes por la friolera cantidad de once mil dólares, se había convertido en una triste chaqueta azul de cualquier mercadillo de segunda mano. Parecía una mendiga. ¿Qué clase de brujería me habían hecho?

—Vale, ¿qué está pasando aquí?

Solo quería llorar.

—No lo sé, señora, dígamelo usted —respondió el portero desafiante—. O se larga de aquí o llamo a la policía inmediatamente.

No me apetecía pasar la noche en un calabozo, así que, obedientemente y sin entender nada de lo que estaba pasando, me fui hasta el garaje donde mi precioso Porsche me esperaba. El bolso que llevaba tampoco era el que conocía. El que llevaba era de piel marrón falsa con unos horrorosos flecos, pero en su interior estaban las llaves de mi coche. Ese era mi único consuelo, no tendría que dormir en la calle. Entré y, maldiciendo no tener un espacioso coche familiar, me estiré un ratito a echar una cabezadita.

La cabezadita se convirtió en un sueño profundo de doce horas, a pesar de la angustia y el desconcierto que me había provocado la situación. En especial la mirada de mi hijo y su rechazo. Cuando me di cuenta, eran las ocho de la mañana. Aún descolocada y con frío, puse las llaves en el motor dispuesta a acercarme al despacho y hablar con Stuart. Me negaba a seguir enfadada con él. Ya me había gastado una cruel broma, estábamos en paz. Todo volvería a la normalidad después de esa extraña noche. Pero mi Porsche parecía haberse resfriado. Miré a mi alrededor con el ceño fruncido y la mandíbula desencajada del impacto que me provocó ver que los asientos habían dejado de ser de cuero blanco tal y como los conocía, y eran de una tela gris con topos rojos horrorosa e incómoda. Salí del coche y me llevé las manos a la cabeza al descubrir que mi elegante Porsche se había convertido en un destartalado y anticuado Fiat rojo. ¡Alguien se había llevado mi Porsche! Aprovecharon mi sueño profundo para cambiarme de coche mientras dormía y se lo llevaron. Lo de la ropa no tenía explicación, eso sí que era raro. La broma había llegado demasiado lejos.

«¿Qué me puso Virginia en el café? —me pregunté consternada—. Alguna droga, seguro. Ella se droga, siempre lo he pensado, y ahora, para toda esta broma, me han hecho algo a mí».

A las nueve y media de la mañana, logré llegar a la empresa, pero los matones de seguridad de la entrada no me dejaron avanzar.

—¡Estáis cometiendo un grave error! ¿Tenéis idea de con quién estáis hablando? ¡Estáis despedidos!

El matón de seguridad número uno, se rio de mí delante de mis narices.

—Con una chalada, estoy hablando con una chalada sin tarjeta de identificación. Hágame un favor y desaparezca de mi vista —sugirió el matón de seguridad número dos.

—¡Soy Nora Clayton! Vicepresidenta ejecutiva de esta empresa. —Tuve que soportar más carcajadas por parte de los dos matones—. Muy bien, voy a llamar a

Michael. Seguro que desde el Caribe no se ha enterado todavía de la broma.

Busqué mi teléfono en el interior del bolso, pero no lo encontré. No estaba ahí, ¡me lo habían robado!

—Bueno, hablaré con él en otro momento —murmuré avergonzada.

—Venga, señora, deje de hacer el ridículo y lárguese de aquí —sugirió amenazante el matón uno.
Miré hacia la empresa con los ojos inundados en lágrimas con las risas de fondo de los matones de seguridad.

No sabía qué hacer; en el bolso tampoco estaban las tarjetas de crédito y solo tenía diez míseros dólares en un monedero de Hello Kitty y una tarjeta con mi nombre que no había visto en mi vida.

«Qué bien organizado todo. Qué bien montado, hasta los matones están metidos en todo esto», pensé, tratando de tranquilizarme.

Di media vuelta y me dispuse a conducir sin rumbo por la ciudad. Por primera vez, no me importó el denso tráfico; no tenía prisa, ningún lugar al que ir. Pensé en mi madre. Hacía mucho tiempo que no pensaba en ella. Nuestra relación era inexistente, nunca aceptó que yo quisiera irme de Pennsylvania para probar suerte en Nueva York. Estoy segura de que, en el fondo, no se alegró de que las cosas me fueran bien. Ella siempre pensó que acabaría en Kutztown llevando la granja que heredó de sus padres. Yo odiaba Kutztown con toda mi alma, pero mientras durara esa «broma» en la que me había quedado sin marido, sin hijo, sin casa ni trabajo, era el único sitio al que podía acudir en busca de refugio y ayuda. En Nueva York parecía no tener nada; ni siquiera mis malditos zapatos de tacón. Volví a llorar pensando en Matt, que no reconoció a su madre como lo que era, ¡su madre! Nunca había estado alejada de él más de una semana y, en esos momentos de locura, de no saber qué hacer o qué era lo que estaba pasando, parecía no tener cabida en su vida.

«Los niños no mienten», se me ocurrió, parada en uno de los miles de semáforos de la ciudad. Ni el mejor niño actor de Hollywood hubiera podido simular el miedo que sintió al verme y lo desconocida que le resulté. Era real. Todo eso era real, no parecía una broma. Todo era demasiado raro, cosas que una solo ve en las películas o lee en cualquier novela cuyo autor ha debido fumar marihuana para crear ese tipo de historias.

Decidí abandonar Nueva York sin mirar atrás y volver a mis orígenes en busca de respuestas. A veces hay que tomar distancia para encontrar la solución. A menudo, hay que perderse para volver a encontrarse.

REGRESO A KUTZTOWN

A una distancia de dos horas de Nueva York, llegar a Kutztown era como regresar a mi pasado. Un pasado que había dejado atrás hacía mucho tiempo, y al que no había vuelto a acudir hasta ese momento.

La última vez que abandoné la carretera por la que en esos momentos volvía a conducir, el maíz estaba muy alto. Verano de 1994, lo recordaba bien. Miedo y emoción al mismo tiempo a raudales. Habían pasado dieciocho años.

Las idílicas granjas seguían en su sitio, aguantando el paso del tiempo desde que el pueblo fue fundado en el año 1815, siendo considerado como uno de los municipios más antiguos del condado de Berks tras la ciudad de Reading. Lo más popular del pueblo en el que nací era el festival folclórico que cada año celebrábamos en el mes de julio y éramos conocidos por nuestra cultura alemana-americana. Venían muchos visitantes por la comida, la música y la artesanía. Eran los mejores días del año. Aparte de eso, aborrecía mi vida allí y no podía creer estar volviendo a mis orígenes.

Durante todo el trayecto no podía olvidar todo lo que me había sucedido en menos de veinticuatro horas. Cómo Stuart me negó la entrada a nuestra casa; cómo mi hijo, cuyo nombre era otro, lloró porque una desconocida quería entrar en el apartamento; cómo el portero me amenazó de malas formas y cómo los matones de seguridad de la empresa se rieron de mí. Tampoco le encontraba una explicación razonable a que mi ropa cara y elegante se transformara en harapos como le pasó a *Cenicienta*, o cómo mi lujoso coche se había visto convertido en uno con tos y artritis. ¡Qué volante tan duro! Brujería. Drogas. Podría ser cualquier cosa, pero, a ratos, me convencía a mí misma que era una terrible broma. Una broma sin gracia. Muy currada, eso sí. Pero no, no era graciosa. Era cruel.

Inocente de mí, aún tenía esperanzas.

«Sí, las cámaras de televisión me estarán esperando en Kutztown —pensaba—. Aunque en un principio yo no me lo tome bien, seguro que será una anécdota divertida para explicar en el futuro. ¡Cuánto se van a reír las compañeras de yoga cuando se lo cuente!»

O tal vez estaba soñando. Me pellizqué la mejilla. Me dolió. Era una pesadilla, una pesadilla de la que quería despertarme al lado de Stuart, como siempre y con normalidad, en mi preciosa cama con mi maravilloso nórdico comprado en Londres. Quería ver a mi hijo, prepararle el almuerzo que se llevaría al colegio y seguramente tiraría en cualquier contenedor cercano, y quería volver a mi despacho, en ese del que huir cada mañana era una posibilidad, porque me había convertido en una auténtica bruja.

Lloré observando lo bonito que estaba el pueblo en invierno. Los campos verdes y el típico mercado de verduras de la zona, junto a la escuela de aviación, me volvían a dar la bienvenida y, muy al contrario que Nueva York, podía sentir el aire puro en mis pulmones teniendo la carretera para mí sola, sin un denso tráfico que me desesperara.

Las granjas desaparecieron y dieron paso a las casas que yo conocía tan bien. En Kutztown nos conocíamos todos y daba igual que pasaran diez o veinte años, las casas seguían igual. Sus habitantes también. Algunos me saludaron alegremente al verme pasar con mi destartalado coche. Se acordaban de mí.

Al fin llegué a casa de Nicole, mi madre. Aunque en cierta manera era un alivio tener algún lugar a dónde ir, por otro lado preferí quedarme en ese coche viajando eternamente sin tener que enfrentarme a un:

«Por fin te has dignado a venir. Ya era hora».

Mi madre estaba plantando flores alrededor del sauce llorón del jardín delantero. Nunca se le dieron bien las flores, siempre había sido tarea de mi padre, que falleció de un cáncer de pulmón hacía la friolera de veinte años. Que solas nos quedamos. A partir de ese momento, mi madre se prometió a sí misma que nunca le faltarían flores al jardín, aunque para eso tuviera que estar cambiándolas cada quince días porque se le marchitaban todas.

Hay personas con las que no tienes química aunque sea tu propia madre. Se supone que la mujer que te dio la vida debe ser una de las personas principales en el destino de cada ser humano. Para mí siempre fue la mujer que me avergonzaba ante los demás con su extraño comportamiento, sus estrafalarias ropas y su poco refinado carácter. Mi madre hacía y decía lo que quería en cada momento sin tener en cuenta los sentimientos de los demás. Dieciocho años sin verla son muchos años. No conocer a su nieto tuvo que dolerle, pero tampoco movió un dedo por ir a verlo. Y, en esos momentos, se suponía que no era abuela, que yo no era madre y que la vida que yo conocía no existía. ¿Qué estaba pasando? Mi madre me miró sonriendo y, al fin, tras unos segundos, me armé de valor y salí del coche.

—Hola, mamá—saludé tímidamente.

—¿No tendrías que estar trabajando, cariño? —preguntó dándome un beso.

—¿Cómo?

No entendía nada. ¿Hacía dieciocho años que no me veía y me preguntaba por el trabajo? ¿Ni un abrazo, ni unas duras palabras echándome en cara que me había olvidado de ella y que hacía años que no la había ido a ver?

—En el taller —respondió tranquilamente—. Ayer me contaste que estás en una buena racha. Los artistas llamáis a eso inspiración —rio.

«¿Ayer?»

—¿Artista? Mamá, ¿qué estás diciendo? Hace dieciocho años que no nos vemos...

—Pero hija, ¿tienes fiebre? Estás muy rara. Entra, voy a preparar té.

Mi madre se quitó los guantes llenos de tierra y, con una energía desmesurada, me obligó a entrar en casa, no sin antes saludar con un vasto golpe de cabeza a la vecina, la señora Collins.

Entramos en la cocina. Estaba tal y como la recordaba. Tampoco había cambiado la decoración y mis vergonzosas fotografías de la infancia y adolescencia seguían encima de la chimenea. Era lo peor de ser hija única, todas y cada una de las fotografías, aunque aparezcas con cara de no haber dormido bien o haberte fumado un porro, son expuestas a todos los visitantes de la casa. Me senté. Aún estaba consternada sin entender qué era lo que estaba pasando. Agotada, me sentía como si me hubieran dado una paliza y todos mis huesos estuvieran rotos.

Miré a mi alrededor con la intención de descubrir las ocultas cámaras de televisión, pero ahí no había nada ni nadie. Solo mi madre preparando un té con un olor extraño. A los dos minutos, lo sirvió en la mesa y yo no sabía por dónde empezar.

—Entonces, ¿dices que hace dieciocho años que no nos vemos? —pregunté.

—¿Dieciocho años? ¿Qué te has fumado? Cariño, nos vemos cada día. Vives aquí al lado y tienes el taller en lo que antes era el almacén de la granja.

—¿La granja? ¿Trabajo allí?

—No podías hacerte cargo de ella cuando empezaste a tener tantos encargos y se la traspasamos a Frank. Hija, ya lo sabes —explicó, tocándome la frente.

—¡Frank! ¿Cómo está?

Frank y yo nos conocíamos desde siempre. Su única meta en la vida era quedarse en el pueblo y vivir tranquilo. Cualquier trabajo le venía bien, no tenía muchas aspiraciones.

—¿Frank? ¡Pero si os veis cada día! Aún pienso que tenéis un lío por mucho que me lo niegues. Mi vida, ¿tienes fiebre?

«¿Un lío con Frank? En serio, repite eso, mamá. ¿Con Frank?» Imaginarme con el bueno de Frank me estremeció.

Mencionar a Matt sería una locura, así como decirle que vivía en Nueva York desde hacía dieciocho años y era vicepresidenta ejecutiva de una de las compañías farmacéuticas más importantes del país. Explicarle que era la nuera de uno de sus presidentes ejecutivos, me había casado con un modelo cañón y vivía en un apartamento de lujo en Upper East Side era, posiblemente, la peor idea en esos momentos. Al no ser que, antes que quedarme en Kutztown, prefiriera acabar encerrada en un manicomio.

—¿Me acompañas al taller? —le sugerí, por si las cámaras de televisión me esperaban allí.

Quería llorar. Solo quería llorar al verme dentro de una vida que podría haber elegido, pero que no fue ni siquiera una opción. ¿Qué era lo que había pasado? ¡Quería ver a mi hijo! ¡Quería estar con Matt! ¿Qué podía hacer para despertarme de esa maldita pesadilla? Cientos de preguntas alborotadas en mi cabeza sin respuestas coherentes. Era inútil. Por muy inteligente que me considerara, todo se me estaba escapando de las manos. Me sentía fuera de control.

—Claro, cariño. Pero antes, bébete el té.

El té estaba malísimo. Agrio y maloliente, era peor que tener que tomar forzosamente uno de esos jarabes rancios que mi madre me obligaba a beber cuando era pequeña y me constipaba.

Mi taller. ¡Era pintora! Y además de las buenas.

Al entrar en el cuartucho que antes era el almacén para todas las herramientas de la granja, vi multitud de obras de arte abstractas que yo hubiera comprado en cualquier galería de arte neoyorquina que solía frecuentar cuando tenía tiempo libre. El lugar donde supuestamente creaba esas obras, estaba situado frente a la única ventana del cuartucho desde donde se podía ver el amplio bosque que rodeaba la granja en la que, por lo visto, trabajaba mi amigo Frank. Mi madre pudo ver en mi rostro una mezcla de desconcierto y alucinación por lo que estaba viendo. No me lo podía creer. Eso no lo podía haber hecho yo. Mi trabajo —el que conocía—, era de todo menos creativo y ahí se respiraba arte por todos y cada uno de los rincones del taller.

—Hija, ¿te has dado algún golpe en la cabeza? —preguntó mi madre alterada.

—¡No, mamá! No me he dado ningún golpe en la cabeza. Están pasando cosas muy raras —respondí, paseando por lo que era mi taller y yo aún no veía como tal.

Entonces, recordé una idea efímera que me vino a la cabeza cuando tenía quince años. Quería estudiar Bellas artes, siempre me había gustado pintar, pero era algo que había olvidado por completo debido a mi ambición y a la frenética vida en Nueva York. Y pensé: «¿Es posible que no se trate de una broma ni de una alucinación? ¿Tampoco de un sueño? ¿Cabe la posibilidad de que esté viviendo en una especie de mundo paralelo en el que soy una pintora que vive en su pueblo natal? ¿Es eso posible?»

En esos momentos no lo sabía, pero no andaba encaminada.

No recordé haber bebido nada extraño aparte del té de mi madre y, antes de eso, ya había ocurrido todo. Volví a pensar en el café de la bruja de Virginia, otra posibilidad. Dejé de fumar con veinticinco años, así que tampoco podía tratarse de eso. Fue entonces cuando vi un cenicero repleto de colillas al lado de unos desorganizados y sucios pinceles. ¿En ese mundo paralelo seguía fumando? ¿En serio? ¿A mis treinta y seis años?

—Niña, vamos al médico —continuó diciendo mi madre.

—Nada de médicos. Quiero que me cuentes mi vida.

—Pues si no la conoces tú... —murmuró conteniendo las risa de mi «locura», «fiebre» o «alucinación».

—Mamá, por favor.

—Tienes treinta y seis años —rio, suspirando y poniendo los ojos en blanco como si la estuviera retando a un juego o algo por el estilo. Como si la que estuviera bromeando fuera yo, cuando aún tenía la esperanza de que todo fuera una broma pesada retransmitida por televisión al más puro estilo *El show de Truman*—, no se te ha conocido ninguna relación desde que Mark se fue a vivir a Nueva York, aunque sigo pensando que tienes algo con Frank —insistió, arrugando el ceño más de lo normal y guiñándome un ojo—. Estudiaste Bellas Artes en la universidad de Pennsylvania y compaginaste tus estudios ayudándome en la granja. Luego te fue bien como pintora y traspasamos la granja a Frank. Llevas una vida muy tranquila y yo diría que bastante triste y solitaria.

—¿Triste y solitaria? ¿Mark?

Sabía quién era Mark. Y me parecía imposible haber mantenido una relación con él. Siempre pretencioso y orgulloso, nunca me gustó. ¡Odiaba a Mark!

—Sí, y me parece que tienes que dejar de fumar —recomendó, cogiendo el cenicero y tirando, con cara de asco, todas las colillas en el interior de una enorme bolsa de basura negra. Resoplé al recordar lo mucho que me había costado dejar de fumar en lo que ya parecía otra vida.

—¿Y tú y yo nos llevamos bien?

—Claro. Desde que me dijeron que tenía cáncer no me dejas sola ni un momento.

—¿Cómo?

Empalidecí. «¿Cáncer?»

—¡Mujer! No pasa nada, lo tenemos asumido —añadió sonriente.

Acto seguido, se quitó la peluca. Hacía una hora, cuando la vi después de dieciocho años, no noté nada raro. Simplemente pensé que había cambiado de peinado. Dejó al descubierto su cabeza desnuda y pude percibir en ese instante la gravedad del asunto. Mi madre estaba en tratamiento de quimioterapia para luchar contra su cáncer. Una enfermedad que ya se había llevado a mi padre veinte años atrás. No pude evitar ponerme a llorar como una niña pequeña. Mi madre se acercó a mí y me abrazó; debió pensar que se me había ido la olla por culpa de la ansiedad que me provocaba la situación. La última vez que me abrazó fue cuando murió mi padre. Un abrazo de ella era igual a: «vamos a pasar una mala época. Pero todo tiene solución. Todo se acaba arreglando y, si no, tiraremos hacia delante igualmente. No queda otra».

A lo largo de las horas más extrañas de mi vida, pensé que lo más difícil había sido no poder ver a Matt. El momento más duro fue cuando preguntó quién era yo. El segundo momento más duro fue ese. Descubrir que mi madre tenía cáncer y no saber si se curaría o si las posibilidades de perder la batalla eran elevadas. Me sentí mal conmigo misma por todos los años de ausencia que, aunque para ella no parecían haber existido, para mí sí. Dieciocho años. ¿Por qué estaba allí? ¿Qué estaba haciendo? Observé la peluca de mi madre e inmediatamente, como por inercia, toqué mi cabello. Y me acordé de aquella empleada de la empresa muy flaca y extremadamente bajita de ojos saltones que me arrancó dos pelos y salió corriendo. Miré al suelo. ¿Me habían hecho vudú? Nunca había creído en esas cosas, pero ¿qué más podía ser?

Las preguntas volvían a arremolinarse en mi cabeza provocándome un caos mental horroroso. Si sobrevivía a eso y no sufría un ictus repentino, podría con todo.

—¡Hola! ¿Cómo están mis chicas preferidas? — saludó una jovial y alegre voz masculina.

—Hola, Frank —saludó mi madre, colocándose de inmediato la peluca.

Se suponía que conocía a Frank. Lo conocía muy bien. Pero para mí habían pasado dieciocho años desde la última vez que lo vi. Y no estaba para nada igual a cómo lo recordaba.

LADY BONNIE

Lo primero que hizo Bonnie Larson al despertarse la mañana del ocho de noviembre de 2012, fue comprobar su cuenta bancaria. Tal y como esperaba, se añadieron, como por arte de magia, los ceros que a la pobre Nora Clayton le faltaban. Sonrió para sí misma y se puso un ajustado traje negro que tenía reservado en su armario desde hacía mucho tiempo. Con cuidado, caminó torpemente por el estrecho pasillo de su apartamento con unos zapatos de tacón que nunca había usado. Parecía un ciervo aprendiendo a caminar. Tras un par de posibles esguinces, pudo salir de casa no sin antes maquillarse un poco y decidir prescindir de sus enormes gafas de pasta. Veía asombrosamente bien, no le hacían falta. Se sentó en su maravilloso y reluciente Porsche Cayman blanco perlado, deleitándose en el aroma que desprendía el cuero blanco recién estrenado de sus asientos. Encendió el motor y el Porsche empezó a rugir ferozmente. La sensación era muy diferente a la de ir en un tren amontonado de gente que no conocen las dos palabras «Higiene personal».

Al llegar a la empresa, los dos matones de seguridad que siempre la habían ninguneado, la dejaron pasar con todos los honores. Aparcó y subió decidida hasta su nuevo despacho, desde donde observaría a los peones trabajar eficazmente. Hacía tan solo unas horas ella era un peón más. Pero nadie lo sabía. Nadie la recordaba. Bonnie Larson se había esfumado para siempre. Aquellos tiempos en ese mundo paralelo no existían. Para nadie. En ese mundo, Bonnie Larson era una mujer muy afortunada.

—Buenos días, Bonnie —saludó alegremente Virginia. Bonnie la ignoró, recordando lo mal que la había tratado el día anterior cuando aún no era nadie, y entró con aires de superioridad al interior de su nuevo despacho.

El despacho estaba tal y como lo había dejado Nora, aunque faltaba su entrañable y feliz fotografía familiar en la mesa. En ella, aparecían Stuart y Nora mirando embobados a un pequeño Matt de dos años y medio. La familia que Bonnie había destruido, la familia que en ese mundo jamás se había creado, aunque desde algún rincón, Nora sí lo siguiera recordando como si hubiera existido desde siempre. Se preguntó dónde estaría Nora, qué decisión habría tomado después de darse cuenta que su marido y su hijo, de otra mujer y, por lo tanto, con un nombre distinto, no la conocían como la esposa y madre que ella había decidido ser. Rio para sus adentros con malicia y encendió el ordenador. El momento en el que Nora Clayton había anunciado que diez mil trabajadores serían despedidos de la empresa, nunca había ocurrido. Todos estaban a salvo en sus puestos de trabajo, puesto que para ese mundo paralelo del que solo eran conscientes Nora y Bonnie, la anterior vicepresidenta ejecutiva de la compañía jamás había estado ahí.

Stuart entró de sopetón en el despacho. Bonnie lo miró fijamente y, hasta ese momento, no se dio cuenta de lo atractivo que resultaba el hijo del jefe. Siendo la simple e invisible Bonnie, no podía permitirse el lujo de mirarlo. Siempre evitó que le rompieran el corazón.

—Bonnie, ¿cómo estás? —saludó Stuart sonriente.

—Muy bien, Stuart —respondió Bonnie. Ni siquiera ella parecía ser la misma persona tímida e insegura que todos habían repudiado durante años.

—Quería proponerte algo —empezó a decir Stuart, situándose frente a Bonnie y frotándose las manos con nerviosismo. Bonnie arqueó las cejas y lo miró con la mejor de sus sonrisas, aunque su dentadura luciese torcida y amarillenta—. Una cena.

En ese mundo paralelo Stuart era viudo. Se había casado con una preciosa modelo llamada Lucille Spencer que falleció hacía tres años de un accidente de coche. Dejó viudo a Stuart y a un pequeño John de tres años, idéntico a su padre y por lo tanto idéntico a Matt, el hijo que Nora

Clayton había engendrado en ese mundo que había dejado de existir, por culpa del maleficio de Bonnie.

—¿Me pasas a buscar a las siete? —propuso coqueta Bonnie, fingiendo seguridad en sí misma.

—Por supuesto. Tengo tu dirección en el archivo, ahora la miraré.

Bonnie asintió satisfecha.

—Estoy deseando que llegue la hora —reconoció.

—Y yo, Bonnie. Y yo. ¡Feliz día!

Stuart no era el hombre que Nora conoció. Su carrera como modelo fue eclipsada por su famosa mujer, algo que lo convirtió en un hombre más humilde de lo que había sido en ese otro mundo olvidado. Se desvivía por su hijo John, era lo único que le quedaba y también se esforzaba a diario en su trabajo. Quería que su padre, de vacaciones en Roma con su nueva novia llamada Jennifer de veinticinco años, se sintiera orgulloso de él. Poder pertenecer algún día a la junta directiva de la compañía, en vez de ser solo el jefe de la sección administrativa y, además, merecer el puesto no solo por ser el hijo del «jefe». Y también, por supuesto, quería volver a enamorarse. «¿Qué era la vida sin amor? ¡Una absoluta tristeza!», pensaba el romántico de Stuart. Bonnie era la candidata perfecta para él. Amable y eficiente en su trabajo, atractiva y elegante, desde que entró a trabajar en la empresa como vicepresidenta ejecutiva hacía dos años, Stuart no había podido dejar de pensar en ella. Y ya habían pasado tres años desde la muerte de su mujer. Merecía una segunda oportunidad. Bonnie sería una madre estupenda para John.

MUNDOS PARALELOS

Los años no habían tratado bien al pobre Frank. La melena castaña que lucía hacía años se había vuelto blanca y, aunque siempre pensé que las canas hacen atractivo a un hombre, reconozcámoslo, Frank no era George Clooney. El trabajo en el campo había envejecido prematuramente su piel haciéndolo parecer mucho más mayor de lo que era, pero no en plan sofisticado. Demasiado bronceada, demasiado arrugada y castigada. Su esbelta figura adolescente se había deformado dando paso a una prominente barriga cervecera, brazos flácidos tras la fea, desgastada y sucia camisa de cuadros que llevaba, y una chepa que no le favorecía en absoluto, por la costumbre de ir siempre encogido debido a su altura. Se suponía que veía a diario a Frank, así que no tenía sentido recibirlo con un abrazo en plan colegas que hace siglos que no se ven. Me limité a sonreír, aunque ni siquiera eso me salió bien. Estaba en *shock*.

—Nora, ¿nos vamos luego a tomar unas cervezas? —propuso Frank divertido.

«¿Cerveza? Yo odio la cerveza».

—¿Dónde? —pregunté. ¿Qué otra cosa podía hacer? Frank pareció desconcertado.

—Ni caso, está muy rara —se excusó mi madre, negando con la cabeza y volviendo a tocar mi frente para ver si tenía fiebre.

—En la taberna, donde siempre —me informó Frank.

—Bueno... vale. Pues ahí mismo.

¿Esa era mi vida ahora? ¿Ir a beber cervezas con Frank a la taberna, cuidar a mi madre enferma de cáncer y pintar? Quería volver a llorar. Solo pensaba en Matt. En mi hijo. En mi vida.

—Si me disculpáis un momento... —murmuré, alejándome de ellos.

Fui corriendo hasta el bosque. Me situé frente a una ordenada y perfecta fila de árboles. En frente, un sendero recto, oscuro y frondoso. Caminé hacia allí y me detuve. Volví a recordar a la empleada que me arrancó dos pelos, pero por más que quisiera no lograba recordar su nombre. ¿Qué me hizo aquella maldita bruja? ¿Qué estaba pasando? Volver a Nueva York sería una locura. Stuart y Matt volverían a cerrarme la puerta en las narices. El que yo consideraba mi marido volvería a amenazarme con llamar a la policía y el portero me echaría del edificio, exclusivo y un lujo fuera del alcance de alguien como yo. Los matones de la entrada de la empresa volverían a reírse de mí. Ni siquiera sabía si mi destartalado Fiat podría volver a recorrer dos horas de camino hacia Nueva York.

«Es una pesadilla, Nora. Esto es una pesadilla —me dije, hablando sola como las locas—. A la de una... a la de dos... a la de tres... ¡Despiértate!»

Cerré con fuerza los ojos. Al abrirlos seguía teniendo el bosque frente a mí. De fondo seguía escuchando a Frank y a mi madre.

Tal vez fuera en ese momento, en el que los pájaros ajenos a los problemas del resto del mundo cantaron para mí, cuando me di cuenta de la realidad en la que me encontraba. No era un show televisivo, no era una broma ni una pesadilla. No había tomado drogas ni me habían envenenado con setas alucinógenas o algo así. Era real. Extraño pero real. Estaba viviendo la vida que no elegí. En una especie de mundo paralelo en el que no me había casado, no había tenido hijos, no vivía en Nueva York, ni había estudiado periodismo y económicas. Tampoco había dejado de fumar, me gustaba la cerveza y Frank era mi mejor amigo. Mi madre tenía cáncer y yo seguía viviendo en Kutztown, el lugar del que hui cuando tenía dieciocho años en esa otra vida que, por lo visto, había dejado de existir. Pero que, a modo de masoquismo, seguía recordando. El resto de detalles los iría averiguando sobre la marcha, pero lo peor de todo era recordar quién había sido al haber elegido un camino totalmente distinto al que ahora me enfrentaba. ¿Cabía la posibilidad de que mi otro «yo» estuviera viviendo en mi mundo? Negué con la cabeza. Eso era una locura, demasiado complicado y retorcido. Nunca le hubiera puesto John a mi hijo. ¿Por qué era idéntico a Matt? Esa cuestión me obsesionaría a diario hasta que pudiera solucionar el asunto. Porque lo solucionaría y, para eso, debía hablar con aquella mujer que me arrancó dos pelos; tarea difícil porque ni siquiera recordaba su nombre. No sabía ni por dónde empezar. Volví con mi madre y con Frank.

—Me voy a quedar en el taller —decidí, mirando la hora.

Las cuatro de la tarde. ¿Cuántas horas llevaba sin comer? Ni siquiera me había acordado de llevarme algo a la boca y aún tenía el apestoso sabor del té de mi madre.

—¡Te queda una hora! Hasta que nos vayamos a tomar nuestras cervecitas —dijo Frank, alejándose de nosotras para ir junto a las vacas que pastaban a sus anchas por la granja vallada.

—Yo me voy a casa, estoy cansada.

—¿Cansada? ¿Pero estás bien? ¿Te llevo en coche? —pregunté alarmada.

—Cariño, no hace falta. Trabaja un rato. Estoy bien y me apetece dar un paseo.

Me dio un beso en la mejilla y, lentamente, como si llevara todo el peso del mundo a sus espaldas, se alejó por el camino de tierra rodeado de árboles que desembocaba en la calle principal.

Toqué mi mejilla asombrada. Mi madre no me había dado un beso desde que tenía siete años y me caí con la bicicleta. En ese mundo paralelo (así fue como decidí empezarlo a llamar aunque aún no tenía ni puñetera idea de si estaba en lo cierto), mi madre era encantadora y nos llevábamos bien. Había elegido estar con ella en vez de vivir mi vida en la ciudad de los rascacielos y supongo que eso, sí le gustó. La cuestión era: ¿me gustaba a mí? ¿Me arrepentía de algo?

Miré el taller. El desorden era horroroso, pero las pinturas eran magníficas. Recorrí con mis dedos los trazos bien definidos de cada una de las obras clasificadas por colores. Destacaba el verde y los colores vivos y llamativos; cada obra era como adentrarse en un mundo enigmático y mágico lleno de color. Imaginé que la ventanita que daba al bosque era toda una inspiración. Un soplo de aire fresco que corría por mis venas y provocaban magia en mis manos. Yo estaba acostumbrada a teclear mientras miraba la pantalla de un ordenador repleta de números, no a eso. Ni siquiera recordaba haber estudiado Bellas Artes y sí la fascinante carrera de periodismo que me abrió las puertas para conocer a Stuart, y la aburrida y agobiante carrera de económicas que me amargó la existencia unos años, pero me facilitó la entrada por todo lo alto en la compañía de mi suegro. Ahora aquello ya no servía de nada, había dejado de existir.

Cogí un pincel y, sin saber exactamente lo que estaba haciendo, tracé unas cuantas líneas en un lienzo ya empezado. Todo un riesgo. Lo miré desde la lejanía, sorprendida ante mi talento innato y sin creer que esa obra de arte la hubiera hecho yo. ¡Cuánto dinero me habría ahorrado si hubiera descubierto antes ese don! Seguí pintando, perdiendo la noción del tiempo y del espacio. Pintar me aportaba calma, paz... me hacía olvidar las peores horas de mi existencia.

Una hora después, tal y como había prometido, Frank vino al taller. Se había duchado, cambiado de ropa y puesto colonia, por lo que supuse que vivía en la granja, en una pequeña cabaña que mi padre construyó hacía muchos años.

—¿Vamos? Tengo que darte una noticia importante.

Lo miré de reojo. Me puse a temblar.

«Ay, Dios mío... ¿y si es verdad? ¿Y si tenemos un lío?» Lo miré de arriba abajo. Frank no me atraía nada de nada, ni siquiera los ojos azules le quedaban bien. Y los ojos azules le sientan bien a todo el mundo. Pero a Frank no. No, no podía ser. ¿Frank y yo? No, no, no, no...

—¿Que noticia? Hoy ya he tenido muchas novedades, no quiero más —respondí seriamente.

—¡Oye! Que esta noticia te va a alegrar. ¡La llevas esperando muchos años! —soltó alegremente.

Lo volví a mirar de arriba abajo. ¿No me iría a pedir matrimonio? Solo a Frank se le ocurriría pedirle matrimonio a una mujer en la taberna de la calle Main.

—Ve yendo hacia la taberna. Yo acabo esto y ahora voy.

Frank asintió sorprendido y, obedientemente, se largó. Estaba tan acostumbrada a dar órdenes que, por alguna extraña razón, la gente seguía haciéndome caso. Al menos en Kutztown, porque lo que era en Nueva York parecía ser el nuevo payaso de feria.

Terminé mi obra de arte quince minutos más tarde y, como por inercia, cogí un cigarrillo y lo encendí.

«¿Qué estoy haciendo?», me pregunté, sin poder soltar el cigarro de entre mis dedos. Lo miraba aterrorizada pensando en el cáncer de pulmón de mi padre, al mismo tiempo que mis labios deseaban darle una calada. «Solo una, solo una», me pedía el cuerpo.

La primera calada casi me tumba al suelo, pero la segunda y la tercera me volvieron a enganchar al maligno vicio de la nicotina. Vi que tenía un ordenador portátil en una antigua y pequeña mesita que fue una reliquia de la familia. La había tallado a mano mi bisabuelo, o sea que tenía más años que Matusalén. El ordenador también tenía años. Sencillo, desesperadamente lento y anticuado, tuve que adaptarme y volver a aprender en segundos el funcionamiento de *Windows* tras años acostumbrada a elegantes y veloces *Mac*. Revisando los archivos que tenía guardados en una carpeta llamada «Cuentas», me cercioré que la venta de mis obras iban muy bien y que, con los años, su valor se vería aumentado notablemente. Tenía varios encargos, demasiados. No podría asumirlos en ese momento al no ser que... observé a mi alrededor. Un poquito de orden no me hubiera venido mal en ese otro mundo; tal vez los encargos ya estaban acabados y solo faltaba la entrega. Tal vez. No tenía ni idea.

Suspiré y decidí que al día siguiente lo miraría todo con calma. Había sido demasiado, mi cabeza iba a estallar.

Al llegar a la taberna, Frank ya había acabado un par de cervezas y estaba a punto de empezar la siguiente. Junto a él bebían y reían Lisa y su gemela Julia. También estaba Matthew, al que apenas recordaba. Habían cambiado mucho y no para bien. ¿Qué le pasaba a la gente de Kutztown? ¿Llevar canas estaba de moda? Lisa y Julia iban conmigo a clase y, por lo visto, no sabían lo que era el tinte. Fueron guapas en su adolescencia y, aunque seguían conservando su mirada vivaracha y sus perfectas sonrisas, sus rostros necesitaban a gritos una buena e intensa limpieza de cutis. Por cómo Matthew tenía puesta su mano en la pierna de Julia, supuse que salían juntos o se habían casado. Y a Lisa la veía muy pendiente de Frank y viceversa. Con una difícil sonrisa, les saludé y me dirigí hacia la barra donde Karl me estaba mirando fijamente.

—¿Qué tal, Karl? —pregunté, haciendo ver que no hacía dieciocho años que no había pisado la taberna.

—¿Una cerveza?

«Vomitaría seguramente. Te dejaría el bar hecho una mierda. Va a ser que no. Por tu bien y por el mío, Karl».

—¿No tendrás un zumito de piña? —le pregunté.

—¿Un zumo? ¿En serio? —se rio.

El viejo Karl puso los ojos en blanco y se dirigió hasta el almacén, de donde trajo un zumo de piña que debía estar caducado debido a su poca popularidad entre los clientes de la taberna. Asentí malhumorada retirando el polvo del envase del zumo y, armándome de valor, me dirigí hacia la mesa donde me esperaban Frank y el resto.

—En fin... —suspiré. Cómo decirles que: ¿me alegraba verlos después de tanto tiempo? No podía—. Frank, ¿qué querías decirme?

Supe de inmediato que la propuesta de matrimonio fue solo fruto de mi imaginación sugestionada por mi madre. Lisa acarició cariñosamente la mejilla de Frank y este le dio un rápido beso en los labios antes de prestarme atención. Debo reconocer que fue una de las pocas alegrías que recibí en las últimas horas de mi vida.

—¡Mark vuelve al pueblo! —exclamó sonriente.

—¿Y a mí qué me importa? —pregunté instintivamente. Todos cambiaron la expresión de sus rostros. Arrugaron —aún más—, sus anchas frentes heredadas de sus antepasados alemanes y, sin necesidad de hablar, supe que esa respuesta no era la que esperaban. ¿Qué había pasado con Mark en ese mundo paralelo que estaba empezando a descubrir? ¿Yo lo había elegido como todo lo demás? ¿A Mark? ¿En serio? Me entraron ganas de fumar un cigarrillo.

Lo último que supe de Mark fue que publicó un libro y fue de manera casual. Paseaba por la Quinta Avenida de Nueva York con Matt, y vi un gran cartel en una librería que promocionaba la nueva novela de Mark Ludwig. Aún recuerdo su título y su portada. Se titulaba *Olvidar que te olvidé* y pensé que era uno de los títulos más estúpidos que había visto jamás. En la portada aparecían dos niños sonrientes. El niño llevaba en sus manos una pelota de baloncesto y ambos resplandecían por un espectacular rayo de sol. En la fotografía promocionando el libro, nos encontrábamos con un Mark de unos cuarenta años con pose interesante y mirada intensa hacia el infinito. En más de una ocasión me lo encontré por las calles de Nueva York y, con un poco de suerte, siempre logré pasar desapercibida para no verme en la obligación de saludarle. Odiaba a ese hombre. Lo odiaba desde aquella vez en la que me tiró una pelota de baloncesto a la cara cuando yo tenía diez años y él debería tener unos catorce. Ya entonces era un idiota. Ni siquiera me pidió perdón, se limitó a reír con sus amigos y yo me fui a casa con un moretón terrible en el ojo que duró días y la nariz sangrando. Luego crecimos, yo recuerdo haberme ido a Nueva York y, por lo que sé, él siguió mis pasos. Pero en el pueblo nunca nos dirigimos más de cinco palabras seguidas. Solíamos mirarnos con desprecio desde la distancia, ignorándonos el uno al otro. Por lo visto, la historia en ese mundo paralelo había sido muy distinta y, aunque quería evitarlo a toda costa, me moría de curiosidad por descubrir todos los detalles.

—Mark ha sido el amor de tu vida, Nora —explicó Lisa, sonriendo tristemente.

¿Por qué ahí todos sonreían «tristemente»? ¿Tanta pena daba mi vida? Quería gritar y desparramar mi caducado zumo de piña por las anchas frentes de mis cuatro viejos «amigos».

—Eso está más que olvidado —inventé. ¿Lo estaba?—. Dime, ¿cuánto hace que...? —quise saber.

—Pues... —Julia hizo memoria y empezó a contar con los dedos susurrando palabras ininteligibles—. Ya han pasado doce años. ¡Parece que fue ayer!

—¡Doce años! Por favor... —Resoplé. Nadie con dos dedos de frente puede seguir enamorado de alguien con quien ha cortado hace doce años.

—Pero no has rehecho tu vida, Nora. Y no habrá sido por falta de oportunidades —insistió Frank. El cabello blanco se había apoderado de su anterior melena castaña, pero en algo no había cambiado: seguía diciendo lo primero que se le pasaba por la cabeza aunque fueran auténticas estupideces.

—Será porque prefiero estar sola —respondí, dándole un sorbito a mi zumo de piña caducado, e inventando una vida de la que no tenía mucha información—. Y ahora, si me disculpáis, me voy a casa.

Al girarme, vi a Mark pidiendo en la barra. No fui la única que lo vio, mis «amigos» ya cuchicheaban y reían nerviosamente. Debo decir que sentí una especie de punzada en el corazón, mariposistas en el estómago como la primera vez que salí a cenar con Stuart, la mejor reacción física del mundo, pero también la más peligrosa. A Mark le quedaban muy bien las canas. Llevaba puestas unas gafas de pasta negras que lo hacían parecer más atractivo tras esos llamativos ojos verdes. Su descuidada barba de tres días ejerció una poderosa atracción en mí, y sus dedos largos y fuertes, no podían evitar imitar los movimientos a los que estaban acostumbrados al teclear en el ordenador miles de palabras, haciéndolo también en la barra del bar.

«¿En este mundo paralelo en el que parezco encontrarme, Mark aún piensa en mí? ¿Sigue sintiendo algo por mí? ¿Existe una remota posibilidad de que Mark también haya vivido en mi otro mundo paralelo a este y no recuerde ninguna relación sentimental conmigo?», me pregunté, sorprendiéndome a mí misma por el interés repentino hacia el estúpido de Mark.

Sentí un miedo repentino al que no estaba acostumbrada, e intenté hacer lo que había hecho durante años cuando me cruzaba con él por las calles de Nueva York.

Antes de que pudiera escabullirme a toda prisa, Mark ya me había visto. Me miró seriamente y me saludó con la mano. El cuarteto se había callado, observando la escena expectantes, como si estuvieran en el cine viendo una comedia romántica de esas que tanto me gustaba compartir con Stuart al principio de nuestra relación. Le devolví la mirada a Mark y seguí corriendo a toda prisa hasta la salida de la taberna. Dios mío, eso parecía más largo que el pasillo de *El Resplandor*. Mark corrió hacia mí y, en un rápido movimiento, logró cogerme del brazo dejando su seriedad a un lado, para dar paso a la sonrisa más bonita que había visto en mi vida.

STUART, BONNIE Y SU PRIMERA CITA

Bonnie sabía que no tendría que ir nunca más al Bronx, ni vivir en el decadente apartamento donde había pasado los últimos diez años de su vida. Se preguntaba por qué no lo había hecho antes. Esa maldición era la mejor idea que se le había ocurrido a lo largo de su existencia, y al fin podría tener la vida que creía merecer después de tantas desgracias. Había dejado de ser la torpe mujer que chocaba contra la pared y le daba sin querer al interruptor de la luz, para pertenecer al selecto y escaso grupo de mujeres que brillan con luz propia y todo el mundo se da la vuelta para mirarlas con admiración nada más aparecer. Pensó en hacerse algunos arreglitos ahora que se lo podía permitir: corregir su dentadura, empequeñecer su nariz, eliminar la grasilla, herencia de su madre, que le colgaba del cuello e incluso quitarse algunas arruguitas típicas del paso del tiempo, inevitables incluso para una bruja. Pero había algo que no lograría jamás: ser tan atractiva como Nora Clayton. Tener su porte y su carisma. Ser ella. No podía dejar de pensar en Nora; le era imposible quitársela de la cabeza. Lo que Bonnie quería, no solo era su vida que a punto estaba de conseguir, sino también tener los brillantes ojos azules de Nora, su perfecta nariz, esos pómulos tan envidiados, sus labios y la piel aterciopelada que, por más magia que hiciera, no podría imitar.

Afortunadamente para Bonnie, dejó de obsesionarse con la ya exvicepresidenta ejecutiva de la compañía que en ese mundo jamás existió, al entrar en su lujoso apartamento situado frente a Central Park y muy cercano al de Stuart y su hijo John. Sonrió al verse envuelta en maravillosas obras de arte, grandes y lujosas estancias y ostentosos muebles. Se tumbó relajada en el gran sofá de piel blanca y miró la despampanante lámpara de cristalitos colgada en el techo. Siempre quiso una lámpara como esa. Sonriente, fue dando saltitos hasta su habitación. Podría presumir ante cualquiera de su completo vestidor, la envidia de cualquier mujer. ¡Y era suyo! Vestidos, trajes, cientos de zapatos de tacón con los que tendría que aprender a lidiar, maquillaje profesional con el que podía conseguir el rostro magnífico que deseaba... y, escondido en uno de los armarios, el libro de hechizos heredado de su madre. Lo cogió con sumo cuidado y, al abrirlo, le pidió que le mostrara en imágenes cómo era la vida de Nora. El libro obedeció las órdenes de su ama y le mostró una Nora Clayton muy diferente a cómo ella la recordaba en su solemne despacho. Perdida, confundida, con un rostro que mostraba el difícil momento que estaba aprendiendo a digerir. Se encontraba con la mirada fija hacia un infinito bosque verde repleto de árboles perfectamente alineados, que convivían en armonía. Bonnie, satisfecha, cerró el libro y se dispuso a ponerse guapa para su primera cita con Stuart. Eligió para la ocasión un vestido ajustado rojo y unos zapatos de tacón negros. Se sentó en el tocador y sus manos inexpertas empezaron a adornar su huesuda cara, sus saltones ojos marrones y a disimular las imperfecciones de la piel. Recogió su pobre y escaso cabello y, sin dejar de mirarse en el espejo, intentó imitar una de esas sonrisas *hollywoodienses* que a todo el mundo cautivaban. No quedó del todo satisfecha, pero sabía que a Stuart le atraía. Y su poder sería cada vez más y más infinito, hasta el punto de hechizarlo y enloquecerlo por completo.

A las siete sonó el timbre de la puerta. Era Stuart, elegante y puntual, con un ramillete de preciosas flores blancas en su mano.

—Muchas gracias —agradeció Bonnie, dándole un atrevido beso en la mejilla—. Voy a ponerlas en agua.

Mientras Bonnie se alejaba hasta la cocina, Stuart no pudo evitar mirarle el trasero. Normalmente siempre se había fijado en mujeres más voluptuosas, pero Bonnie tenía algo especial. Algo que lo había vuelto loco. Al volver, la recibió con la mejor de sus sonrisas y una mirada pícara que tenía muy estudiada. Le ofreció el brazo y se fueron juntos hasta la calle, donde les esperaba el chofer de Stuart para llevarlos al distinguido restaurante que él mismo había elegido para la ocasión. Si algo sabía hacer bien Stuart, era sorprender y encandilar a sus acompañantes. Todos esos años sin una cita no le habían hecho perder la práctica, sino más bien todo lo contrario, ya que tenía ganas, muchas ganas, de abandonar por unas horas su mundo infantil junto a John y mantener al fin una romántica velada con la mujer de sus sueños. Y esa mujer era Bonnie.

El coche se detuvo frente al restaurante italiano *Lattanzi*, en pleno corazón de Manhattan, situado en el distrito de los teatros que te hacía sentir en cada uno de sus seis comedores, como si estuvieras en el famoso *Trastevere* de Roma. A Stuart le traía buenos recuerdos; solía venir mucho con su mujer, pero prefirió ocultarle ese pequeño detalle a Bonnie.

Los dos tortolitos salieron del coche agarrados y entraron en el interior del restaurante, donde les dieron una de las mejores mesas con vistas a los rascacielos de Nueva York. En la mesa de al lado, Brad Pitt y Angelina Jolie degustaban un delicioso plato de espaguetis. Bonnie trató de disimular su entusiasmo al sentarse en la mesa de al lado del mismísimo Brad Pitt y trató de centrarse en su acompañante, acostumbrado a ese tipo de ambientes.

—¿Habías venido alguna vez aquí? —preguntó Stuart amablemente.

—No, nunca. He estado en sitios similares, pero nunca aquí —intentó disimular Bonnie, mirando de reojo a Brad, que le decía a Angelina que se moría por un buen plato de jamón ibérico como el que había comido en España hacía dos semanas.

—Preparan unos platos deliciosos. La mejor cocina italiana de la ciudad. Ya lo verás.

Bonnie, lo que en realidad quería, era degustar una sabrosa pizza italiana, pero se dejó llevar por Stuart y sus gustos refinados. La cena fue agradable. Bonnie estaba encantada de tener a un hombre que le prestara toda su atención a pesar de tener a la mismísima Angelina Jolie al lado, a quien ni siquiera miró.

—Te preguntarás por qué he tardado tanto en pedirte una cita. —Bonnie abrió los ojos como platos. Stuart asintió, dispuesto a compartir con ella parte de su intimidad por primera vez—. Mi mujer murió hace tres años y, hasta ahora, no me he sentido preparado para tener una primera cita con alguien. Lo cierto es que, desde que entraste en la compañía, me fijé en ti, y me alegró mucho que aceptaras mi proposición esta mañana. Es un placer cenar contigo. Estar contigo —terminó diciendo, tímidamente.

—Siento lo de tu mujer —se lamentó Bonnie, pensando una vez más en la pobre Nora, cuyo apellido habría dejado de ser Clayton—. Pero debo decirte que el placer es mío y ojalá repitamos pronto.

Bonnie le guiñó un ojo a Stuart que, embobado, tiró sin querer la copa de vino tinto al suelo. Los cristalitos de la copa saltaron en mil pedazos y las gotas de vino salpicaron los pies de Angelina Jolie, que miró furiosa a un Stuart aún embrujado por la mirada de ojos saltones de Bonnie Larson.

MARK, EL ESCRITOR

Esa sonrisa no me atraparía. ¡No, qué va! Yo soy mucho más fuerte que eso. Esa sonrisa solo podía seducir a lectoras fanáticas de un atractivo escritor que, seguramente, quería camelarlas para llevárselas a la cama.

«¿Por qué te hiciste escritor?»

Recordé que le habían preguntado en una entrevista de la CNN. A lo que él respondió algo parecido a:

«Porque quiero dar a conocer, a través de las palabras, las historias que, milagrosamente, llegan a mi mente».

Respondió pausadamente, resultando de lo más interesante, pero yo solo pensé que era un pedante. En aquel punto de la entrevista que le hicieron, reí para mis adentros debido a la presencia de Stuart, y supe que se había hecho escritor para romper corazones.

—¿Se puede saber qué estás haciendo? ¡Suéltame! —Mark me obedeció confundido.

—¿Cómo? Me mandaste un mensaje la semana pasada diciéndome que te morías de ganas por verme— respondió. No parecía el hombre arrogante y orgulloso que yo recordaba. Al menos no a simple vista.

—¿Qué?

«¿Yo he escrito eso? ¿Sigo, después de doce años, enamorada de él? ¡Dignidad, Nora de esta vida! ¡Dignidad y orgullo!»

—Mira —continué diciendo—, no voy a perder el tiempo contigo. Yo me largo de aquí.

Miré a mis cuatro «amigos», que seguían mirándonos expectantes. Estaban entusiasmados ante la escenita, y deseosos por ver un romántico beso, una intensa mirada... *algo*. Pero sus caras de fastidio los delataron. Ahí no iba a pasar nada de nada, era tan previsible como cualquier película de Adam Sandler.

Ofendida y malhumorada, me dirigí hasta mi coche dispuesta a ir a casa de mi madre. No podía creerlo. Era la única persona con la que me apetecía estar en esos momentos después de años sin querer saber nada de ella.

Antes de abrir la puerta del coche, vi a Patricia. Iba corriendo al mismo tiempo que maldecía en voz alta sus zapatos de tacón rojos. Rebobinemos. En el mundo que había elegido, yo había trabajado en una revista de moda cuando acabé la carrera de periodismo, mientras me adentraba en la de económicas. Patricia era amiga mía, tuvo un par de citas con Stuart hasta que él se fijó en mí. No había vuelto a saber nada de ella y supuse que, en ese mundo, Patricia no me conocía. Nunca nos llegamos a conocer, ni fuimos íntimas amigas. Tampoco se enfadó conmigo ni deseó que me quedara calva, sorda, muda y coja, cuando Stuart me eligió a mí en vez de a ella. Yo nunca llegué a estudiar periodismo, nunca llegué a vivir en Nueva York y tampoco había trabajado en la revista de moda que tan bien recordaba y en la que se suponía que la había conocido a ella. Y a esta conclusión, llegué yo solita en cuestión de segundos.

Aun así, a pesar de saber que ella no me conocería de nada, me armé de valor y puse en marcha mi poderosa imaginación para hablar con ella. Antes de que pudiera entrar a la taberna, la detuve, sabiendo que no me tomaría por una chalada, pues Patricia tenía la gracia divina de poder hablar con cualquiera aunque no le conociera de nada. Y si algo le encantaba, es que la reconocieran o la confundieran con alguna actriz o presentadora de la tele.

—¡Hola! —saludé alegremente.

—¿Sí?

—Eres Patricia Geller, ¿verdad?

—Sí... —afirmó confusa, escondiendo la alegría que le producía que una desconocida se acercase a ella y la llamara por su nombre. «¿Ves? Soy importante. Soy como las famosas», solía decir—. ¿Y tú eres…?

—¿No me recuerdas? Nora Cla... —Casi lo olvidaba. Clayton no era mi apellido. No podía serlo, porque nunca lo había sido en ese mundo—. Nora Stewart... Era amiga de Stuart y nos vimos en una ocasión. ¡Vaya! No has cambiado nada.

«¿Tiene sentido? Venga, dime que lo tiene. Que tú sí conoces a Stuart. Si no, sí que me vas a tomar por una chalada, y esta conversación termina aquí», rogué mentalmente, escudriñando la expresión confusa de su pecoso rostro.

—¿Eres amiga de Stuart? —¡Bien! Tenía sentido. Ellos, en este mundo, sí se habían conocido. Asentí—. Vaya, mejor no hablar de ese tipo. Me enteré por las noticias que Lucille, la modelo por la que me dejó, había muerto. Pobrecita... —continuó diciendo, irónicamente.

Fui incapaz de decir nada mientras Patricia, como si aún estuviese indignada por la decisión de Stuart, se apartó altiva un mechón pelirrojo de la frente, observándome con sus vivarachos ojos verdes.

«¿Stuart viudo?» Mi mundo se vino abajo. Volví a pensar en Matt. El Matt que en ese mundo se llamaba John y seguía siendo idéntico al hijo que no tenía, puesto que a pesar de ser de otra mujer, también había heredado todos los genes de Stuart. Así que no era hijo mío, sino de una modelo muerta según Patricia.

—Y te preguntarás... ¿qué hago en este pueblucho? —Miró a su alrededor asqueada—. Salgo con Mark Ludwig, el escritor —me informó con orgullo y cara de pilla. Me quedé aún más pasmada sin saber qué decir—. Supongo que lo conoces. Bueno, a ver… salir, la verdad que de momento no salimos, pero estoy en ello. Me ha traído a su pueblo para darle celos a una ex. ¿Te lo puedes creer? Las mujeres sabemos cómo acaban estas cosas —rio. Patricia siempre fue presuntuosa y creída, hay cosas que no cambian.

—Y ¿cómo acaban? —quise saber.

—Solo te diré que, si dentro de una semana estás por aquí, lo comprobarás por ti misma —respondió, guiñándome un ojo—. Y ahora, si me permites, voy a entrar en esta tabernucha de mala muerte y a pasar a la acción. Un placer, ¡adiós!

Al abrir la puerta, me quedé viendo cómo contoneaba su perfecto trasero hacia el interior de la taberna. Mark seguía en la barra esperándola, y pudo ver mi cara de idiota. Le sonreí y, acto seguido, me fui corriendo hasta mi coche. «Suficiente por hoy», pensé, con ganas de llorar.

Mi madre estaba en la cocina preparando su té. La veía diferente a cómo la recordaba y volví a pensar en la maldita enfermedad que la estaba consumiendo. Me impactó ver su cabeza despejada y su rostro sin cejas.

—Me picaba la peluca —se excusó, tocándose la cabeza con humor—. ¿Qué haces aquí?

—¿Qué?

—No sueles venir por la noche, cariño.

—Claro, porque… no vivo aquí —razoné.

Punto a mi favor. Al menos no vivía con *mamá* a mis treinta y seis años. Pero ¿dónde vivía? ¿Cómo preguntárselo sin que le entraran ganas de llevarme al manicomio?

—Tengo ganas de pasear, así que luego te acompaño a casa —«Menos mal», pensé. Como si mi madre me hubiera leído el pensamiento—. ¿Quieres un té?

—No, ni hablar.

—¿Has cenado?

—Sí —mentí—. Mamá, el cáncer... —Mi madre se sentó y me miró fijamente sonriendo.

—El cáncer va mal, Nora. Va muy mal, ya lo sabes. Dos meses, tres como mucho —respondió, con toda la normalidad de la que fue capaz.

Se me cayó el mundo encima y no pude evitar llorar como una niña desconsolada. Otra vez, en menos de veinticuatro horas, mi madre me abrazó. Y volví a pensar en Matt, en la madre que fui y que ya no era, en la vida que me perteneció y que, por alguna extraña razón, no existía dentro de ese mundo. Era una obsesión.

Y, lo peor de todo, era que mi madre dejaría de existir en unos meses y yo me sentía tremendamente culpable porque para mí, hacía muchos años que no la veía, que la había ignorado por completo y hasta me había avergonzado decir que era mi madre. Debía sentirse cómo me sentí yo cuando Matt no me reconoció al llegar a casa. ¿Qué me había hecho aquella mujer arrancándome unos pocos pelos? Algo a lo que no le di importancia, puede que estuviera cambiando el transcurso de, algo tan serio, como mi propia vida.

Entre los brazos de mi madre podía decir que estaba orgullosa de ser su hija. Así me sentía en esos momentos, intentando olvidar un pasado que para ella nunca había existido. Pero para mí sí. Seguía dándole vueltas a la cabeza, seguía confundida y más perdida que nunca.

Media hora después, mi madre se colocó la peluca, se maquilló un poco las cejas y me acompañó dando un tranquilo y silencioso paseo nocturno hasta casa, a solo cinco minutos de distancia. Me entraron escalofríos al descubrir el lugar en el que vivía. Hacía muchos años, era propiedad de Dorothy Newman, una ancianita a la que le encantaba apretujar las mejillas de los niños y que murió en su cama mientras dormía. Así que vivía en esa casa restaurada de la época victoriana, como casi todas las casas de Kutztown, en la que había fallecido la vieja Newman. Busqué en el interior de mi horroroso bolso de flecos las llaves. Ahí estaban, como si hubieran estado toda la vida. Me despedí de mi madre con un beso en la mejilla, observando cómo se alejaba por las solitarias y frías calles de Kutztown, rodeadas de encantadoras casitas campestres que ya, casi, había olvidado sustituyéndolas por el esplendor de Nueva York y sus barrios acomodados.

Ya en el interior de «mi» casa, pude recordar a la anciana sentada en una silla balancín de mimbre que ya no estaba en el porche de la que ahora era mi propiedad. Al contrario que Dorothy, yo no había plantado flores en el jardín. Nada más entrar, encendí las luces y miré a mi alrededor. El mobiliario era rústico, nada que yo hubiera elegido parecía estar ahí. No la sentía como mi casa, no era un hogar para mí. Encima de la chimenea había varias fotografías enmarcadas. Me acerqué a mirarlas. En todas aparecía yo sonriente, jovial y feliz y sin apenas maquillaje, muy diferente a la Nora que había decidido ser. Fotografías con Frank y toda la tropa, con mis pinturas, orgullosa de ellas en una galería de arte y varias con Mark.

«Esto sí que no me lo esperaba».

Con Mark abrazados, acaramelados, enamorados... en la montaña, en la taberna, en un restaurante, en el lago... ¿Por qué no recordaba nada de eso? Las observé con extrañeza; nada de eso me pertenecía, no recordaba nada.

Encima de una mesita de madera al lado del sofá verde, había un teléfono móvil. ¿Quién deja hoy en día el teléfono móvil en casa? Aunque no era de última generación, al menos tenía servicio de whatsapp. Conversaciones cortas con mi madre, algunas con Frank, con una tal Christine... y ahí estaba, Mark. Me sorprendí al ver que yo le había escrito que lo echaba de menos, que necesitaba verlo y que hacía demasiado tiempo que no sabíamos el uno del otro. Me sorprendió aún más leer lo que él me había escrito:

Recuperemos el tiempo perdido, Nora. Han pasado demasiados años. Vuelvo a Kutztown, nunca debería haberme ido.

Resoplé. No podía ser verdad. No podía haberme enamorado de Mark. ¡Lo odiaba!

Subí las escaleras sin poder controlar la furia que sentía en esos momentos por estar atrapada en algo que yo no había elegido. La vieja madera crujía, y me atemorizaba imaginar al fantasma de la vieja Dorothy, esperándome en lo alto de las escaleras. Nada más llegar al pasillo, encendí las luces. Si el fantasma aparecía, que no me pillara a oscuras. Abrí todas las puertas. Dos amplios dormitorios, un estudio y un cuarto de baño. Entré en el que había ropa tirada por el suelo y la cama sin hacer. Supuse que esa era mi habitación. Un caos, un desastre, casi tanto como el del taller.

«¿Así soy yo aquí? ¿Un caos?»

Las sábanas no olían a flores campestres como las de mi apartamento de Nueva York. No eran de un tejido suave, ni delicado, ni agradable al tacto. Pero estaba cansada, muy cansada... tanto, que al tumbarme y taparme con la manta, cerré los ojos y el sueño me invadió por completo.

Un sueño que, al fin, aclararía todas mis dudas en las horas más surrealistas de mi vida.

EL EMBRUJO DE BONNIE

Stuart acompañó hasta casa a Bonnie. Hechizado por la sensual mirada de ojos saltones de la joven, esperó en el rellano a que ella le diera alguna señal inequívoca para pasar a la acción. Al acercarse para darle un beso en la mejilla, sus frentes chocaron torpemente y, a solo un milímetro de distancia, acercaron sus labios para fundirse en un apasionado beso de ¿despedida?

—¿Quieres pasar? —preguntó Bonnie decidida.

Stuart asintió, agarrándola con suavidad por la cintura y arrastrando el menudo cuerpo de Bonnie hasta el sofá.

—Vaya, cómo se nos caiga encima esta lámpara, se nos clavan miles de cristalitos en la cabeza —comentó Stuart, mirando la gran lámpara de cristales que tenían encima—. Lo siento —se disculpó, ante la atenta mirada de Bonnie—, no debería decir nada.

Stuart negó con la cabeza para sí mismo ante sus inadecuadas palabras, y acto seguido, para no «cortar el rollo», Bonnie continuó besándolo. Con furia, con ansia, con pasión. Era, en realidad, el primer beso de Bonnie y pensó que esto del amor, no se le daba tan mal. Terminaron haciendo el amor en la gran cama de la bruja, hasta que Stuart se quedó dormido. Bonnie observó el perfecto torso desnudo del que había sido uno de los mejores modelos en la década de los noventa. Admiró su rostro angelical y, aún desnuda, se dirigió hasta el cuarto de baño. Se miró en el espejo que le devolvió una pícara sonrisa y, sin esperarlo, su rostro se desvaneció para dar paso al de su fallecida madre. Su cara era tal y como la recordaba antes de morir. Sus mismos ojos saltones, su misma gran nariz y una dentadura descuidada y poco atractiva que habían hecho de la bruja un ser miserable ante los demás.

—Vaya, vaya... el alumno supera a su maestro. Debo felicitarte, Bonnie.

—Madre...

—¿Qué demonios has hecho? —preguntó Elisabeth furiosa.

—N-no... ¿no estás orgullosa de mí?

—¿Por qué? ¿Por haberte llevado a la cama a un modelo destronado? ¿Por haberle arruinado la vida a tu jefa? No, querida. No estoy orgullosa de ti. Te desprecio, siempre te he despreciado.

—Ya no me importa lo que digas —espetó Bonnie, sacando las fuerzas necesarias para afrontar ese doloroso momento en el que las palabras se le atragantaban y lo único que quería era llorar como cuando era pequeña y debía enfrentarse a las crueles críticas de su madre.

—Has separado a una madre de su hijo, Bonnie. Eso está muy mal... Qué feo. —Elisabeth negó con su largo y torcido dedo, del que destacaba una uña pintada de negro.

—¿Tú vas a hablarme a mí de lo que está mal, madre?

—Lo comprobarás por ti misma cuando vengas hasta dónde estoy yo.

—¿Dónde estás? —preguntó Bonnie inocentemente.

—En el infierno.

La bruja Elisabeth Larson desapareció entre las llamas, ofreciéndole de nuevo a Bonnie su imagen en el espejo. Ya sin su pícara sonrisa, sus ojos se mostraban asustadizos y repletos de lágrimas. Aún podía ver el fuego con el que había desaparecido su madre a través del espejo. Aún podía sentir el dolor que le había provocado, una vez más, las palabras de Elisabeth. Siempre haciéndola sentir inferior, mal consigo misma y avergonzada por ser quien era y no quien deseaba ser. Pero su vida había cambiado. Ella había cambiado, todo producto del hechizo. Miró a su alrededor: el lujo que poseía, el hombre que tenía durmiendo en su cama y pensó en la envidia que su madre fallecida debía sentir entre las llamas del mismísimo infierno desde donde la había ido a visitar.

Al día siguiente, Bonnie encontró una rosa roja en lugar del perfecto cuerpo de Stuart, y una nota que decía:

Te espero en la cocina, princesa.

Nunca antes nadie la había llamado «princesa».

Bonnie sonrió, olvidando por completo la visita de su difunta madre a través del espejo del cuarto de baño horas antes. Se dirigió feliz hasta la amplia y moderna cocina donde la esperaba Stuart y su sonrisa. Le había preparado una bandeja exquisita con fruta, bollería, un zumo de naranja y un café con leche aún humeante.

—No sé qué sueles desayunar, así que aquí hay de todo —saludó Stuart orgulloso de sí mismo.

—Muchas gracias.

—Bonnie, sé que es muy pronto aún pero... ¡Ay! No sé cómo decírtelo…

—Dilo. Dilo y ya está, Stuart —le animó Bonnie, dándole un mordisco al *croissant*.

—Te quiero, Bonnie. Te quiero —confesó con una sonrisa bobalicona.

Bonnie se acercó al modelo destronado, tal y como lo había llamado su madre, y lo besó. Ella también le quería. Su vida estaba funcionando bien. Era su momento y pensaba disfrutarlo; se olvidaría de Nora y del arrepentimiento que en algún recoveco de su alma sentía por haberle cambiado la vida y, muy especialmente, por haberla separado de su hijo. El hijo que, en su nueva vida, nunca tuvo con el que ahora era su novio. Su novio Stuart.

«Mi novio. Qué bien suena», pensó, mientras lo miraba fijamente para que su embrujo, rápido y eficaz, no tuviera fin.

Bonnie se sentó en el taburete a degustar cada uno de los manjares que Stuart le había preparado, mientras él se fue al cuarto de baño a ducharse. El teléfono móvil de Stuart sonó. Bonnie decidió cogerlo. La llamada duró dos escasos segundos, puesto que la persona que había llamado colgó al instante al escuchar la voz de Bonnie. Decidió no darle demasiada importancia, y volvió a centrarse en su delicioso desayuno y en su perfecta e idílica recién estrenada vida.

SUEÑOS

Al día siguiente me desperté resacosa. Algo imposible teniendo en cuenta que únicamente bebí un zumo de piña caducado. ¡Mierda! El zumo de piña. Mi estómago estaba pidiendo a gritos algo de comer. Aún en la cama, quise recordar el sueño que había tenido. En él aparecían llamas y aquella empleada que me arrancó dos pelos riéndose de mí. Siempre he creído que los sueños lo aclaran todo. Están dentro de nuestro subconsciente para salir a la luz cuando más lo necesitamos, y solo debemos hacer un pequeño esfuerzo al despertar para recordarlos y tenerlos en cuenta.

Fui directamente al estudio y encendí el ordenador. Aún dormida, busqué en *Google* cosas sobre vudú y brujería y al leer rápidamente toda la información, supe enseguida que aquella mujer me había hecho algo. ¿Cómo se llamaba? ¿Por qué no presté más atención? Cogí el teléfono móvil de la mesita de noche en la que lo había dejado antes de caer en los brazos de Morfeo, y marqué el número de Stuart. Pero en su lugar, respondió una mujer. Colgué enseguida pensando que, a lo mejor, ese tampoco era su número de teléfono en esa nueva vida. ¿Qué podía hacer yo? ¡Solo quería ver a Matt! ¿Se llevaría su almuerzo al colegio? ¿Stuart sabría cuidarlo bien? Y entonces, lo entendí. Entendí que ese chiquillo que lloriqueaba al verme en el rellano porque no sabía quién era yo, no había salido de mis entrañas. No tenía mi sangre y nunca lo llevé en mi interior durante nueve meses. Matt, mi Matt, no existía. Yo nunca había sido madre en esa vida y, para comprobarlo, solo debía mirarme en el espejo y ver cómo mi barriga no tenía la marca de la cesárea que me hicieron cuando nació Matt. En esa nueva vida, en ese nuevo mundo, no había dado a luz ni a Matt ni a nadie. ¿Había sido decisión propia? ¿No había querido tener hijos o no surgió la oportunidad?

Tenía dos opciones: volver a Nueva York e intentar aclarar lo que había sucedido o quedarme en Kutztown y organizar esa vida en la que me veía involucrada en esos momentos hasta dar con la solución. Debía haberla, no podía quedarme atrapada «ahí», en una vida por la que yo no me había decantado. ¿Qué sentido tenía?

Me visualicé en prisión por acoso a Stuart y a mi «no-hijo», por intentar entrar en la empresa que ya no me pertenecía, o por agredir a la maldita bruja que me arrancó dos pelos y me hizo vudú colocándome como si fuera una marioneta en la vida que no elegí. Se me fue inmediatamente la idea de la cabeza. Dejaría pasar los días, eso era lo que haría. Unos días que preveía duros y difíciles sin la presencia del hijo que recordaba haber tenido y sin mi lujosa vida con un puesto de trabajo brillante que ya había aborrecido. Echaría de menos incluso a Virginia, su cuello de avestruz y los asquerosos cafés sin azúcar que me servía a media mañana. Pero tenía una nueva oportunidad para estar con mi madre durante los últimos meses de su vida y, al recordarlo, volví a llorar. Tiempo, necesitaba tiempo y después todo se solucionaría, ¿verdad?

«Todo, menos la muerte, tiene solución», solía decir mi padre.

Bajé hasta la cocina ya sin el temor de encontrarme con la ancianita que vivió en esa casa, gracias a la resplandeciente luz del sol que entraba por las ventanas. Había amanecido un precioso día en Kutztown. Miré por la ventana dándole sorbos al café que tanto me había costado preparar. Ni idea de dónde tenía guardadas las cosas y mucho menos de cómo funcionaba la anticuada cafetera que reposaba en la encimera de la cocina.

Era todo tan diferente a Nueva York. Pocos, muy pocos coches pasaban por la calle residencial, algo que permitía que se escucharan con claridad el canto de los pajaritos descansando en las ramas de los frondosos árboles de cada jardín delantero de las casas. Salí al porche aún con la ropa del día anterior con la que había dormido. Necesitaba una buena ducha.

Mi coche estaba aparcado frente a la casa de mi madre, así que después de una buena y necesaria ducha, me dirigí hasta allí. Pero al tocar al timbre, mi madre no contestó. La vecina me informó que había ido a dar un paseo, algo que me tranquilizó. Me horrorizaba la idea de que le pasara algo en soledad y fuera yo quien, al abrir la puerta de su casa, se encontrara cualquier triste escena para la que no estaba preparada. Aún no. Decidida, cogí el coche y fui hasta la granja donde Frank, atareado dándole de comer a los caballos, me saludó sonriendo. Rápidamente, para evitar cualquier tipo de conversación que tuviera que ver con Mark y mi encuentro con él la tarde anterior, me encerré en el taller donde mis obras de arte, que aún no podía ver como mías, me esperaban. De nuevo y como por inercia, encendí un cigarrillo y volví a revisar los encargos que tenía de varias galerías de arte. Casi me da un soponcio del agobio que me entró. Revisé todos y cada uno de los cuadros y vi que me faltaban dos obras por hacer. Rápidamente, me coloqué la bata manchada de pintura que tenía en un perchero, y me puse manos a la obra mientras, a través de la ventanita, el bosque me servía de inspiración. Respiré hondo, como en las clases de yoga pero con aire puro en vivo y en directo. Era todo cuanto necesitaba.

Mis manos funcionaban solas, mi mente no se encontraba nublada por las mil preocupaciones que parecían no tener cabida en esos artísticos momentos. Nada era extraño, todo parecía ir como debía. Como si lo hubiera hecho desde siempre.

Una hora después, alguien tocó a la puerta. Dos golpes secos que me alteraron unos pocos segundos. A pesar del estorbo que eso me causaba, puesto que parecía ser que no permitía distracciones mientras me encontraba absorta en un cuadro, contesté.

—¡Pasa, Frank! —grité para que me escuchara, sin mirar quién era.

Un paso. Dos pasos. No era Frank.

—Hola, Nora... —saludó Mark.

Me fastidió tener que dejar el cuadro a medias para atenderlo, algo que pareció intuir por la expresión de mi cara; no tenía por qué disimular. ¿A caso a él no le molestaba ser interrumpido mientras escribía? El arte requiere de mucha concentración y de soledad, como para que venga alguien en el momento cúspide de inspiración y lo mande todo a tomar por saco.

Mark era muy elegante. A pesar de estar en el pueblo, llevaba un chaquetón muy caro de color gris oscuro y unos pantalones negros. Me miró con sentimiento. Pude ver en sus ojos un sinfín de recuerdos que él sí tenía conmigo. Pero yo no. Yo solo recordaba que odiaba a Mark, me caía mal desde siempre y cruzaba hacia la otra acera de la calle en las escasas ocasiones que lo encontré por Nueva York. Nuestras vidas, para mí, no tenían nada en común.

—¿Qué quieres? —pregunté secamente.

—Siento si te interrumpo. ¡Vaya! Has mejorado mucho —añadió, mirando cada uno de los cuadros—. Sigues siendo tan desordenada como siempre.

Totalmente. Era un caos, todo mi dominio estaba desordenado y no entendía por qué. Yo nunca había sido así, mi casa debía ser la más limpia de Upper East Side. Miré, avergonzada, a mi alrededor. Había olvidado por completo el caos de mi taller, igual que el de mi habitación, lo mismo que en toda mi casa, necesaria de unas cuantas horas de dedicación.

—Te lo repito otra vez. ¿Qué quieres? —disimulé.

—No esperaba que estuvieras tan distante después de todo lo que nos escribimos.

—Imagino. Pero han pasado cosas y ahora mismo no puedo prestarte atención.

Mark no contestó. Me miró con sus profundos ojos verdes a través de las gafas y apretó con fuerza la mandíbula. El mismo gesto que yo hacía cuando me sentía incómoda.

—La novela... ¿la has leído?

—¿Cuál?

—*Olvidar que te olvidé.*

¡Al menos algo no había cambiado en ese nuevo mundo! El estúpido título de su novela.

—No.

—Está dedicada a ti. Habla de lo nuestro —respondió apenado, ante mi falta de interés.

—Me parece estupendo. Pero, aun así, has venido con compañía, ¿me equivoco?

—¿Patricia? Es mi editora, no tenemos nada. Quiso acompañarme y conocer mi pueblo.

—Ya. ¿Y hasta cuándo te quedarás?

—Tiempo indefinido. Kutztown siempre me ha inspirado y quiero escribir mi próxima novela aquí. Voy a quedarme, Nora.

—Mira, voy a darte una idea para tu próximo título. Déjame en paz —sugerí, volviendo a convertirme, por un momento, en la vicepresidenta ejecutiva cruel que fui en mi otra vida de la que me había resignado a desaparecer, al menos, durante un tiempo.

—Entiendo. No te molesto más. Pensaba que te alegraría verme o que... —Mark no continuó hablando al ver que le daba la espalda para centrarme de nuevo en mi cuadro.

Lo siguiente que escuché fueron unos pasos y el sonido de la puerta al cerrarse. Mark se había ido. Bien, era lo que quería, pero entonces, ¿por qué me sentía tan triste?

Dediqué el resto del día a terminar los dos encargos pendientes y a experimentar con nuevos trazos y mezclas de colores. Como si lo hubiera hecho toda mi vida.

Recibí la llamada de Christine, que al fin había descubierto que era mi ayudante y, por cómo me hablaba, también mi amiga. ¡Tenía una ayudante! Vendría por la tarde a recoger mis obras y a llevarlas hasta las galerías de arte cercanas donde serían expuestas en unos días. También tenía pendientes envíos a San Francisco y Nueva York, donde mis pinturas se verían expuestas dentro de unos meses. Me recordó que dentro de una semana teníamos inauguración en la galería *Eckhaus* de Kutztown y en la de *Lazy Leaf Pottery*. Y que, dos meses más tarde, debíamos viajar a Nueva York a la prestigiosa galería *Agora* donde yo misma —en mi otra vida—, había sido una clienta asidua enamorada de las obras de arte de muchos artistas que habían expuesto allí. El viaje a Nueva York también lo aprovecharíamos para exponer un par de obras junto a la de otros pintores en la galería *Ceres*, en la West 27th de Chelsea. No me lo podía creer. Por un momento imaginé mis obras en periódicos, revistas o folletos de publicidad, teniendo la pequeña esperanza de que Stuart, amante del arte, las pudiera ver y recordar quién era yo. ¡Su mujer! ¡La madre de su hijo! Volví a recordar que mi barriga no tenía la marca de la cesárea y volví a derrumbarme. Así que, como hice la tarde anterior, salí al exterior y me planté a contemplar el bosque y su fila ordenada de árboles como si yo fuera uno más. Era, junto a mis pinturas, lo único que me daba un poquito de paz. Pero nada puede ser perfecto en esta vida, así que al cabo de unos minutos de relajación, noté cómo una mano se posó sobre mi hombro y, al mirar hacia arriba, vi al bueno de Frank saludándome con una sonrisa.

—¿Qué pasa? —pregunté.

—¿Estás bien?

—Claro.

—Te veo tensa.

Empezó a darme un masaje en los hombros. No me apetecía que Frank me manoseara.

—No estoy tensa.

Me aparté bruscamente y forcé una media sonrisa que lo invitara a desaparecer de mi vista.

—He visto a Mark. ¿Qué le has hecho? Se le veía afectado.

—Se lo tiene merecido.

—¿Por qué? Fuiste tú quien rompió con él y luego pusiste como excusa que era lo mejor. Que así él se iría sin remordimientos a Nueva York y triunfaría como escritor. No te equivocaste, ha sido lo mejor para Mark a nivel profesional, pero os tenéis que quitar esa espinita. Ahora que los dos estáis consiguiendo ser brillantes en lo vuestro y continuáis solteros, deberíais daros una oportunidad.

No entendía nada de lo que me estaba diciendo. ¿Yo lo dejé a él para que se fuera a Nueva York a triunfar? ¿Fue por generosidad o porque ya no le quería? ¡¿Qué pasó?!

—Como dijo Julia, ya han pasado doce años —dije.

—Sí, mucho tiempo, Nora. Pero no has estado con nadie desde entonces. No... Bueno, ya sabes, ¿no tienes necesidades?

No podía creer que me estuviera preguntando lo que creía que me estaba preguntando.

—¿A qué te refieres, Frank?

—Bueno, no quiero decir guarradas, pero...

—¡Cállate! —le dije riendo. Lo cierto era que, si en esa nueva vida había pasado doce años sin tener sexo, era toda una campeona o, más bien, un bicho muy raro. Mi cuerpo aún recordaba la última vez que había hecho el amor con Stuart, hacía solo cuatro días—. ¿Y tú qué tal con Julia? —quise saber. La pregunta pareció extrañarle.

—Como siempre, claro.

—Pero ella no vive aquí, en la granja —afirmé, como si lo supiera.

—A lo mejor me instalo con ella en unos meses. No lo sé. Todo va bien, gracias por preguntar.

—No te lo pregunto muy a menudo, ¿no?

—Siempre estamos de broma, ya sabes... —respondió pensativo—. Desde que me diste calabazas hará ya dos años, decidimos no hablar de cosas serias.

Eso sí que era toda una sorpresa para mí.

—¡Eso ya pasó! Mírate, ahora te va bien con Julia... —respondí, sin saber si eso tenía mucho sentido para él—. Todo es como debe ser.

Frank asintió y, sin decir nada, dio media vuelta y desapareció para volver a su duro y monótono trabajo en la granja. Y yo volví a mirar hacia la profundidad del espacioso bosque y a pensar en la infinidad de caminos que se abren ante nosotros a lo largo de nuestra vida. Mi vida sería distinta si le hubiera dicho que sí a Frank. O si no hubiera dejado escapar a Mark. Pero esa vida que tenía ante mí, soltera, sin hijos, con mis cuadros, mis encargos, mis galerías de arte, mi ropa cutre y barata, el desorden y el caos en cada estancia de mi hogar... esa, era la única que existía en esos momentos por una especie de magia negra. Lo doloroso era no estar con Stuart y amar profundamente como a nadie a Matt, sin que yo existiera en sus memorias. Sin que mi hijo existiera en realidad.

Volví a decirme a mí misma: «tiempo, tiempo... unos meses y volverás». Solo unos meses. Siempre podía presentarme ante Stuart como una admiradora, conquistarlo y estar con él y con mi hijo, aunque tuviera otro nombre y hubiese sido engendrado por otra mujer que, según Patricia, había fallecido. Stuart era un hombre al que le encantaban los halagos. Adoraba que las mujeres siguieran mirándolo como cuando fue el mejor de los modelos en su época. No sería difícil estar con él... no quería pensar en las dificultades, debía pensar en positivo. Y, para eso, necesitaba centrarme en el presente.

A la una y media del mediodía, vino mi madre con un *tupper*.

—Hoy nada de *tuppers* —dije, quitándome la bata—. Te invito a comer.

Mi madre sonrió complacida.

Por lo visto, eran pocas las ocasiones en las que salía del taller a la hora de comer y me conformaba con los *tuppers* que ella misma me traía para que comiera un poco. Sí era cierto que debía pesar mucho menos como Nora Stewart que como la señora Clayton que ya no era, pero entendía que ese taller me atrapaba y podía pasar un día entero sin probar bocado.

Cogimos el coche y fuimos hasta el restaurante *Betty's*, en pleno corazón de Kutztown en la calle Main, al igual que la taberna y la mayoría de locales de ocio. Compartimos unos deliciosos *wraps* de champiñones *Portobello* con provolone, espinacas, tomate y un aderezo casero de albahaca en una tortilla de espinacas que, por más que intenté preparárselo a Matt en «mi otra vida», nunca logré imitar. Mi madre pidió una sopa y yo una exquisita y completa ensalada junto a mi refresco preferido de jengibre y piña. Me alegraba saber que restaurantes como el de *Betty's* seguían manteniéndose con el paso del tiempo. Siempre fue mi preferido y era un sueño estar en él y tener a mi madre enfrente.

—¿Cómo te encuentras hoy? —quise saber.

—Bien. El lunes tengo sesión de quimioterapia en el hospital. ¿Vendrás conmigo?

—Por supuesto.

—Ya sabes que me deja muy mal. Luego me paso el día entero vomitando y con ganas de estar tumbada en la cama.

—Mamá, estoy aquí para cuidarte. Para lo que necesites.

—Pero tienes tanto trabajo en el taller... me sabe mal.

—Ahora lo primero eres tú —la alenté, convencida de mis palabras y de que era lo que ella quería escuchar. Seguía viéndola tan diferente a la mujer que recordaba y con la que por esos motivos me distancié.

—Muchas gracias, cariño. Cuando me vaya con tu padre, ten por seguro que, desde algún lugar, te cuidaré.

—No, por favor... no digas eso, mamá.

—Será así. Debes estar preparada. Concienciarte de lo que va a ocurrir. Yo estoy preparada, no tengo miedo.

Las lágrimas empezaron a salir a borbotones por mis ojos, en el momento en el que vino la camarera a retirar los platos vacíos. No había llorado tanto en mi vida y no lo podía evitar.

—Maldita alergia... —disimulé. Pero no surgió efecto, la camarera me miró con cara de pena y, con una mueca, nos entregó la carta de postres y, prudentemente, se retiró.

—Cariño, no te avergüences por llorar. Llorar no es malo, al contrario.

—He derramado más lágrimas en estos dos días que... —Me detuve.

«Que en estos dieciocho años en los que no estuve contigo. En estos dieciocho años en los que te ignoré y no quería saber nada de ti. En estos dieciocho años que tú recuerdas conmigo en esta vida que estoy viviendo, pero que yo no disfruté de tu presencia porque me incomodaba y me avergonzaba hasta tu estrafalaria manera de vestir en la vida que recuerdo y elegí. En estos dieciocho años en los que pensaba que no tenía nada en común contigo, que eras una completa desconocida para mí y te aparté cruelmente de mi vida sin que tú, quizá, pudieras entenderlo».

—Desde que murió tu padre, lo sé —continuó mi madre, mirándome fijamente emocionada—. Sé que sufres por mí, pero si te sirve de consuelo, debes estar tranquila porque te has portado muy bien conmigo. Siempre has estado ahí cuando te he necesitado. Te olvidaste de la idea de ir a Nueva York a estudiar periodismo para estudiar Bellas Artes y quedarte aquí... solo por no dejarme sola desde que murió tu padre. Y luego, cuando podrías haberte ido con Mark, dejaste que él volara para seguir conmigo. Por todo esto, cariño, estoy muy orgullosa de ti y te doy las gracias.

Ir descubriendo los detalles que hicieron que me decantara por la vida que estaba viviendo en esos momentos, me facilitaba la existencia y, a su vez, me hacían sentir tremendamente egoísta en el mundo paralelo que yo ya no podía ver desde ese lado. Podía ser una fumadora empedernida y no demasiado pulcra en cuanto a organización, pero era mucho mejor persona que la Nora *vicepresidenta ejecutiva de la compañía de su suegro* que había dejado atrás.

Asentí sin saber qué decir e intentando asumir todo lo que estaba pasando. Solo un par de días en ese nuevo mundo para entender que era ahí donde debía estar en esos momentos, con la esperanza de recuperar el tiempo perdido con Matt o, al menos, volver a verlo y que él volviera a reconocerme como la madre que era.

—Y voy a seguir aquí —prometí emocionada.

—Lo sé. ¿Qué vas a pedir de postre?

Por la tarde volví al taller para hablar con Christine. Era irónico que tuviera cierto aire a Virginia, aunque no tenía más de treinta años. Cabello rubio, ojos claros y un largo cuello que me hizo recordar a la arpía de mi «ex» secretaria. Al contrario que la «cuello de avestruz» de Virginia, Christine era amable y profesional y, por lo visto, nos llevábamos muy bien. Me saludó con un cálido abrazo que en esos momentos agradecí, tras la profunda y deprimente charla con mi madre durante la comida.

Con sumo cuidado, empaquetó los encargos y los cargó en la furgoneta blanca que había alquilado para la ocasión. Me prometió que estarían a buen recaudo y estuvimos un par de horas estudiando próximos viajes e inauguraciones. Se avecinaban más encargos, grandes y pequeños, y nuevas exposiciones a lo largo de los próximos meses. Aunque el taller se había quedado vacío, pronto volvería a llenarse de obras de arte. Christine me dijo que pronto necesitaría un taller más grande. Había mucho trabajo por hacer. Demasiada necesidad de inspiración para llevarlo a cabo. ¿Podría con todo? Sí, mis manos eran ágiles, tenían técnica, pero mi cerebro no tenía la teórica necesaria de cualquier estudiante de Bellas Artes. Yo era matemática pura y dura, periodismo e información, no pintura ni arte.

—Descansa un poco, se te ve cansada —me recomendó Christine antes de irse.

—Lo haré. Gracias.

—¡A ti! Nos vemos el lunes para acabar de organizar las exposiciones del día quince y la del dieciséis.

Por suerte, el trabajo estaba hecho y me sentía emocionada a la vez que nerviosa. Muy nerviosa. Ver a gente admirando mis obras, obras que no recordaba haber hecho, pero que sentía como propias. Asentí, agradecida, y decidí darme un respiro. El lugar elegido fue la encantadora librería *Firefly* a la que solía ir años atrás cada viernes por la tarde. Al menos algo que conocía bien y me gustaba.

Después de media hora ojeando cientos de páginas de libros que me llamaban la atención por sus títulos o portadas, Mark apareció al otro lado de la estantería. Me agaché para que no me viera y, ridículamente ante la atenta y sorprendida mirada de un niño, caminé de cuclillas mirando de reojo hacia donde estaba Mark. Desafortunadamente, él fue más rápido y me pilló.

—Se me ha caído una lentilla —mentí—. No hay manera de encontrarla —disimulé, palpando el suelo.

—Nora, no llevas lentillas —rio Mark—. Dime que no te apetecía saludarme y listo. No pasa nada.

En el mismo momento en el que, avergonzada, me levanté con ayuda de Mark, que me ofreció galantemente su mano, apareció Patricia sin reparar en mi presencia, agarrándolo cariñosamente del brazo.

—¡Todo listo! He hablado con el propietario y podrás firmar tus libros y dar una charla la semana que viene. Está encantado y tenía muchas ganas de contar con tu presencia. Día quince a las cuatro de la tarde. Es genial, ¿verdad?

—No está mal.

—Ya sé que esto no tiene nada que ver con las fabulosas librerías neoyorquinas donde has estado, pero al menos harás felices a unas cuantas provincianas. Oh... —Al fin Patricia reparó en mi presencia—. No me refería a ti, querida. ¿Cómo te llamabas?

Patricia podía ser insoportable. Mucho. En esos momentos la odiaba y era yo la que deseaba que se quedara calva, sorda, muda y coja.

—Nora —respondí malhumorada.

—¿Vendrás?

—No puedo, ese día expongo mis obras en la galería *Eckhaus*. —Mark sonrió, parecía alegrarse por mí.

—Ni idea de lo que me hablas, pero es una pena que te pierdas el gran acontecimiento del año en este pueblo.

—Patricia, te estás pasando —le recriminó Mark, fulminándola con la mirada—. Nora, me ha gustado verte. Hasta otra.

La parejita feliz salió por la puerta de la librería y debo reconocer que mi interior ardió. Sentí celos, muchos celos de Patricia. De verla agarrada del brazo de Mark, de dedicarle la mejor de sus sonrisas y unos ojitos de cordero degollado que, en esos momentos, le hubiera arrancado ferozmente como cualquier lobo que defiende a sus crías. Esa fue la primera ocasión, en ese nuevo mundo, en el que sentí que le era infiel a Stuart.

LA NUEVA SEÑORA CLAYTON

Bonnie fue a trabajar esa mañana con una sonrisa permanente en su rostro. Incluso se dignó a saludar a la estirada de Virginia a la que no soportaba. Al sentarse en su cómodo sillón y recibir gustosamente el café por parte de su secretaria, su mente voló por otros recovecos muy distintos a cada uno de los rincones de donde se encontraba. Se veía a sí misma vestida de blanco del brazo de Stuart. Con un vestido precioso palabra de honor. Todos empezarían a llamarla señora Clayton tras un idílico e inolvidable enlace multitudinario. Seguramente tendrían dos o tres hijos y serían felices para siempre. La carcajada característica de bruja no se hizo esperar, e incluso a Virginia, desde la sala contigua, se le pusieron los pelos de punta al escucharla. Bonnie no tenía ni idea de finanzas. Todos los archivos guardados en el ordenador le sonaban a chino, y sabía que no podría encargarse del trabajo eficaz que Nora había gestionado a lo largo de esos años. Años que no existían en ese mundo en el que Bonnie, al fin, se sentía completa y feliz. Supuestamente llevaba con dignidad su puesto de vicepresidenta ejecutiva desde hacía dos años pero ¿qué era realmente lo que tenía que hacer? El teléfono sonó. Virginia le avisaba que era el jefe, Michael Clayton, el padre de Stuart. A Bonnie se le iluminaron los ojos. «Mi suegro», pensó entusiasmada.

—Dime, Michael —respondió Bonnie con decisión. ¿Podía tutearlo o, tras el silencio de Michael al otro lado de la línea telefónica, la había pifiado?

—Bonnie, algo tiene que cambiar. Debemos reducir costes. Convoca una junta urgente para el lunes a primera hora. Tenemos que hablar y solucionar unos cuantos asuntos.

Antes de que Bonnie pudiera decir nada, Michael colgó. Bonnie se vio en la encrucijada en la que Nora ya se había encontrado en su mundo. La posibilidad de sustituir a diez mil trabajadores por sofisticadas máquinas, iluminó la mente de Bonnie, que se sintió irremediablemente culpable al tener que revivir ese momento que la anterior propietaria de ese despacho ya había vivido en su otra vida.

Bonnie le ordenó a Virginia que se encargara de todo lo que ella no sabía hacer para el lunes. Encontraría alguna solución, podría hacer algo para evitar que sus anteriores compañeros, esos que no conocían su insignificante existencia, no fueran despedidos. Aunque, por otro lado, ¿por qué pensar en ellos si nunca la tuvieron en cuenta? Nunca la invitaron a ir al *karaoke* los viernes por la noche o a tomar una cerveza al acabar el turno. Nadie le dio los «buenos días» al llegar a la fábrica. Nadie le preguntó en ningún momento durante todos los años que estuvo trabajando allí, cómo se encontraba. Ni una sola persona se preocupó por ella la semana que estuvo de baja por una gripe indeseada. ¿Por qué debía entonces hacerles un favor? No les debía nada. Y, sin embargo, tenía la posibilidad de ser la nuera que el señor Clayton querría.

Stuart entró en el despacho interrumpiendo sus pensamientos. Se acercó a ella y, poniendo sus fuertes y grandes manos a ambos lados de sus huesudas mejillas, la levantó besándola con pasión.

—Lo siento, no lo he podido evitar. Necesitaba verte.

—Me encanta que seas tan romántico, Stuart.

—Quiero hacerte una proposición. Sé que es de locos, solo hemos tenido una cita, pero...

—¡Sí! ¡Sí quiero! —respondió Bonnie con efusividad.

—¿Sí? Pues voy a empezar a prepararlo todo. Nuestra segunda cita será en París, ¡la ciudad del amor! Te encantará, ya lo verás. Salimos en pocas horas en un jet privado, prepáralo todo.

Bonnie se quedó pasmada. No era una proposición de matrimonio lo que Stuart le había propuesto como esperaba, pero sí tenía por delante un fin de semana romántico con él en París. Siempre había soñado con visitar París y esa era la ocasión y el momento perfecto junto a la persona idónea. Ya tendría tiempo para pensar en las tempestades profesionales que se le avecinaban... total, si estaba con el hijo de su jefe, nada malo podría pasarle... ¿o sí?

LA BARBACOA

Ya era de noche cuando llegué a casa. Encendí rápidamente las luces, porque seguía teniendo miedo a que el fantasma de la ancianita Dorothy se me apareciera por algún rincón de la casa. El susto de verdad vendría cuando llegara el recibo de la luz. Después de tener el móvil olvidado, vi que tenía dos llamadas perdidas de Frank. Escuché su voz en el contestador diciéndome que estaba invitada a la barbacoa que, como cada año, prepararían el sábado en la granja y a la que acudiría medio pueblo. También me preguntaba a qué era debido mi ausencia en la taberna. Nada me aborrecía más que pensar en pasar las tardes allí bebiendo cerveza.

Mark fue la primera persona que me vino a la cabeza al pensar en la barbacoa. Y, sorprendentemente, me entusiasmé con la idea de poder volver a verlo en un evento informal aunque viniera acompañado de Patricia. ¿Cómo pude ser amiga de ese esperpento? Definitivamente, en mi otra vida, era una idiota arrogante que creía tomar las mejores decisiones en todo. Ahora me veía en una vida que poco a poco tenía que ir conociendo obligatoriamente, hasta que lograra ponerle solución al asunto. Una vez más, volví a echarme las manos a la cara, me froté los ojos rojos por el cansancio y el cúmulo de emociones del día, y me fui a dormir pensando en Matt.

Sábado, diez de noviembre.

De nuevo amanecía un día frío pero soleado en Kutztown y el canto de los pajaritos alegraban la mañana. Creía encontrarme en el cuento de *Blancanieves y los siete enanitos* que tanto le gustaba a Matt. Podría acostumbrarme a eso. Pero cuatro días sin ver a mi hijo me parecían una eternidad. Me atormentaba el hecho de no saber si, en algún lugar de la memoria de Stuart, podría saber que yo había sido su mujer y ese niño con el que vivía no era fruto de su relación con una modelo muerta, sino mío. Mío. Malditos mundos y malditas decisiones que nos guían hacia uno de ellos. Y maldita la bruja que me había llevado al mundo que no elegí.

Llamé a Frank para saber a qué hora debía ir a la granja y si podía ayudar en algo. Se sorprendió mucho al ver que eran las diez de la mañana y no estaba en mi taller. «¿Los sábados también trabajo?», me pregunté. En la vida que conocía, le dedicaba todas las horas del fin de semana a Matt. Jugábamos, hablábamos mucho, leíamos cuentos, veíamos dibujos... aunque el mejor plan era ir al cine y comer palomitas. Matt se pasaría la vida alimentándose a base de palomitas sin necesidad de nada más. También nos encantaba encerrarnos en la cocina y preparar magdalenas. Matt era el ayudante perfecto y yo adoraba el brillo en sus ojos cuando sacábamos las magdalenas del horno. Eran tan bonito... Los fines de semana me olvidaba del teléfono móvil, de la pantalla del ordenador y de todo el trabajo, sin preocuparme en absoluto que se me acumulara y el lunes se convirtiera en el peor día de la semana. Solo importaba Matt. Solo él.

Para no interrumpir mi dedicada vida a las pinturas, decidí darme una ducha, arreglarme con el mejor vestuario que pude encontrar en el armario aunque no fuera de mi agrado, bebí un café, cogí el coche y me fui hasta la granja. Frank, Matthew y las gemelas Lisa y Julia estaban allí, bebiendo cerveza junto al corral de las gallinas.

—¿En serio? ¿Cerveza a las once de la mañana? —les pregunté asqueada.

—Pero si siempre eres la primera en apuntarte a una cerveza sea la hora que sea —respondió Lisa extrañada.

—Voy a trabajar un poco. Para lo que necesitéis, estoy en el taller.

Todos asintieron y pude escuchar que empezaron a hablar de mí, diciendo lo rara que estaba desde hacía un par de días. Para mí lo raro era beber cerveza a esas horas; mi estado era totalmente normal, teniendo en consideración todo lo que me había sucedido en la peor y más desconcertante semana de mi vida. La peor semana de la vida de cualquier persona. Cambiar de rumbo por el hechizo, vudú o lo que fuera que me hiciera aquella delgaducha bruja. Quería recordar su nombre, lo quería recordar con todas mis fuerzas... pero era imposible.

Agradecí que el taller estuviera más vacío, algo más ordenado desde que Christine se llevó muchas de las obras la tarde anterior. Encendí el ordenador para ver encargos pendientes y en seguida supe qué debía hacer. Seguiría con mis obras abstractas, pero les daría un toque menos colorido; no estaba el horno para bollos y no tenía humor para utilizar una paleta de colores alegre. Sería algo más tétrico, más triste y otoñal. Sí. Me decanté por ocres, grises y negros. De mi mente surgieron obras de arte maestras que toda pija de Upper East Side querría para sus amplios, lujosos y minimalistas salones.

Una hora más tarde, empecé a oler el humo procedente de la barbacoa que ya se estaba preparando. Se escuchaban muchas voces al unísono y decidí salir. Desde la puerta del taller observé a una gran cantidad de gente, todos de mi quinta. Compañeros del colegio, amigos y amigas a los que hacía mil años que no veía aunque, para ellos, en esa vida, imaginé que tan solo habían pasado días desde la última vez que hablamos. Busqué entre las caras conocidas la de Mark y, tras saludar a unos cuantos conocidos, lo vi junto a la barbacoa hablando amigablemente con Frank. Ni rastro de

Patricia. Bien. Me acerqué sigilosamente. Seguí saludando con una sonrisa a los presentes al mismo tiempo que, disimuladamente, eliminaba los restos de pintura que se me habían quedado incrustados en las manos.

—Qué bien huele esto... —murmuré, mirando los grandes chuletones que se estaban asando en la barbacoa, custodiada por Frank—. Hola —saludé. Mark me cautivó con su sonrisa, no parecía tener resentimientos hacia mí a pesar de lo mal que le había tratado.

—Vaya, ¿hoy no has perdido ninguna lentilla? —me preguntó.

—No, hoy me ha apetecido saludarte.

—Genial. ¿Podemos hablar?

Mark y yo nos fuimos hasta un rincón apartado, frente al bosque que tanta inspiración y calma me ofrecía. Su presencia me ponía nerviosa y me intimidaba pero, por alguna extraña razón, no me caía mal. Ya no odiaba a Mark, me había confundido completamente con él. En poco tiempo pude ver que era un hombre muy agradable y, a pesar de ser un famoso escritor rodeado siempre de fervientes admiradoras, no parecía ser ese tipo de personas que dejan de tener los pies en el suelo y se le suben los humos a la cabeza por ser, tal y como decían las revistas femeninas, el «Top de la literatura».

—¿Y Patricia? —pregunté con curiosidad.

—Ha vuelto a Nueva York. Se puso un poco pesada y... bueno, da igual. Vendrá en unos días para la presentación del libro en la librería. Me alegra que hayas decidido hablarme. No sé lo que te ha pasado estos dos últimos días, pero pensaba que tendrías ganas de verme por todos los mensajes que nos enviamos... ya sabes.

—Bueno, han pasado muchas cosas, Mark. —Toda una vida. Una vida en la que tú no existías salvo en la pantalla de mi televisión o en el escaparate de cualquier librería neoyorquina.

—He hablado con Frank y he pensado en lo nuestro. En el tiempo que hemos perdido y qué hubiera sido de ti y de mí si me hubiese quedado contigo en Kutztown.

—¿Pero ha valido la pena?

—Hubiera podido escribir aquí también, Nora. Podría haber hecho los mismos contactos y no nos tendríamos que haber separado.

—Imagino que en este tiempo habrás tenido tus líos amorosos. Doce años dan para mucho. —Mark pareció confuso. Una parte de mí, al no saber sobre casi nada, disfrutaba viendo el desconcierto que mis preguntas o suposiciones generaban en la gente.

—Ya sabes que estuve con una mujer, te lo conté. Cinco años, pero se dio cuenta que pensaba en otra, es algo que no se puede disimular durante tanto tiempo. Te acaban pillando, sobre todo cuando leen tus novelas —explicó.

—¿Esas novelas iban dedicadas a mí? —Mark asintió.

—Ya te lo dije.

Imaginé que, en la vida que yo elegí, sus palabras irían destinadas a otra persona. Otra persona que entró en su vida o, tal vez, sus historias fueran fruto de su imaginación. En ese mundo en el que, por lo visto tuvimos una bonita relación, sus novelas serían muy distintas al mundo que yo conocí. Pero el éxito era el mismo. Fue, en ese preciso momento, cuando entendí que las relaciones y nuestras elecciones lo cambian todo. Incluso unas palabras impresas en una hoja en blanco.

—Es muy emocionante. Un día leí que si un escritor se enamora de ti, no morirás nunca —dije pensativa.

Me fascinaba la idea de que alguien escribiera personajes inspirados en mí o en alguna historia que tuviera relación conmigo en esta, o en cualquiera de mis posibles vidas. En cualquier caso, nunca sabría a quién iba dirigida el título *Olvidar que te olvidé* en esa, nuestra otra vida.

—Muy buena frase. Yo tengo otra: «Todo lo que sucede una vez, puede no suceder nunca más. Pero todo lo que sucede dos veces, sucederá ciertamente, una tercera».

—Paulo Coelho. —Mark asintió, acercándose cada vez más a mí. Nuestros labios estuvieron a punto de unirse pero instintivamente, giré la cara. Esa fue la segunda vez que sentí que le era infiel a Stuart, mientras contemplaba el rostro decepcionado de Mark y tuve las ganas repentinas de agarrarle por el cuello y besarlo hasta la saciedad. Pero no lo hice. Me contuve, respiré hondo y le dije lo que seguramente no quería escuchar en esos momentos—. No, Mark... ya no...

Mark se largó con la cabeza gacha hacia donde estaban todos. No le dije nada porque ¿qué se le dice a alguien que se va y te deja tan desordenado el corazón?

No hablamos más durante toda la barbacoa en la que, en ocasiones, me sentí fuera de lugar. No tenía tema de conversación con nadie. La mayoría se habían casado y habían tenido hijos. Sus profesiones eran rutinarias y su estilo de vida no había cambiado mucho al de sus padres, por la libre decisión de haberse quedado en Kutztown o haberse trasladado a algún pueblo cercano. *Libre albedrío.* Todos parecían felices, resignados con sus vidas pensando que cada una de sus decisiones habían sido las acertadas.

Mi cabeza en esos momentos era un caos. Siempre había creído que la decisión de ir a estudiar a Nueva York y ganarme la vida por mi cuenta, desapareciendo de Kutztown, había sido mi mejor decisión. Mi hijo y la cómoda y despreocupada existencia que llevaba, era lo mejor que me había sucedido en la vida o, al menos, eso pensaba. En esos momentos, mientras miraba a Mark, solo podía pensar en lo que podría haber sido esa vida si nos hubiéramos decantado por otro camino, pero la inexistencia de mi hijo seguía doliéndome en el alma. Y, por otro lado, me alegraba poder estar ahí con mi madre cuando más me necesitaba. Si en la vida que elegí me hubiera enterado de la noticia cuando ya era demasiado tarde, no me lo hubiera perdonado jamás.

A las seis de la tarde los invitados se fueron yendo poco a poco y la granja se quedó vacía. En un momento de despiste, Mark también había desaparecido. Quedábamos «los de siempre»: Frank, Matthew y las gemelas.

—¿Una cervecita? —me preguntó Matthew.

—Madre mía, lo vuestro es obsesión. No me extraña que tengáis esas panzas —respondí riendo. Pero a ellos no les hizo ni pizca de gracia. Estaba claro que no teníamos el mismo humor o yo fui muy brusca y cruelmente sincera—. Me voy a ver a mi madre. ¡Hasta luego!

Entré en casa de mi madre sin avisar. Fui corriendo hacia el cuarto de baño de la planta de arriba, donde la estaba escuchando llorar angustiosamente. La imagen que vi me destrozó. Mi madre estaba de cuclillas sobre el retrete vomitando y llorando a la vez. Había dejado la peluca rubia tirada en el suelo y su estado era deplorable.

—Mamá... vamos al médico, por favor.

—No, no... estoy bien.

Pero no estaba bien. Sudaba, su rostro era pálido, estaba desencajado y tenía unas ojeras lilas que le llegaban a los pies. Me arrodillé junto a ella y acaricié su espalda intentando reconfortarla en aquellos difíciles momentos. Los vómitos no cesaban y sus lágrimas tampoco. Ese fue el momento en el que la muerte, cercana e imprevisible, me pegó con todas sus fuerzas. Vi que mi madre se moría. No lo había querido reconocer, no lo podía asumir. Acabamos arrodilladas, abrazadas durante un largo rato en el frío suelo de baldosas azules del cuarto de baño. Debilitada, la acompañé hasta la habitación y la acosté. Se durmió al momento. Decidí quedarme en su casa por si se despertaba a media noche y necesitaba a alguien que la llevara al hospital. Entré en la que había sido mi habitación desde que nací. Permanecía intacta, tal y como yo la había dejado. Mi madre no tiró nada, se limitó a cerrar la puerta y a conservar el dormitorio como si de un santuario se tratase. Me estiré en la cama que necesitaba con urgencia un nuevo colchón y, con la cabeza repleta de preocupaciones, me dormí esperando que al despertar todo volviera a ser como antes.

UN FIN DE SEMANA EN PARÍS

Tal y como Stuart le había prometido a Bonnie, el mismo viernes por la noche llegaron a París en un jet privado y se alojaron en el hotel Ritz, construido en el siglo XIX y situado a pocos metros del Louvre y de la Opera House. Stuart y Bonnie degustaron los manjares de uno de los dos restaurantes del hotel sin más copas de vino rotas accidentalmente, y disfrutaron de los románticos y despampanantes jardines de estilo Luis XIV y su piscina interior donde tuvieron una tórrida escena lujuriosa que, afortunadamente, nadie vio.

El sábado dio para mucho. Empezaron el día con fuerza gracias a un buen desayuno en el que degustaron los famosos *macaroons*. Estuvieron un par de horas comprando en las Galerías *Lafayette* en las que Bonnie, al fin, pudo permitirse el lujo de gastar todo cuanto se le antojara a través de una tarjeta de crédito que ni siquiera recordaba tener. Aún se acordaba de su vida austera en el Bronx, a la que no quería volver ni en el peor de sus sueños, y mucho menos volver a recibir la visita de la bruja de su madre entre las infernales llamas a través del espejo.

Bonnie y Stuart disfrutaron de los geniales artistas callejeros de la ciudad y también de sus actuaciones. Visitaron el *Museo Louvre* y, aunque no pudieron verlo completo, sí admiraron a la estrella del lugar junto a cientos de japoneses con sus inseparables cámaras fotográficas para inmortalizar su momento junto a la imponente protagonista del lugar: la *Gioconda* de Leonardo da Vinci.

Cogidos de la mano como cualquier pareja de enamorados, pasearon por los mercados de fruta y verdura, donde pudieron ver a un genuino parisino vestido con camisa de rayas, gorro negro, una bufandita roja y su exquisita *baguette* bajo el brazo. Se relajaron durante media hora en los *Champ de Mars* y comieron en *Le Meurice*, considerado el segundo restaurante más caro del mundo.

Por la tarde pasearon a lo largo del Sena contemplando el lago, mientras cantaban felizmente y sin importarles las miradas agraviantes de los parisinos: *La vie en Rose*.

Aunque las entradas para cualquier espectáculo del *Moulin Rouge* siempre se agotan con meses de antelación, Stuart era un hombre de recursos y con dinero... mucho dinero. Y no había nada que el dinero no pudiera solucionar, al menos no en ese mundo. Así que, una Bonnie vestida de noche para la ocasión, y un Stuart elegante con traje y pajarita, se adentraron en el mítico *Moulin Rouge* para disfrutar del espectáculo *Féerie* que tanto les apasionó.

Al salir, de madrugada, visitaron la emblemática *Torre Eiffel* abrazados.

—Es preciosa —dijo Bonnie, acurrucándose en el hombro de Stuart. Él le acarició el cabello y ladeó su cabeza para besarla.

—Hacía tiempo que no me sentía tan bien— reconoció Stuart, mirando fijamente los ojos saltones de Bonnie que tan embrujado le tenían.

—Puedo decir lo mismo, Stuart... exactamente lo mismo.

En solo un segundo, Stuart sacó del bolsillo de su chaqueta una cajita de color azul oscuro y se la enseñó a Bonnie, que, con los ojos vidriosos e iluminados por la Torre Eiffel, lo miró con la ilusión de una mujer a la que, en pocos días, se le habían visto todos sus sueños cumplidos.

PARÍS ES SOLO UN SUEÑO

Al despertar en la cama de mi adolescencia, recordé París. Había soñado con la *Torre Eiffel* y con la primera vez que estuve allí con Stuart dos años antes de tener a Matt. Fueron los mejores días de aquella vida, los mejores momentos junto al hombre con el que había soñado desde niña. Era cierto que nuestra relación se estaba deteriorando, pero lo quería. Como si en mis sueños continuara teniendo aquella vida que anhelaba y que a la vez, extrañamente, no me molestaba en esos momentos haber perdido. Poder estar con mi madre era el principal motivo, mientras que el segundo me aterraba y me entusiasmaba a la vez. El segundo motivo solo tenía un nombre: Mark. No podía dejar de pensar en él, en lo que habíamos vivido hacía doce años y no podía recordar, porque no lo sentía como algo mío. Pero deseaba con todas mis fuerzas haberlo experimentado. Haber exprimido el momento y esas cosas. Ojalá recordara esa sonrisa resplandeciente que parecía salirme sola en las fotografías en las que aparecía con él. Nunca sonreí así con Stuart, jamás. Jamás me vi a mí misma tan feliz y era Stuart el que, a veces, me tenía que decir cuando posábamos para una foto, que sonriera más. Él, el modelo profesional siempre quedaba bien, mientras que a mí se me veía más vieja y estirada. Con Mark parecía una quinceañera loca e ilusionada. Qué distinto todo. Y qué curioso.

Mi madre estaba en la cocina preparando café. Su rostro seguía desencajado, su piel pálida gritaba a los cuatro vientos que no se encontraba bien.

—Buenos días, mamá. ¿Has dormido bien?

—Sí, hija... recuerda que mañana tengo quimioterapia.

—Estaré contigo.

—Gracias. Por cierto, me han dicho que Mark ha vuelto al pueblo —cОmentó, sirviéndome una taza de café.

—Sí.

—¿Habéis hablado? —asentí seriamente—. Cielo, desde que se fue no volví a verte feliz. Y me preocupa que no hayas estado con ningún hombre... reconócelo de una vez, nunca lo has olvidado.

—Pero si eras tú la que me decías que tenía un lío con Frank.

—Estaba de broma, hija. Mark, Mark es el amor de tu vida. No lo dejes escapar, hazme caso. La vida es muy corta, Nora. Debes empezar a disfrutarla como lo hacías antes... cuando estabas con él.

—Mamá, sabes que una mujer puede vivir perfectamente y felizmente sin un hombre, ¿verdad?

—Claro que lo sé —respondió indignada—. Pero no es tu caso. Ten, come un poco —me ordenó, sirviéndome un par de tostadas y la deliciosa mermelada de frambuesa que ella misma preparaba desde que yo era una niña. Tenía tantas ganas de volver a probar ese sabor que me transportaba a los tiernos momentos de la infancia que, por un momento, olvidé el mundo real y sus problemas.

—Qué rica...

—Hija, ni que hiciera años que no la pruebas. Tienes la despensa llena de mermelada. Pero claro, no comes nada. Hazme un favor y en vez de encerrarte en el taller un domingo o quedarte aquí conmigo, ve a hablar con Mark. Volved a estar juntos.

—¿Pero qué dices?

—Lo que oyes. Es una orden y un deseo de una moribunda.

«Si fuera tan fácil...»

—Mamá, no digas esas cosas, por favor.

Pero lo decía muy en serio. Una hora más tarde, cuando me aposenté en el sillón a mirar la tele, me echó de casa y me obligó a ir a ver a Mark. Tal vez dormir en mi antigua habitación había hecho que me revelara contra ella como en mi adolescencia y, como no tenía ganas de encerrarme en casa a esperar a que el espíritu de la ancianita apareciera en cualquier momento cambiando el canal del televisor, fui hasta la granja donde Frank recogía huevos de las incontables gallinas que tenía en el corral.

—¡Tienes visita! —gritó desde la distancia.

A través de la ventanita del taller, vi la espalda de Mark ataviada en un abrigo negro. Imagino que sintió mi mirada en su nuca y se volteó para mirarme. Nos miramos fijamente durante unos segundos y fui yo la que, de un impulso, decidió salir del taller e ir hasta donde estaba él, enfrente de la perfecta alineación de los árboles con vistas al frondoso sendero oscuro y misterioso.

—Hola, Mark —saludé con una pequeña y tímida sonrisa. Quería mostrarme molesta por su presencia, quería no sentir nada... pero fue imposible. Me gustaba.

—Siento si te molesta mi visita —dijo bajando la mirada—. Sé que estoy siendo demasiado insistente, pero...

—Siempre tan correcto —le interrumpí—. ¿Recuerdas cuándo me lanzaste aquella pelota de baloncesto a la cara? Tuve el ojo amoratado durante días y se me hinchó la nariz.

Prácticamente, era uno de los poquísimos recuerdos que tenía de él, así que se lo tenía que dar a conocer.

—¿Nunca lo vas a olvidar? —rio Mark.

—¿Qué quieres, Mark?

—Volver a empezar. Para eso estoy aquí, Nora. Nunca debí marcharme... o tú nunca tendrías que haber dejado que me fuera.

Volvió a mirarme con la misma dulzura e intensidad que el día anterior, cuando le aparté la cara en el momento en el que intentó besarme. Me miraba con esa seguridad que le caracterizaba, al saber que algo en mi interior sentía lo mismo que él. Mark sabía que era correspondido. Que me temblaban las piernas al estar cerca de él, que sentía mariposas revolotear por mi estómago y un nudo en la garganta se apoderaba de mí y me dificultaba vocalizar al hablar. ¿Más de cinco palabras seguidas? Imposible, olvídalo. Que se me secaba la boca y se me nublaba la vista. En fin, esos síntomas que te hacen saber que estás perdido. Que estás loca y apasionadamente enamorada.

Tan arrebatadoramente irresistible, Mark acarició mi rostro y, en ese momento, sin pensar en nada más que no fuera en él y en mí, le besé. Besar sus labios fue como volver a casa, como si no hubiera existido ningún otro mundo en el que no existiéramos él y yo. Juntos. Un terrible dolor de cabeza me arrebató la magia del momento, aunque no se lo hice saber a Mark. Un millón de imágenes con él que no recordaba haber vivido, vinieron a visitarme a modo de ráfagas, para hacerme saber que, efectivamente, ese no era nuestro primer beso, sino uno de los muchos que ya nos habíamos dado.

Ese fue el tercer momento en el que sentí que le era infiel a Stuart, pero comprendiendo que el que fue mi marido en lo que parecía otra vida, se había esfumado con la extraña brujería de aquella desconocida. En esos momentos, solo existía Mark, ese escritor al que detestaba no hace mucho y al que ahora envidiaba por tener recuerdos conmigo que yo no había vivido, que solo habían aparecido a modo de *flashbacks* inesperados e incómodos y, por lo tanto, no podía disfrutarlos en mi memoria. No había podido retenerlos.

—Por fin... —dijo, al separar sus labios de los míos. Sonreí tímidamente intuyendo que él lo sabía todo de mí. Y yo nada de él... pero tenía ganas de seguir indagando sobre lo nuestro aunque hubieran pasado tantos años. Y sobre todo, quería descubrir quién era en realidad Mark Ludwig—. Quiero quedarme aquí contigo, Nora. Para siempre —volvió a decir. Y lo que decía, era de verdad. Nunca antes he visto tanta verdad en unas palabras, tanta dulzura en unos ojos, tanto amor en una caricia.

Asentí sin saber qué decir. En ese momento, la vida que no elegí empezó a cobrar sentido. Solo sabía que quería estar con él, y que no quería dejar de estar con mi madre. Mi madre me había dicho que no dejara escapar a Mark, que era el amor de mi vida y eso, me hizo pensar: ¿Y si siempre lo fue? ¿En esta vida que no elegí y en la que sí? ¿Y si Stuart solo fue un paso para darle la vida a un ser tan especial como Matt y quien en realidad debía estar conmigo era Mark? Mi cabeza seguía hecha un lío.

Dimos un paseo por el bosque. Había olvidado por completo ese olor tan puro a pino. A lo lejos, se vislumbraba el humo procedente de las chimeneas de algunas casas del pueblo. Algo familiar que hacía de ese pequeño momento algo aún más especial. Mark y yo nos mirábamos como dos tímidos adolescentes enamorados. Para mí todo acababa de empezar; para él, la vida le había brindado una segunda oportunidad que con anhelo había buscado y deseado desde siempre. Al mirarlo lo veía muy diferente... diferente a cómo se mostraba en televisión o a su pose misteriosa e interesante para promocionar sus novelas. Novelas que me prometí a mí misma leer, para descubrir quién era yo. Debía encontrarme a mí misma pero quería hacerlo con Matt. No podía concebir ninguna de mis posibles vidas sin él, sin mi hijo... el hijo que nunca tuve desde hacía solo unos días.

—Aquí estoy en paz —dijo Mark, sentándose en una gran piedra que encontramos por el camino.

—¿Qué tal la vida en Nueva York? —pregunté, sentándome a su lado.

—Un caos... odio el tráfico —reí—. Nunca debí marcharme de aquí —repitió, una vez más. Le había cogido el gusto a lo de «nunca debí, nunca debí».

—Ya... ¿Sabes qué creo? Que sí debiste hacerlo. Vivir tu vida, tomar tus propias decisiones aunque fueran empujadas por otros. Solo así, gracias a nuestras elecciones de vida, somos quienes somos. Dime, ¿si pudieras volver atrás, qué harías?

—Quedarme.

—¿Y si te hubieras quedado, qué crees que hubiera pasado?

—Que hubiéramos tenido hijos.

—A lo mejor... o tal vez no. Nuestro día a día está repleto de esas pequeñas cosas que son las que hacen que nuestra vida vaya de una manera u otra. Por ejemplo, yo... imagínate que me hubiera dado por irme a Nueva York a estudiar periodismo, trabajar en una revista, conocer a un modelo, estudiar económicas, casarme con ese modelo y acabar de vicepresidenta ejecutiva en la empresa farmacéutica de su padre y tener un hijo llamado, por ejemplo, Matt. Tú seguirías siendo ese chiquillo que me lanzó una pelota de baloncesto a la cara y al que odiaba y nunca hubiéramos tenido ninguna relación porque yo hubiera decidido marcharme de aquí.

—Vaya, que estudiado lo tienes todo. ¿Matt? Así era como decíamos que queríamos llamar a nuestro primer hijo... —murmuró pensativo.

Sus palabras calaron hondo en mí, mi corazón estalló en mil pedazos. En la vida que elegí, Mark hubiera sido un padre genial para Matt, solo que no sería el Matt que conocía, porque genéticamente era una copia exacta de Stuart. ¿Cuántos caminos pueden abrirse ante nosotros?

—Matt... —suspiré.

Miré a Mark y tuve la necesidad de volver a besar sus labios. Sin más reparos, sin más preocupaciones ni remordimientos, lo hice. Él correspondió mi beso cálidamente, dulce como desde el principio, como si fuera lo más normal del mundo, como si siempre hubiera estado ahí. Escondido, en algún rincón del alma, en esa vida que no llegué a conocer, pero que me hubiera gustado haber vivido. Haber experimentado cada uno de los pasos junto a Mark y haberlos retenido en mi memoria hasta el fin de mis días. Tenía una oportunidad, una oportunidad buena. Tal vez diferente a la vida que conocí, ni mejor ni peor, simplemente otra oportunidad, otro camino, otro estilo de vida... y quería disfrutar del momento a pesar de la dolorosa ausencia de mi hijo en ese mundo paralelo al que yo elegí. Decidí, en ese momento, dejarme llevar, abandonar tormentos del pasado y valorar lo que tenía. El aquí y el ahora, lo más preciado.

Fue, con diferencia, uno de los mejores domingos de mi vida. Incluso mejor que aquellos días en París junto a Stuart cuando éramos más jóvenes. Me imaginé a mí misma de nuevo en París, pero con Mark, y pensé en lo fabuloso que hubiera sido visitar la espectacular *Torre Eiffel* junto a él. París solo era un sueño. Lo cierto es que me encontraba en el rocambolesco Kutztown que tanto detestaba desde niña, pero que a los visitantes les encandilaba por su extraño encanto. Ese pueblo, de alguna manera, atrapaba a todo aquel que venía. A mí me estaba atrapando nuevamente, aunque sabía que si Mark no existiera o no hubiera aparecido en mi nueva vida, no merecería la pena quedarme atrapada ahí entre mis pinturas, mis futuras exposiciones y la maldita enfermedad que se estaba llevando lenta y dolorosamente a mi madre.

A las ocho de la noche, Mark me acompañó a casa. Vi en su mirada que quería entrar, pero me apetecía estar sola. Siempre me ha gustado la soledad y la he podido disfrutar muy poco desde que tuve a Matt, así que, después de pasar horas con Mark en ese idílico domingo de noviembre, era lo que me apetecía. Mi vena romántica y mi parte de «mujer dura», me llevaron a decirle que nos veríamos otro día. No quería ponerle las cosas fáciles, no a la primera. Con una pícara sonrisa y un romántico e intenso beso, desapareció en la penumbra de las calles ante la mirada de algún vecino cotilla desde el interior de sus casas. Llamé a mi madre. Su tono de voz me decía que no se encontraba bien, pero las ganas de no preocuparme más de lo que ya estaba, la llevaron a mentirme y a decirme que estaba mejor y que se iría a dormir en diez minutos, después de leer un rato a Danielle Steel, su escritora preferida.

Subí hasta el despacho e hice lo que tuve que hacer desde un principio. Buscar información en *Google*, el todopoderoso que todo lo sabe. Entré en la página web de la empresa del que fue mi suegro en mi otra vida y vi a la nueva vicepresidenta ejecutiva. Nueva por decir algo, porque, por lo visto, ya llevaba dos años en la empresa. Dos años muy diferentes en ese nuevo mundo al que yo recordaba. Sus ojos saltones la delataban, sus dientes torcidos y amarillentos bajo una tensa sonrisa poco acostumbrada a estar delante de una cámara, sacaron lo peor de mí. Me dieron ganas de tirar el ordenador al suelo en un arrebato fruto de un cabreo monumental. La rabia se apoderó de mí al ver el nombre de la que había ocupado mi puesto y que yo recordaba como una peón a la que despedí cruelmente en el que fue mi despacho. Bonnie Larson. La mujer delgaducha de ojos saltones escondidos bajo unas horribles gafas gruesas, que me arrancó dos pelos para llevar así su maldición contra mí.

LA CAJITA AZUL

El rostro de Bonnie se ensombreció al descubrir que en el interior de la cajita azul se escondía un espectacular y carísimo collar de oro blanco envuelto en piedras preciosas, en vez del anillo de compromiso que ella esperaba. El embrujo estaba funcionando y Stuart estaba prendado de ella, pero aún no lo suficientemente loco como para pedirle matrimonio y convertirla en la resplandeciente y nueva mujer Clayton.

—¿Te gusta? —preguntó emocionado Stuart, volteando el cuerpo menudo de Bonnie para colocarle el collar en su prominente escote.

—Me encanta —respondió entre dientes Bonnie, intentando disimular su decepción.

—Te queda muy bien. Estás preciosa.

Bajo la luz de la luna se miraron y volvieron a besarse una vez más. Bonnie nunca se cansaba de rozar sus finos labios con los de Stuart. Besarle era estar en el paraíso y le horrorizaba pensar en el momento en el que, con toda probabilidad, acabaría entre las llamas del infierno junto a su madre y el resto de brujas de su familia. Varias parejas pasaron por su lado mirando a Bonnie con curiosidad. Ella sabía que todas esas mujeres y hombres se preguntaban qué hacía alguien como Stuart con alguien como ella. Ellos la veían tal y como era; Stuart no. Estaba hechizado. Pero no importaba. Tampoco le importaba acabar en el infierno, si por ello podía sentirse en el mismísimo cielo mientras vivía. La eternidad en el infierno no le asustaba, perder a Stuart sí.

Las últimas horas en París estuvieron repletas de romanticismo y pasión. Cuando el jet privado aterrizó el lunes por la mañana en Nueva York, Bonnie se dio de bruces con la realidad. Virginia lo tenía todo preparado para la reunión de las nueve, en la que Bonnie no se veía capacitada para participar, pero sí tenía una brillante idea que en realidad solo ella sabía que no le pertenecía. Tras un ligero almuerzo, una ducha y un cambio de vestimenta, Bonnie hizo rugir su Porsche en compañía de Stuart hasta la empresa. Llegaron a las nueve menos cuarto de la mañana y Stuart decidió apoyar a su nueva novia en la reunión, aunque para eso no hubiera podido ver todavía a su hijo John.

—Hola papá, ¿qué tal las vacaciones en Roma? —preguntó Stuart, dándole una palmadita en la espalda al señor Clayton.

—¿Cuántas veces te he dicho que no me llames papá dentro de la empresa?

El señor Michael Clayton era un hombre muy alto y corpulento de sesenta y siete años, al que ya no le apetecía vestir con traje y corbata. Su vestuario era moderno para su edad, más acorde al estilo de un jefe joven de cualquier negocio de videojuegos, que al de un importante ejecutivo de la empresa farmacéutica más importante y potente de Estados Unidos. A pesar de eso, y de las evidentes diferencias con el resto de la junta directiva, era el más temido de todos. Sus trabajadores le respetaban y temían a partes iguales. Serio, intimidante, orgulloso y siempre de mal humor. No le atraían las mujeres de su edad desde que la madre de Stuart murió hacía más de una década. A partir de ese momento, tomó la decisión de disfrutar de la vida y de su dinero, dedicándole menos tiempo a su poderoso cargo y disfrutando de jovencitas ansiosas por vivir una vida desbordada de lujos y comodidades.

—¿Qué vas a hacer tú en la reunión? —le preguntó Michael a su hijo con desprecio.

—Viene conmigo —respondió Bonnie autoritaria, que no pudo evitar sentirse mal por Stuart. Recordó a su madre y la comparó con el señor Clayton. Arrogante y siempre ansioso por avergonzar a su hijo.

—Bonnie, que suerte la mía tenerte aquí —sonrió Michael, bajo su grueso y abundante mostacho blanco.

Pocos minutos después, la junta directiva se reunía alrededor de la mesa ovalada repleta de pastas, cafés y bebidas refrescantes servidas por Virginia, para soportar las horas que quedaban por delante. Bonnie se sentía intimidada, nerviosa ante la fría mirada de todos sus superiores, que esperaban en ella una solución y una respuesta que pudiera beneficiarlos a todos. La empresa iba bien, no necesitaba cambios, pero sí sería una gran idea abaratar costes y, para ello, Bonnie tenía la solución que la junta directiva deseaba escuchar con atención.

—Os voy a hablar de un proyecto que no podréis rechazar —empezó a decir la inexperta vicepresidenta ejecutiva de la compañía.

Bonnie pensó una vez más en Nora. Ella no tenía su impecable presencia, no intimidaba como Nora. Tampoco tenía su labia o su fría mirada que lograba encandilar a todos y convencerlos a través de sus inteligentes palabras. Bonnie no era inteligente, nunca lo fue.

—He estudiado la manera de abaratar costes y que así, cada uno de ustedes, vean favorecidas sus cuentas bancarias —continuó, viendo en la mirada de cada uno de sus superiores la expectación y las ganas por escuchar qué era eso que los haría aún más ricos de lo que ya eran. Michael Clayton se frotó las manos, escuchando a Bonnie atentamente. Los ojos le hacían chiribitas ante la posibilidad de abaratar costes. Cuánto le gustaba esas dos palabras al señor Clayton: «abaratar costes»—. Sustituiremos, nada más y nada menos, que a diez mil peones por sofisticadas máquinas que podrán hacer sus trabajos. Aunque la inversión inicial será costosa, ahorraremos millones de dólares al año. Es algo que ya han hecho en las empresas más importantes de Alemania, así que seguiremos sus pasos. En cada una de estas carpetas que Virginia les ha entregado a cada uno de ustedes, podrán ver las cifras reales.

Bonnie estaba temblando. Le sudaba la frente y un tic nervioso se apoderó de su ojo izquierdo. Ni siquiera se fijó en que Stuart la miraba orgulloso. Todos los presentes miraron con sorpresa y felicidad las estadísticas en sus respectivas carpetas y aplaudieron al unísono. Bonnie era una heroína para ellos, pero, en unos días, cuando tuviera que informar a los trabajadores de los diez mil despidos, sería la bruja indeseable que Nora Clayton fue en otro mundo paralelo a este.

Al volver a su despacho, agotada tras tres horas de reunión que parecían no terminar nunca, Bonnie abrió la cajita azul con el collar de oro blanco envuelto en piedras preciosas que le había regalado Stuart en París. No podía seguir en esa empresa; no estaba lo suficientemente capacitada para ese cargo. Por lo que, una vez más, hizo uso de su magia para convertir ese collar en un anillo de compromiso. Un anillo que Stuart nunca le regaló, pero que gracias a su poderoso hechizo sí creería haberlo hecho. Se convertiría en la nueva señora Clayton sí o sí, y podría retirarse para vivir la vida fastuosa y cómoda que siempre había soñado. No quería más reuniones, más sudores en la frente, ni incomodidades. Solamente deseaba ser una mujer elegante con una vida envidiable, como casi todas las mujeres de Upper East Side que vivían a costa de las fortunas de sus maridos sin dar un palo al agua.

AQUELLOS QUE CREEN EN LA MAGIA, ESTÁN DESTINADOS A ENCONTRARLA

Acompañé a mi madre a su sesión de quimioterapia. Tal y como me saludaron las enfermeras, no era la primera vez que iba con ella, pero sí sería la última, puesto que el doctor que la atendió tenía muy pocas esperanzas en su recuperación y lo que menos quería era agravar su sufrimiento con más sesiones de quimioterapia, exámenes clínicos y tratamientos. Sería el final de una lucha que todos daban por perdida, incluida mi madre. Ella no tenía fuerzas para seguir adelante y lo único que quería era que la dejaran en paz. Esperar su final inminente en la tranquilidad de su hogar y descansar. El doctor le recetó medicamentos para que durante el periodo final, el dolor y otros síntomas molestos pudieran ser controlados, aunque fuera en casa con la ayuda de una torpe e inexperta enfermera como lo era yo.

Yo quería seguir negándolo, la vitalidad con la que la recordaba me provocaba tal angustia, que en mis pensamientos no entraba la idea de que en pocos meses iba a morir y a reunirse con mi padre. En cierto modo sentía que me quedaría sola en el mundo, irónico teniendo en cuenta que pasé dieciocho años de mi vida sin su compañía. Sin una llamada telefónica, sin ninguna visita... no quise pensar en cómo habían sido las dieciocho últimas navidades de mi madre en el mundo que yo conocía. Sola, sin la presencia ni el interés de su hija y sin haber conocido a su único nieto. Así me quedaría yo. Sola. Sin la existencia de un marido o de un hijo, los dos pilares que habían sido fundamentales en lo que parecía ya una vida anterior que no me correspondía. La furia que sentí la noche anterior al descubrir el nombre de la bruja que había cambiado mi vida por completo, provocó que rompiera el ordenador y tirara el teléfono móvil al suelo, que dicho sea de paso, milagrosamente sobrevivió al golpe. Escribí un whatsapp a Mark a través de la pantalla rota de mi teléfono, diciéndole que necesitaba verlo, que necesitaba hablar con él. Un abrazo, un beso... unas confortables palabras de alguien que te conoce bien, sin que ni siquiera tú recuerdes qué hubo en realidad entre los dos. Él parecía estar esperando mi mensaje y, a los pocos segundos, contestó diciéndome que le tenía siempre, para lo que necesitara, y que a las cinco de la tarde vendría a recogerme al taller.

Mi madre salió agotada del hospital cinco horas después. Su cáncer de estómago se estaba extendiendo a otros órganos vitales del cuerpo y no había recuperación posible, ni operación o tratamiento que pudiera salvarle la vida. Metástasis. Los dolores aumentarían, el malestar general sería horroroso y nos esperaban los peores días de nuestra vida. Pero mi madre era fuerte. Positiva dentro de todo lo malo que le estaba sucediendo y, sobre todo, estaba tranquila porque tenía a su hija con ella.

Antes de entrar en el coche nos detuvimos un momento para que mi madre pudiera vomitar al lado de un árbol enfrente del hospital.

—No quiero volver al maldito hospital... quiero irme a casa... quiero estar en casa —confesó llorando. La abracé con el corazón roto. No volveríamos al maldito hospital.

—Tranquila, tranquila —le susurré al oído, llorando y acompañándola en su dolor—. ¿Quieres ir a comer algo? No es buena idea, ¿verdad?

Negó con la cabeza. Subimos al coche y la llevé a casa para que durmiera un rato. Prometí ir a verla por la noche y quedarme con ella a dormir. Me di una ducha y me cambié de ropa para ir al taller, donde me esperaban diversos correos electrónicos de trabajo y lienzos en blanco deseosos por ser estrenados y cobrar vida a través de las acuarelas. Pero la inspiración no venía a mí, ni siquiera al observar la profundidad del bosque. Pasé las siguientes horas mirando la pared y reflexionando sobre mi nueva vida. Todo el mundo se hace la misma pregunta: «¿qué será de mí?» Como si el futuro fuera lo más importante, como si el presente no valiera nada o como si el mañana nos diera las respuestas y la solución a nuestros problemas. Siempre fui de las que vivía el día a día sin pensar en el pasado o en lo que pudiera venir. Al menos eso es lo que recomiendan. Pero en esos momentos sí me importaba el futuro y me preocupaban mucho los acontecimientos venideros. Por un momento, me hubiera gustado tener una bola de cristal que me enseñara, a través de imágenes, qué iba a ser de mí... si algún día volvería a recuperar la vida que elegí y así volver a estar con mi hijo. Stuart había pasado a un segundo plano, mis sentimientos habían cambiado en tiempo récord y entendí que debía ser así desde siempre. A lo mejor, sin el hechizo de Bonnie, me hubiera cruzado con Mark en el camino de una forma distinta. Todo hubiera sido diferente, pero la esencia de las cosas sigue siendo la misma con el transcurso del tiempo y con cada una de las decisiones que tomamos, empeñados en creer que son las mejores para nosotros aunque a menudo nos engañemos. Pero también cometemos errores. Esos errores son la clave, de ellos aprendemos y conseguimos, con un poco de suerte, ver el lado positivo hasta de lo malo. Sin esos errores, la vida no tendría ni pizca de gracia.

Nunca creí en la magia e inesperadamente ella vino a mí. No había sido magia blanca ni nada por el estilo. Bonnie me deseó lo peor, haciéndome volver a algo que no había elegido. Pero si no lo hubiera hecho, no podría estar con mi madre en los últimos meses de su vida y no sabría realmente lo que era el amor. Esas mariposas recorriendo mi estómago que jamás llegué a sentir por Stuart, aunque fuera el hombre más guapo del planeta. Nada de eso tenía sentido ya. Envidié a las personas que sí creían en la magia, porque son los que están destinados a encontrarla. Yo ya era una de esas personas y haría de mi vida algo espectacular, aunque seguía empeñada en volver con Matt y, para eso, solo había una solución. Volver a Nueva York y enfrentarme a Bonnie, aunque aún no fuera el momento.

A las cinco de la tarde, puntual, Mark vino al taller tal y como habíamos quedado. Sin mediar palabra, me abrazó sabiendo que era lo que más necesitaba en esos momentos. El atractivo escritor del que me había enamorado, sabía que mi madre se moría y podía entender a la perfección cómo me sentía. Su padre lo abandonó cuando él solo tenía tres años. Creció sin una figura paterna pero con todo el amor que su madre, la buena de Martha Ludgiw, le dio. Cuando él tenía dieciséis años, Martha cayó enferma y murió cuatro años después. Se quedó solo. En el mundo en el que me encontraba, yo había estado con él, había sido su apoyo para reconfortarle en los momentos duros. En el mundo que yo recordaba, Mark se fue a Nueva York en busca del éxito que encontró, pero sin poder compartirlo con la mujer que le había dado la vida y le había empujado a ser quien era. Por un momento me arrepentí de todas las veces que evité encontrármelo de frente. ¿Acaso ya tenía sentimientos hacia él a pesar de ser solo el chico que me tiró a la cara una pelota de baloncesto? ¿Quería evitarlo? ¿No lo pude reconocer? ¿Tenía miedo? Todos tenemos nuestras propias tragedias, supongo.

—Se muere. Han suspendido el tratamiento de quimioterapia para que no sufra más. Es cuestión de meses... pocos meses —le expliqué, con los ojos anegados en lágrimas. Mark acarició mi cabello y me besó en la frente entendiendo mi dolor. ¿Cómo explicarle que esa no había sido mi vida? ¿Que hacía dieciocho años que no había visto a mi madre? ¿Y que ninguna de las dos habíamos hecho demasiado esfuerzo para encontrarnos?

—Entiendo tu dolor. Y voy a estar aquí contigo. Me tienes a tu lado para siempre —me dijo despacio, mirándome fijamente a los ojos. No, esa vida no valdría la pena sin Mark. Y, lo más extraño de todo, era que no concebía mi vida sin él en ninguno de los mundos paralelos en los que podemos encontrarnos.

Dos horas después, Mark se fue a casa a escribir una nueva novela que debía entregar en tres meses, y yo decidí ir hasta la librería *Firefly* a comprar su libro *Olvidar que te olvidé*. Así, tal vez, conocería al fin nuestra historia. Sería una forma de desnudar el alma de Mark y, a la vez, encontrarme conmigo misma. Con quien no había elegido ser. La portada era diferente a la que recordaba. En vez de los dos niños sonrientes, aparecía el perfil de una mujer perfecta con unos prominentes y llamativos labios rojos. Más sensual, pero con menos encanto a mi parecer.

Cuando regresé a casa de mi madre, aún dormía. En silencio, contemplé su rostro demacrado en reposo. Sabía que sufría, que sus dolores eran constantes y, aun así, en la expresión de su cara pude ver paz y serenidad mientras soñaba.

Bajé al salón y me senté en la butaca preferida de mi padre. Aún lo recordaba fumando su puro mientras veía cualquier partido de rugby en televisión.

Abrí la primera página del libro de Mark, dedicado a la mujer que olvidó que había olvidado. Sonreí al saber que era yo. Las doscientas treinta y dos páginas del libro me engancharon de tal manera, que hasta que no lo terminé no paré de leer. Entendí el éxito que había tenido con su obra y también, como supuse, fui capaz de desnudar su alma a través de las palabras, conocer nuestra historia y encontrarme a mí misma más feliz de lo que jamás había sido en la vida real. La novela hablaba de Olivia y, en todo momento, supe que esa Olivia, la mujer que enamora al protagonista masculino llamado Matt, era yo. Matt y Olivia viven una historia de amor maravillosa que parece no tener fin, pero cuando el protagonista le habla de sus sueños y proyectos de futuro, ella decide desprenderse de él creyendo que es lo mejor para los dos. La frase que más me conmovió fue la de la página cincuenta y seis: «Si quieres algo, déjalo en libertad. Si viene a ti será tuyo para siempre... si no, piensa que jamás lo fue».

Matt nunca logró olvidar a Olivia, ambos consiguieron triunfar profesionalmente, pero sus corazones estaban rotos y fríos ante cualquier sentimiento hacia otra persona. A medida que avanzaba cada capítulo, me adentraba en el pasado de los protagonistas a través de sus recuerdos y en su presente, tan triste y solitario aunque tuvieran otra compañía. Se necesitaban el uno al otro y el tiempo no mitigaba el dolor de la ruptura. En un momento de la historia, Matt olvida que olvidó a la que consideraba la mujer de su vida y vuelve al pueblo donde nacieron a buscarla, sin saber si ella aún le corresponderá o si sigue allí. Y, aunque todo es diferente a cómo lo conocían, vuelve a surgir entre ellos algo especial. Magia. Amor. El sentimiento más poderoso del mundo. Aun así, la historia no acaba bien.

«Dicen que uno siempre vuelve a los viejos sitios donde amó la vida», piensa el protagonista de la novela. Olivia muere tras haberle ocultado a Matt su enfermedad terminal y de alguna manera pensé, mientras lloraba al leer su final, que para Mark esa muerte significaba la ruptura real de un sentimiento que pensó no volver a tener. Pero volvió a Kutztown, volvimos a vernos y volvió a enamorarse. Esa era la vida real. Nuestra vida. Le mandé un whatsapp a Mark, preguntándole por qué Olivia moría, que no me gustaban los finales tan tristes, pero que me había encantado la había leído del tirón. Y, por supuesto, también le dije que quería que me la firmase. Como una ferviente admiradora más. Aunque eran las cuatro de la madrugada, me respondió al instante, diciéndome que se alegraba que la hubiera leído y me hubiera gustado. Sentía lo de la muerte de Olivia, pero no le gustaban los finales felices en sus novelas, aunque en su vida, conmigo, sí quería un final feliz. Lo dejó muy claro. Sonreí como una quinceañera y, deseándole las buenas noches, reconociendo que me encantaría dormir entre sus brazos, me fui hasta la habitación a descansar.

Volví a asomarme a la habitación de mi madre para ver cómo estaba. Seguía durmiendo plácidamente. Me cercioré de que no tuviera fiebre y, al tocarle la frente, sonrió. ¿Con qué o con quién estaría soñando?

Estaba agobiada. Y nerviosa, muy nerviosa. El jueves día quince a las seis de la tarde, tenía mi primera inauguración en la galería *Eckhaus* del pueblo y al día siguiente, en la de *Lazy Leaf Pottey*. Afortunadamente, Christine me demostró, por segunda vez, su eficacia y talento. No tenía de qué preocuparme.

Pasamos toda la mañana del jueves colocando las obras de manera estratégica, para que los visitantes se sintieran atraídos por ellas. La iluminación del local y el ambiente eran muy importantes.

—¡Te veo tan nerviosa, Nora! Ni que fuera tu primera exposición.

Cierto era que, por lo visto, llevaba unas cuantas exposiciones a mis espaldas. Pero yo no, mi otro yo, en mi otra vida, en otro mundo. A las tres y media estaba todo preparado, así que me acerqué hasta la librería *Firefly* a animar a Mark, al menos en los primeros minutos de la presentación de su libro. Nunca había visto la librería tan abarrotada de gente, especialmente de mujeres de todas las edades, deseosas por saludar a Mark y obtener un autógrafo con dedicatoria en el interior de las novelas que habían comprado. Había venido gente del pueblo y de las afueras solo por verlo a él.

Patricia estaba a su lado sonriéndole seductoramente en todo momento, pero a pesar de resultar de lo más atractiva, no me preocupaba. Yo era Olivia, la Olivia de Matt... Nada ni nadie nos podía separar. Desde la entrada de la librería le sonreí y, con un simpático gesto, me dijo que me acercara. Fui la envidia del lugar.

—Gracias por pasarte. Luego voy yo a tu exposición.

—De eso nada, Mark. Luego me invitas a cenar— interrumpió Patricia descaradamente.

—Patricia, te presento a mi novia. Nora Stewart. Es la Olivia de la novela.

Afortunadamente, pude disimular y aguantar la risa que me provocó ver la cara de desconcierto de Patricia. Se mostró patidifusa, en *shock*. Sonrió forzosamente y, poniendo los ojos en blanco, tocó su melena pelirroja y se fue a hablar con el propietario de la librería.

—Creo que está loca por ti.

Mark rio ignorando por completo mi comentario.

—¿Cómo va la exposición?

—Estoy de los nervios.

—Pero si tienes mucha experiencia, Nora. Todo saldrá bien.

Patricia volvió a interrumpirnos, esta vez para decirle a Mark que sus minutos de descanso habían terminado y debía volver a la presentación de su libro, leer algunas páginas, hablar con sus lectores y firmar cada uno de los ejemplares que habían comprado o traído desde casa. Vi desde la distancia cómo Mark atendía agradecido y con la mejor de sus sonrisas a cada una de las personas que querían saludarlo. Al cabo de un rato, todos los presentes se sentaron y, en silencio, escucharon a Mark. Desde la lejanía, yo también, y debo reconocer que su manera de hablar me encandiló hasta tal punto, que me quedé embobada. Hipnotizada. Los minutos pasaron rápidamente y, al descubrir que eran las cinco y cuarto de la tarde, me fui corriendo hasta la galería de arte donde también empezaban a entrar los primeros curiosos a mi exposición. Para la ocasión, me había comprado un elegante vestido negro más acorde con mi cargo de vicepresidenta ejecutiva de la compañía de mi «no-suegro». Me sentía más yo, pero a la vez, sabía que algo había cambiado en mí. Era feliz entre mis obras, entre mis pinturas y en mi trabajo. No quería huir de ahí, al contrario. Quería quedarme para siempre. Christine les daba indicaciones a los camareros de cómo debían servir las copas de champagne y los deliciosos y minimalistas canapés. Poco a poco, la galería fue llenándose de gente, incluidos críticos de arte que mi ayudante me presentó. A algunos ya los conocía o eso parecía y, aunque no sabía muy bien qué decirles, hice uso de mi labia natural para convencerles de que esa, era una de mis mejores exposiciones. Creía en mí misma, en mi talento y en «mis hijos», aunque no recordaba haberlos pintado porque cuando llegué, ya estaban en el taller. Esperándome... llenos de luz, de color, de vida.

«Una explosión de vida y color, un viaje hacia algún lugar del tiempo feliz», tal y como los críticos escribirían en los periódicos y revistas días más tarde.

Mi madre entró por la puerta a las seis y media de la tarde. Se había maquillado y arreglado especialmente para la ocasión, pero su sonrisa era forzada debido a los fuertes dolores de estómago que padecía.

—Mamá, no tendrías que haber venido —le dije abrazándola.

—¿Cómo voy a perderme esto? Fíjate, cariño... estoy tan orgullosa de ti. —De nuevo quise llorar. Llorar de emoción por todo el amor recibido. No merecía tanto.

—¿Te encuentras bien?

—Debo reconocer que me he drogado un poco... estoy bien, no te preocupes por mí. Voy a dar una vuelta por la exposición, me encanta lo que veo.

Vi cómo mi madre se detenía en cada una de las obras y, muy especialmente, en la que había titulado *Matt*. Era una obra especial, la primera que pinté cuando llegué a Kutztown, aunque ya estuviera empezada. Diversas líneas de un color verde brillante se fusionaban para dar paso a una estrella con forma abstracta en el borde derecho del cuadro. El color verde siempre había sido el preferido de Matt. Mi madre asentía complacida, apuntando con su dedo sin tocar el cuadro, cada uno de los trazos utilizados.

—¿Por qué Matt? —me preguntó.

—Si hubieras tenido un nieto, se hubiera llamado Matt.

—Está en algún lugar, Nora. Busca en tu interior. Está ahí...

Contemplé la estrella del cuadro y mis piernas empezaron a temblar. Mi cuello se volvió rígido y sentía que me asfixiaba. Era lo que menos quería, pero me puse a llorar delante de todas las personas que contemplaban cada uno de mis cuadros. Algunos me miraron confusos, otros no se dieron cuenta de la situación, mi madre cogió mi mano y asintió entendiendo todo el dolor que sentía. Hubiera sido la mejor abuela del mundo y Matt la hubiera querido muchísimo.

Mark entró en compañía de Patricia. Resopló y en su mirada pude ver que no se la había podido quitar de encima. Ambos contemplaron cada uno de los colores vivos de las obras y sonrieron a la vez. De Mark me lo esperaba, de Patricia no.

—No sabía que eras una gran artista —saludó, la que había sido una de mis mejores amigas en otra vida.

«Yo tampoco lo sabía».

—Eso intentamos —respondí—. ¿Quieres champagne?

—Claro. Ese cuadro quedaría tan bien en mi salón... voy a ver.

Patricia se dirigió hasta la obra a la que llamé Sueños. Predominaba el color azul cielo y el amarillo resplandeciente del sol.

—¿Qué tal la presentación? —le pregunté a Mark.

—Bien, como siempre —respondió, sin darle demasiada importancia. Al ver a mi madre, fue hacia ella.

Nunca supe de qué hablaron, pero al cabo de unos minutos, pude ver lo emocionados que estaban delante de mi obra *Matt*. Se abrazaron y permanecieron así durante unos cuantos segundos. Mi madre me miró y, seguidamente, miró a Mark agradecida. Ella también era feliz al saber que un hombre como él estaba en mi vida.

A las ocho de la noche, después de decir unas palabras y agradecer a todos los presentes su interés por mi trabajo, dejé a Christine como encargada de cerrar la galería y acabar de negociar las ventas de las obras, recomendándole que descansara porque al día siguiente debíamos estar en plena forma para afrontar la siguiente exposición.

Mark, mi madre y yo fuimos a casa. Durante la cena, hablamos de la presentación del libro de Mark y de mi exposición. Un día agotador pero repleto de satisfacciones.

—Cómo me alegra ver que triunfáis en esta vida —sonrió mi madre.

—Bueno, con esfuerzo todo se consigue —razoné.

—Y con talento. Y tú lo tienes, Nora —comentó Mark, ante la atenta mirada de mi madre, que debía ver que entre los dos saltaban chispas.

Después de cenar, mi madre prefirió retirarse a su habitación a descansar. También había sido un día lleno de emociones para ella, pero me prometió que estaría al día siguiente en la galería *Lazy Leaf Pottey* para ver mi siguiente exposición. Era más pequeña que la de ese día, pero también con unos cuadros muy potentes y especiales. Aunque tampoco fueran esos los que consideraba que hubiera pintado yo, puesto que, al igual que los de la exposición de ese día, también estaban finalizados en el taller cuando mi «yo de otra vida» llegó. Me sentía una impostora.

—¿Me estás mirando el culo? —le pregunté a Mark, aún sentado en la mesa de la cocina observándome mientras fregaba los platos.

—¿Yo? No, qué va —respondió riendo.

Cuando terminé, me acerqué, me senté encima de él y le besé. Cuántas ganas tenía de hacerlo. De hecho, tal y como decía un fragmento de su novela, me hubiera quedado a vivir para siempre en sus besos. Subimos al cuarto de mi adolescencia y, haciendo el menor ruido posible, nos desvestimos el uno al otro. La habitación solo estaba iluminada por el intenso brillo de la luna que entraba a través de la ventana. La mirada enigmática de Mark se hacía más poderosa ante mis ojos y, en un arrebato de pasión, terminé estirada encima de él en la pequeña cama. Me apartó los mechones de la cara y seguimos besándonos locamente. Piel con piel, sudorosos y excitados, estar con él era lo mejor que me había ocurrido en mucho tiempo. Dulce, generoso e impulsivo, hacer el amor con Mark fue, de nuevo, como volver a casa. Como si siempre hubiera estado ahí, solo que en otro lugar invisible que yo no alcancé a ver desde mi mundo.

LA MADRASTRA

Cuando el señor Clayton supo que Bonnie sería la futura mujer de su hijo Stuart, lo primero que hizo frente a los prometidos fue reírse. Ambos, confundidos, le preguntaron qué era lo que pasaba.

—Veamos, Stuart. ¿Has visto a la mujer que tienes al lado? Vales mucho más que eso —comentó hiriente, mirando con desprecio a la vicepresidenta ejecutiva de su compañía, delgaducha de ojos saltones oscuros, nariz extremadamente grande, labios finos y sin gracia, y una dentadura torcida y amarillenta.

Michael fue claro y directo. Él no estaba bajo el hechizo de la bruja. El señor Clayton veía la realidad y su superficialidad y buen gusto por las mujeres, le hizo decirle la cruel verdad a su hijo sin tener en cuenta la presencia de Bonnie, a quien le dolieron esas palabras, como si le hubieran clavado un puñal en el corazón.

—Papá, ¿pero qué dices? ¿Te has vuelto loco? —Para Stuart, Bonnie era la mujer más hermosa de la faz de la tierra.

—En absoluto. Aún recuerdo a Lucille... Lucille sí que era una mujer como Dios manda. A tu altura. Bueno, hijo, suerte con este adefesio al que, por otro lado, debo agradecer la gran idea que ha tenido —terminó diciendo, a la vez que le guiñaba un ojo a su empleada.

El señor Clayton se alejó riendo y negando para sí mismo con la cabeza, sin conocer aún la repercusión que tendría su ataque de sinceridad. Bonnie, enfurecida y sin importarle lo más mínimo las consecuencias que podrían tener sus actos, se armó de valor y se dirigió hasta Michael deteniéndole con solo mirar su amplia espalda.

—¿Qué quieres? —preguntó Michael confundido.

Bonnie cerró los ojos con fuerza y, en un susurro que Stuart no logró escuchar desde donde se encontraba, empezó a decir las palabras de su conjuro que acabarían con la vida del imponente señor Clayton de manera inesperada:

«Bonnie Larson te invoca. Bonnie Larson te ordena. Bonnie Larson te envía a la tumba. Un rayo caerá hasta tu corazón. La mano a tu pecho te llevarás y morirás. Bonnie Larson te invoca. Bonnie Larson te ordena. Bonnie Larson te envía a la tumba».

El señor Clayton llevó su mano al corazón tal y como había mencionado Bonnie en su conjuro. En su rostro, pudo verse el dolor por el terrible sufrimiento al que se enfrentaba.

Supo que, en unos segundos, su corazón, partido por un rayo, dejaría de latir. Michael cayó desplomado al suelo y las dotes de interpretación de Bonnie salieron a la luz.

—¡Stuart! ¡Stuart! —Stuart fue corriendo hacia su padre, arrodillándose junto a él sin poder hacer nada por su vida.

—No puede ser... no puede ser... —repitió una y otra vez, llevándose las manos a la cara—. Papá... papá... ¡Papá!

Pero el señor Clayton no respondería a las súplicas y gritos de su hijo. Murió en el acto debido a un fulminante ataque al corazón, en el frío suelo de la empresa que lo había convertido en un hombre rico, poderoso y orgulloso. Bonnie reía por dentro, pero supo disimularlo muy bien, derramando lágrimas de desesperación que Stuart creyó.

—Ha sido todo tan rápido... le estaba diciendo que sentía mucho que pensara eso de mí y, de repente, ha caído al suelo y... —gimoteó Bonnie. Stuart, compadecido por la que sería pronto su mujer, la abrazó frente al cuerpo inerte de su padre, que estaba rodeado de todos los que se habían acercado para saber qué era lo que había pasado.

Michael Clayton fue enterrado tal y como siempre había deseado, junto a la tumba de su esposa. La única mujer a la que amó de verdad. El funeral fue multitudinario y ostentoso como lo había sido la vida del difunto. Políticos, importantes e influyentes empresarios, actores de

Hollywood, presentadores de televisión y prestigiosos escritores, fueron los principales invitados a lo que era uno de los más tristes acontecimientos del año. Con la muerte del señor Clayton, Stuart pasó directamente a ser el nuevo jefe de la empresa, aunque no se sintiera preparado para ejercer dicho cargo. Frente a él, se abría un camino desconocido que temía y, a la vez, quería asumir con ganas, esfuerzo e ilusión, aunque fuera muy distinto a su difunto padre. Sus cuentas y propiedades crecieron de la noche a la mañana gracias a la suculenta herencia que le había dejado su padre, mientras Bonnie solo tenía una preocupación: ¿La muerte de Michael retrasaría su boda soñada?

El pequeño John conoció a la que sería su madrastra el mismo día en el que enterraron a su abuelo. La miró con la inocencia de un niño tímido de seis años y, cuando ella quiso agacharse para darle un beso, el pequeño cogió la mano de su padre con fuerza y le giró la cara. Bonnie lo entendió. Cuando ella era pequeña, odiaba que las brujas de las primas de su madre quisieran besuquearla todo el tiempo. Tras el funeral, Bonnie acompañó por primera vez a Stuart a su casa junto al pequeño John. Mientras el niño jugaba con sus *scalextric*, Stuart y Bonnie se sentaron en el sofá abatidos tras un día largo y duro.

—No sé qué voy a hacer sin él. Él era el fuerte, yo no lo soy —reconoció Stuart cabizbajo.

—Claro que eres fuerte, Stuart. Mírate, lo tienes todo para triunfar —le alentó Bonnie—. Confía en ti. Cree en ti. Lo demás vendrá solo.

Stuart agradeció las palabras de Bonnie, enamorándose aún más de ella. Le dio un dulce beso y, cuando sus rostros estaban a solo dos milímetros de distancia, le dijo lo que Bonnie deseaba escuchar con todas sus fuerzas:

—Nos casaremos pronto. La vida es corta y no quiero desperdiciarla, no quiero perder el tiempo... te quiero y quiero que seas mi mujer.

Bonnie sonrió. Una semana, solo había bastado una semana, para que la vida que desde siempre había soñado se convirtiera en una realidad.

VIVIR ES UN ARTE

Los días transcurrieron con tranquilidad en Kutztown. La señal inequívoca de que mi relación con Mark iba viento en popa, fue cuando una mañana, al despertar, vi su cepillo de dientes en mi cuarto de baño. No vivíamos juntos todavía, pero ninguno de los dos queríamos dormir solos. Deseábamos nuestra mutua compañía, nuestros cuerpos entrelazados como si se tratase de uno solo en la fría noche hibernal. En eso consistía la felicidad: en esos pequeños momentos, en esa complicidad.

Mark era feliz escribiendo y yo pintando, aunque durante los últimos días de noviembre me dedicara más a cuidar de mi madre. No se encontraba bien y pasaba más horas en el cuarto de baño vomitando, que en cualquier otro rincón de la casa. Había dejado de leer a Danielle Steel y las telenovelas que tanto le gustaban las aborrecía. Las flores del jardín se marchitaban con ella, como si presintieran que las manos que las habían plantado pronto dejarían de existir. Abusaba de la medicación que le había recetado el doctor porque era lo único que aliviaba un poco su padecimiento, unos horrorosos dolores intestinales que hacían que se retorciera en el suelo de dolor. Sudorosa, pálida... deseando acabar con ese tormento y reunirse con mi padre. Lo entendía, pero a la vez me sentía egoísta al pensar que prefería tenerla conmigo. Retenerla en ese infierno llamado cáncer, antes de dejarla ir y que descansara por siempre en paz.

También había días buenos. Días en los que incluso tenía ganas de hablar. Planeábamos las fiestas navideñas con ilusión; a mi madre siempre le había gustado la navidad y sabía que ese año sería el último que la podría celebrar. Montaríamos un gran árbol lleno de luces y una estrella en la punta como cuando era niña. Tal como yo hacía con Matt, de quien me acordaba cada segundo de mi nueva vida. Lo echaba tanto de menos...

Decoraríamos las ventanas con figuras navideñas dibujadas en spray de color blanco y colocaríamos bombillas de colores alrededor de todas las ventanas de la casa. Cantaríamos villancicos junto a los niños que venían a pedir su aguinaldo y prepararíamos un riquísimo pavo al horno. Tenía tantos planes junto a ella... y tan poco tiempo...

—¿Crees que hay algo después de la muerte, Nora? —me preguntó una tarde en la que me vino a hacer compañía en el taller.

—No lo sé, mamá. ¿Tú qué crees?

—Antes no creía en nada. Pero hace noches que sueño con tu padre. Me sonríe y me dice que todo va a ir bien. Que pronto nos volveremos a reunir y que él me guiará. También dice que el lugar en el que está es maravilloso y que lo voy a disfrutar.

—Es precioso, mamá —dije, sentándome a su lado y dejando a medias la obra en la que había estado centrada durante todo el día.

—No sé si habrá cielo o infierno, hija... pero tal y como te dije una vez, cuidaré de ti. Tanto como tú me has cuidado a mí.

—No digas eso. por favor... es muy duro, yo...

Se me atragantaron las palabras. Un nudo se apoderó de mi garganta y, una vez más, lloré como una niña pequeña.

—No lo hago para que llores. Estaré cerca... nadie se va del todo. Creo que, en realidad, solo cambiamos de sitio, ¿sabes? Solo eso. Y, algún día, dentro de muchos, muchos años... nos volveremos a reunir. Todos estamos aquí de paso, hija.

—Lo sé. Pero, aun así, duele.

—El tiempo lo cura todo. Las ausencias duelen, pero aprendes a vivir con ellas, como si fueran fantasmas. No queda otro remedio, Nora. Es la vida. La muerte forma parte de ella y no debemos temerle.

Efectivamente, no quedaba otro remedio. Los órganos de mi madre se estaban deteriorando y se marchitarían pronto como una flor a la que olvidas regar.

El mes de diciembre llegó sin demasiados cambios. La vida en el pueblo era sosegada y monótona, pero me gustaba. Sin embargo, la mañana del sábado día uno de diciembre, casi me desmayo al ver en la portada de un periódico que el flamante exmodelo y actual propietario de la empresa farmacéutica para la que yo trabajé en aquella otra vida que no podía olvidar, Stuart Clayton, se casaba con la vicepresidenta ejecutiva Bonnie Larson. Por lo visto, el viejo Clayton había fallecido hacía unos días de un ataque al corazón y ellos ya estaban posando ante los medios, con la mejor de sus sonrisas, para gritar a los cuatro vientos lo felices que estaban al comunicar que unirían sus vidas para siempre. La que quería gritar en esos momentos era yo. Aquel pequeño al que vi no era mi hijo, pero sí era idéntico a Matt y me enfurecía saber que viviría con un bicho como Bonnie. Incluso llegué a sospechar que la muerte del que fue mi suegro fuera provocada por la bruja.

Pasé el día amargada y obsesionada con la idea de que Bonnie ocupara mi lugar. ¿Qué podía hacer yo? Me sentía totalmente desarmada y, por otro lado, estaban Mark y mi madre. Desaparecer de esa vida dolía tanto como no ver a Matt. Pronto haría un mes del hechizo. Un mes en el que había llorado, sufrido, reído... Un mes en el que había aprendido que todo ser humano es capaz de adaptarse a cualquier circunstancia por muy descabellada que esta sea.

Christine y yo preparamos las exposiciones en Nueva York de enero. Serían muy potentes y la expectación era máxima. Gracias a las dos últimas exposiciones en Kutztown, varios medios se hicieron eco de mi talento y lo proclamaban sin cesar. Un poquito de publicidad siempre viene bien, y habíamos recibido llamadas de gente importante interesada en tener un *Stewart* en sus casas. Era alucinante, pero aún quedaba mucho trabajo por hacer. Aunque en otras circunstancias me hubiera agobiado, preferí tomármelo con calma y poner todo el entusiasmo en cada obra. Esas sí eran «mis» obras, no eran simples pinturas que ya estaban allí cuando yo había llegado. Eran mías y las recordaba como tal. Estaba orgullosa de ellas y también, para qué negarlo, de mí misma.

Como había decidido desde un principio, destacaban los colores oscuros en cada una de las pinturas. Cada lienzo en blanco era una nueva oportunidad para mostrar mis sentimientos, incluso dejar entrever mi alma.

Nunca olvidaría la peor tarde de mi vida. Era viernes, catorce de diciembre. Mark vino corriendo al taller donde yo estaba trabajando y, al verlo, supe que algo malo había pasado. Frank también lo supo en cuanto lo vio, y decidió acompañarnos al hospital donde, una hora antes, Mark había llevado a mi madre.

Pude verla desde el cristal intubada. Los médicos hacían lo posible por mantenerla con vida, pero existe un hilo muy fino entre la vida y la muerte, de la que mi madre estaba cada vez más cerca. A mi lado, Mark y Frank intentaban consolarme poniendo sus manos sobre mi hombro. No había consuelo para mí... nada de lo que hicieran o dijeran haría que desapareciera mi dolor.

Mientras contemplaba cómo mi madre luchaba por su vida, recordé los dieciocho años de ausencia. Dieciocho años perdidos en los que pensaba que tenía la peor madre del mundo. Dieciocho años que, para ella, en ese mundo, habían sido felices junto a mí. Ese era el único consuelo que me quedaba, que, para ella, siempre estuve ahí, a su lado desde la muerte de mi padre. Minutos más tarde, el doctor salió de la habitación mirando hacia el suelo.

—Nora, Nicole se nos va. Sus órganos están fallando... es cuestión de horas, días... nadie puede saber con exactitud en qué momento llega nuestro final. —Negó tristemente con la cabeza—. Lo cierto es que todo ha ido muy rápido, más de lo que esperábamos. En un principio aún contábamos con dos o tres meses, pero ha sufrido mucho... no merece la pena tanto dolor cuando ya no hay solución —se lamentó con sinceridad.

Asentí, entendiendo cada una de sus palabras y entré en la habitación de la que no saldría hasta once días después. Nos perdimos los villancicos, la decoración del árbol navideño y ese año, la casa carecería de luz sin las bombillas de colores que teníamos pensado colocar alrededor de las ventanas. Mark estuvo conmigo en todo momento, e incluso tuvo el detalle de cocinar un riquísimo pavo asado que comimos en la triste habitación del hospital en Nochebuena. Me pasaba los días leyendo a Danielle Steel y contándole a mi madre la verdad de todo lo que me había pasado. El hechizo de Bonnie, la existencia de mundos paralelos según nuestras decisiones... y pude pedirle perdón por todos esos años ausentes para mí, sin que ella pudiera decir que su hija estaba loca. Le hablé de Matt. Mi hijo estaba en cada una de las conversaciones. Acariciaba su mano y le besaba en la frente. Incluso, en algún momento, pude ver que alguna lágrima recorría sus mejillas.

Mi madre despertó el veinticinco de diciembre a las ocho de la mañana, el mismo día en el que murió. Me miró, con los ojos chiquititos y brillantes, y me sonrió. Logró desprenderse del tubo que le impedía hablar con claridad, cogió mi mano y yo no olvidaría jamás sus últimas palabras.

—En este mundo o en otro... yo siempre he sido tu madre. Siempre te he querido más que a mi propia vida y ahora debes ser feliz. Volverás con Matt... Matt está ahí —dijo, señalando mi corazón—. Papá me espera... —susurró, mirando al frente como si la presencia de mi padre realmente estuviera ahí para llevársela.

Sentí frío, mucho frío.

Mi madre cerró los ojos, soltó mi mano y, con una sonrisa, se fue. Las máquinas, escandalosas, empezaron a pitar para informar que su misión había terminado. Instantes después, llegó Mark y me abrazó con fuerza, acompañándome en mi dolor. Un dolor que tardaría mucho tiempo en sanar.

Siempre he escuchado que cuando estás a punto de morir, tu vida pasa por delante de tus ojos. Pero lo que no te dicen nunca, es que cuando ves morir a alguien a quien has querido, te resulta doblemente doloroso, porque lo que pasa delante de tus ojos no es una, sino dos vidas que recorrieron juntas una parte del camino.

LA NUEVA SEÑORA CLAYTON

La noche antes del enlace entre Stuart y Bonnie, que ya vivían bajo el mismo techo junto al pequeño John, la bruja despertó sudando de una pesadilla en la que, una vez más, la había ido a visitar su difunta madre entre las llamas del infierno. Se dirigió al lavabo y, de manera compulsiva, se lavó la cara. El espejo le devolvió su reflejo por pocos segundos, puesto que la maléfica Elisabeth Larson quería hacer acto de presencia en el momento más importante de la vida de su hija.

—¡Vete! ¡Sal de aquí! —gritó Bonnie.

—Vaya, vaya... deberías estar más feliz. ¿Sientes remordimientos? Has matado a un hombre, yo los tendría. ¿Y sabes? Sobre todo tendría miedo. No sabes lo que te espera aquí —rio.

—No tengo miedo —respondió Bonnie bajando la mirada.

—¿No? ¿Estás segura? Deberías tenerlo. Y mucho, Bonnie.

—¿Por qué?

—Porque muy pronto estarás aquí conmigo.

De nuevo, la imagen de Elisabeth desapareció entre las llamas acompañada de una escalofriante carcajada. Bonnie, una vez más, se puso a llorar temiendo que su madre estuviera en lo cierto. Sí, merecía ir al infierno porque la maldad también se escondía tras ese frágil cuerpo a pesar de haberla evitado durante tantos años.

Aún asustada, Bonnie volvió a dormirse junto a Stuart. Les esperaba un día largo, el más feliz e inolvidable de sus vidas.

A las seis de la mañana estaban en pie. Stuart y Bonnie se despidieron a las siete, y no volverían a encontrarse hasta las doce, la hora en la que Bonnie recorrería el largo pasillo de la Catedral de San Patricio donde se prometerían amor eterno delante de más de quinientos invitados. Stuart, por su parte, se fue hasta la habitación de un hotel junto a sus padrinos y su hijo, mientras Bonnie se quedó en el apartamento en compañía de las damas de honor, a las que solo conocía de vista. Bonnie le explicó a Stuart que no tenía familia y, como excusa ante la ausencia de amistades en un día tan especial, le explicó que había perdido el contacto con todos desde que el trabajo en su empresa la absorbiera las veinticuatro horas del día. Stuart lo entendió y no hizo preguntas que pudieran incomodar a la que en unas horas sería su segunda mujer. El pequeño John, sin embargo, no acababa de confiar en su nueva madre. La palabra «madrastra» le sonaba a bruja mala de las películas de Disney y todavía no había visto en ella algo que le pudiera gustar. A Bonnie eso no le preocupaba y a Stuart tampoco, puesto que estaba bajo la influencia del hechizo de la bruja. Todos, excepto él, pensaban que era muy precipitado y, al conocer a Bonnie y recordar a Lucille, se extrañaban de que alguien como Stuart pudiera fijarse en una mujer como ella. No solo por su físico, discreto y poco atractivo, sino también por su carácter extraño e introvertido. Nadie veía bien ese enlace, pero el carismático Stuart Clayton se había convertido, de la noche a la mañana, en uno de los empresarios más adinerados y poderosos de Nueva York a los que llevar la contraria podía resultar peligroso.

Bonnie no se sintió bien junto a las damas de honor que criticaron en todo momento cómo le quedaba el vestido.

Demasiado grande por ahí, eres demasiado bajita para este corte, las piedras no disimulan tu pecho pequeño casi inexistente... Bonnie estaba harta y triste, al no verse como la novia más guapa del mundo cuando su imagen se reflejaba en el espejo.

A las once y media el novio llegó a la Catedral de San Patricio. Su estilo recargado neogótico y el mármol blanco resplandecía en compañía de numerosas flores expuestas en cada rincón del lugar únicamente para la ocasión, mientras sonaba una preciosa melodía a través del piano. Los invitados fueron llegando quejándose del frío y del tráfico de la ciudad, a la vez que posaban con sus mejores sonrisas ante los medios de comunicación que no quisieron faltar al enlace del señor Clayton. Bonnie llegó en un carruaje de caballos a las doce y diez, impuntual como mandaba la tradición, y del brazo de uno de los mejores amigos de Stuart. Recorrió el pasillo con una sonrisa, mientras miraba a un Stuart emocionado en el altar, esperándola junto a su hijo que llevaba las alianzas. Ni siquiera se fijó en los rostros de los invitados, que la miraban como si fuera un bicho raro. Ni la magia más poderosa puede convencer y engañar al mundo entero. El cura inició sus palabras y, en unos minutos, Bonnie se había convertido en la nueva señora Clayton, queriendo retener esos instantes en su memoria hasta el fin de sus días.

Y, MÁS ALLÁ, SIEMPRE HAY MÁS

«Y, más allá, siempre hay más», pensé, según miraba cada una de las obras que había terminado para mis futuras exposiciones en Nueva York. Solo quedaba una semana para volver a la ciudad de los rascacielos que elegí en otra vida. Esa vida que seguía sintiendo como mía a pesar de todo, pero en ella no existía Mark. Al menos no en mi mundo y mi mundo ya no lo concebía sin él. Desde que murió mi madre, él fue mi mayor apoyo. Sin él, posiblemente, hubiera tardado mucho tiempo en recuperarme del triste golpe.

Christine vino al taller la tarde del tres de enero para llevarse mis obras. Estaba más nerviosa que cuando expuse en Kutztown, puesto que Nueva York para mí era mucha responsabilidad. Imponía mucho. La galería *Agora* nos esperaba el diez de enero y también *Ceres*, en Chelsea, junto a otros artistas que ya habían contactado conmigo interesándose por mis obras. A medida que los días iban pasando, los nervios también se apaciguaron, como si mi madre, desde algún lugar, tal y como me había prometido, siguiera cuidando de mí.

El nueve de enero, antes de partir hacia Nueva York donde estaría cinco días, fui a visitar la tumba de mi madre. Estaba junto a la de mi padre, tal y como era su deseo. Al verlos juntos, unidos por una fría piedra, me entraron escalofríos. Siempre había visto a los personajes de las películas hablar frente a las tumbas de sus seres queridos fallecidos y la escena era realmente preciosa pero ¿qué se le dice a unas frías piedras con unas palabras grabadas sobre ellas? Me limité a mirarlas y a llorar en silencio. Si mi vida había sido extraña a lo largo de esos meses, también lo fue el momento en el que sentí cómo dos manos se posaban sobre mis hombros en esos momentos. Miré hacia atrás y no había nadie, solo la ausencia y el vacío. Sonreí y asentí, sabiendo que mis padres estaban ahí, conmigo. Fue entonces cuando empecé a creer en algo más, en que la muerte solo es un paso y no el final de todo. Salí del cementerio en paz y, curiosamente, entre tantos muertos, más viva que nunca.

Había quedado con Christine a las cinco de la tarde y, al llamar a Mark para despedirme, él me sorprendió con su idea repentina de venir conmigo a Nueva York y acompañarme en las que serían las dos exposiciones más decisivas de mi vida. Su novela avanzaba a pasos agigantados; según él, yo le inspiraba más que la soledad y no le importaba distraerse durante unos días aunque su ordenador portátil viniera con él a todas partes.

Volver a ver los rascacielos de los que me había despedido hacía dos meses; aspirar toda esa contaminación; escuchar los frecuentes y pesados pitidos de los coches y otros ruidos muy distintos al tranquilo Kutztown, fue volver a casa. Solo que ya no sentía Nueva York como mi casa, y solo podía gustarme porque ahí, entre esas gentes y en esas concurridas calles, también estaría mi pequeño «Matt». Seguía viéndolo en el rostro de cualquier niño que pasaba por mi lado, y seguía preguntándome sobre el mundo que yo había elegido y se había quedado en una especie de limbo, hasta una nueva jugada que deseaba hacer pronto. Y luego miraba a Mark. Él, sin saber que yo procedía de un destino donde parecíamos no estar hechos el uno para el otro, vivía el momento sin pensar en que, posiblemente, llegara el día en el que, por arte de magia, yo me esfumaría de su vida. Magia.

Antes de ir hasta el apartamento de Mark en el que nos alojaríamos, pasamos por la galería *Agora*, donde Christine y yo contemplamos mis cuadros embobadas. Eso era arte y buen gusto. Un gusto refinado y elegante. La responsable de la galería conocía muy bien a sus exigentes y exquisitos clientes, y lo había dispuesto todo para la ocasión. Nada que ver con Kutztown. Nueva York, efectivamente, era otro mundo.

Cuando supe dónde vivía Mark, me quedé patidifusa. Muy cerca de donde yo había vivido con Stuart y Matt, a solo tres edificios contiguos en Upper East Side. Su apartamento no tenía nada que envidiar al mío. Tenía unas vistas privilegiadas a Central Park, era una vivienda de ensueño. Mientras Christine se instalaba en la habitación de invitados, también sorprendida por el buen gusto que tenía nuestro anfitrión con la decoración, Mark y yo nos sentamos en la terraza a contemplar las vistas.

—Prefiero mil veces Kutztown a esto —confesó, observando los frondosos árboles de Central Park—. Creo que voy a vender el apartamento.

—¿Sí? Es muy bonito.

—No parece haberte sorprendido tanto como a Christine.

¿Cómo decirle que yo vivía cerca y en un apartamento aún más ostentoso que ese? Para él, yo me había quedado en Kutztown, en una de sus viejas casas y trabajaba en un cuchitril en la misma granja que había sido de mi familia.

—Sí, me ha sorprendido mucho, pero no quiero parecerte una cateta —disimulé—. ¿Cómo llevas la novela?

—Bien. La exposición será fantástica, ya lo verás. Todos los ricachones de la zona querrán tener tus obras en sus casas.

—¿Tú crees? —Yo las hubiera querido para la mía—. ¿No te parecen un poco tétricas?

—No, los colores son oscuros pero están de moda. Además reflejan muy bien la situación por la que has pasado. Nunca te lo he dicho, pero te admiro —soltó de golpe—. Cuando murió mi madre no lo llevé tan bien como tú y tuve la suerte de contar con tu apoyo. ¿Recuerdas lo mal que lo pasamos? Siempre estuviste ahí. —Sus palabras resonaron en mi mente como martillazos. «Siempre estuve ahí, con él». Una mala época que yo no había vivido. Que Mark recordaba, pero yo no.

—Lo llevo bien gracias a ti, Mark. Pero no pasa un día en el que no me acuerde de ella y me arrepienta de las diferencias que tuvimos en algunas ocasiones. En fin... la vida.

—La vida... —suspiró, con una de esas sonrisas que lograban cautivarme. Le besé.

—Si yo desapareciera, ¿qué harías, Mark? —me atreví a preguntar.

—Desaparecer también. Por algún motivo, estamos destinados a estar juntos, Nora, y somos incapaces de estar el uno sin el otro. Fíjate... después de doce años, volvemos a estar juntos y es lo mejor que me ha pasado en la vida. Volver a Kutztown, volver a encontrarte y volver a ser correspondido. Si desaparecieras, te buscaría. Y si no te encontrase, desaparecería también.

Sus palabras me hicieron reflexionar. Si algún día volvía a mi mundo, me divorciaría de Stuart y, junto a Matt, iría a buscar a Mark aunque tuviera que irme hasta la otra punta del mundo. Aunque solo fuera aquel chico que me lanzó una pelota de baloncesto contra la cara y se rio de mí. Aunque no tuviéramos nada en común y lleváramos vidas distintas. Volvería con él. Empezaríamos de cero.

—¿Crees en los mundos paralelos, Mark?

—¿Mundos paralelos? He visto alguna película y he leído sobre el tema. Es algo así como diversos mundos dentro del nuestro, ¿no?

—Imagino que depende de las decisiones que tomamos, vamos por un camino u otro. Una sola distracción en tu rutina diaria de un minuto, puede cambiar el trascurso de tu vida. Imagínate que hubieras decidido no volver a Kutztown. O imagínate que nunca hubiéramos estado juntos y solo fueras aquel chaval que me lanzó la pelota de baloncesto contra la cara. —Mark rio.

—Eso es absurdo —contestó, riendo aún más—. No concibo ningún mundo sin ti.

¿Por qué era tan condenadamente romántico? ¿Por qué tenía respuesta para todo? Hay una fina línea entre el odio y el amor y yo la había cruzado. Sin esperarlo, de repente. Gracias a Bonnie. Tenía muchas cosas que reprocharle, pero unas cuantas que agradecerle, porque me había hecho abrir los ojos. De una manera algo maligna, por su propio interés, queriendo ocupar mi lugar, pero la oportunidad de estar con mi madre durante los últimos días de su vida fue una bendición. La adrenalina de ser pintora era emocionante y haber encontrado al fin el amor verdadero, dándome cuenta de que Stuart no era el hombre de mi vida, había sido lo mejor que me había pasado en mucho tiempo. Pero me acordaba de Matt y tenía ganas de estrangularla y mandarla directamente al infierno.

Fuimos a cenar a mi restaurante preferido y también el de Matt, el *Shake Shack*, situado entre la calle 86 y la Avenida Lexington, donde preparan las hamburguesas más ricas del mundo. Eso era lo que siempre decía mi hijo y también, en esos momentos, Christine, que comió dos hamburguesas tamaño XXL.

—¿Pero dónde lo metes? —le pregunté riendo.

—Necesito fuerzas para mañana —respondió, dándole un mordisco a su segunda hamburguesa.

Mark notó que no estaba concentrada en la cena. Que no estaba ahí. Lo cierto era que no, como si Mark y Christine fueran invisibles y las hamburguesas carecieran de importancia, lo único que hacía era mirar hacia la puerta y hacia todas las mesas donde habían niños con la esperanza de ver a Matt, aun sabiendo que en ese mundo tenía otro nombre. Ni rastro de él. Quizá, en ese mundo paralelo, al pequeño no le entusiasmaban las hamburguesas de *Shake Shack*.

Christine y yo nos fuimos a dormir temprano para estar resplandecientes el día de la inauguración. Mark decidió encerrarse en su amplio despacho repleto de libros, para seguir escribiendo su novela durante toda la noche. Cuando vino a la cama eran ya las cinco de la mañana y lo supe porque apenas pude pegar ojo. Tenía los nervios a flor de piel, no solo por la inauguración, sino también por encontrarme de nuevo en Nueva York y poder ver «por casualidad» a Stuart o a Matt; John o cómo se llamase. Sus rostros estaban grabados en mi mente, no lo podía evitar, y la pregunta de: «¿Quién es esta mujer, papá?», seguía doliendo como cien puñales clavados en el corazón.

El esperado jueves diez de enero de 2013 llegó. Aunque la inauguración empezaba a las cuatro de la tarde, Christine y yo fuimos a las once de la mañana después de un buen desayuno para prepararlo todo. Almorzamos con la propietaria de la galería a la que le entusiasmaban mis obras y me auguraba un futuro prometedor y unas ventas increíbles de todos los cuadros. A las cuatro, empezó a entrar gente y en sus rostros pude ver lo mucho que estaban gustando las formas abstractas y los colores oscuros de cada uno de «mis hijos». Así era cómo los sentía, como mis propios hijos, mi propia creación, vida y sensibilidad en estado puro. Una sensibilidad de la que, en mi anterior vida, no podía presumir. Mi mayor orgullo era que cada visitante se acercase a mí a felicitarme y alabarme y además se interesara por la historia de cada una de las pinturas, muy especialmente de la que decidí titular: *Mamá*. Era la única en la que destacaba el color amarillo, dejando atrás los marrones o negros que sí estaban muy presentes en el resto. *Mamá* tenía luz. No era perfecta, pero permanecía en una bonita armonía gracias a sus formas redondeadas y se intuía una mirada de optimismo hacia el cielo. Cada vez que veía a alguien emocionarse con *Mamá*, no podía evitar mirar hacia la puerta por la que cada vez iba entrando más gente, e imaginar que mi madre venía, a pesar de la enfermedad, para no perderse ese gran día. En cierto modo, seguía ahí, conmigo. La podía sentir.

Mark llegó a las cinco de la tarde, atolondrado, mirando su reloj y sonriendo a los presentes en la galería, hasta que me encontró. Como siempre hacía, cuando lograba verme entre la gente, parecía no existir nadie más que yo. Solo yo. Me sentía la mujer más amada del mundo.

—Lo siento, se me ha ido el santo al cielo —comentó, dándome un beso y cogiendo una copa de champagne—. ¿Cómo va?

—Muy bien. A la gente le encanta, sobre todo *Mamá*.

—Es una obra muy especial —asintió, mirando la pintura con un brillo precioso en sus ojos, algo rojos por haber estado horas delante de la pantalla del ordenador escribiendo—. Vaya, sí que ha venido gente, ¿no? Genial.

Al mirar de nuevo hacia la puerta, lo vi. Stuart. Tan elegante como siempre, distinguido y arrogante, pero con un toque divertido que lograba cautivarte. Presumía con sus andares de haber desfilado en las mejores pasarelas del mundo años atrás, años que parecían haberse esfumado en mi memoria. No pude evitar mirarlo fijamente durante unos segundos que se me hicieron eternos mientras él, muy discreto, miraba a su alrededor expectante y asombrado, atento a todo lo que sus ojos estaban viendo. Al cabo de un rato pude captar su atención. Me miró confuso, como si le sonara mi cara pero no supiera de qué. ¿Era posible que en el fondo me recordara? De otra vida, de otro mundo, o de la ocasión en la que toqué a su puerta como una loca y él no me conoció, porque la bruja ya me había enviado a la vida que no había elegido. Aún seguía pensando que todo lo que había pasado era una locura. Algo irreal. Aún, con una sonrisa boba, seguía esperando que todo fuera una broma y que las cámaras del show televisivo en el que había quedado como una pánfila, me esperara en cualquier lugar para sorprenderme. «¿Qué tal ha ido el estudio sociológico?», les preguntaría yo. Pero ya hacía tiempo que sabía que todo era muy real.

Miré hacia atrás con la esperanza de que Matt hubiera venido con él aunque no fuera *mi Matt*. Pero tras él apareció la maldita bruja con un aspecto muy diferente a cómo la recordaba. Bajo un elegante chaquetón negro que se quitó nada más entrar en la galería, llevaba puesto un vestido ceñido de color gris muy similar al que yo tenía en el armario que ya no me pertenecía. Se acercó a Stuart y le dio un beso. Segundos después, ella también me vio.

LA PERFECCIÓN ES SOLO UNA ILUSIÓN

Tras el enlace, la vida de Stuart y Bonnie consistía en viajar, acudir a elegantes fiestas y cenar en los restaurantes más lujosos de Nueva York. A menudo, Stuart se sentía culpable al dejar en demasiadas ocasiones al pequeño John al cuidado de una canguro, pero deseaba disfrutar del tiempo libre que tenía junto a Bonnie. Ella desprendía esa luz y magia que le había faltado en su vida desde que Lucille falleció. Bonnie, sin embargo, y a pesar de disimular muy bien, aborrecía todos y cada uno de los eventos en los que acompañaba a su marido. Como si de una marioneta se tratase, nunca se le dio bien sociabilizar con el resto de gente que, a pesar de su poderosa situación, seguían mirándola por encima del hombro como si fuera un bicho raro. Odiaba esas miradas que decían que un hombre como Stuart habría podido conseguir a alguien mejor. Mejor que ella. Le seguía doliendo, pero amaba a ese hombre como jamás había amado a nadie y, lo mejor de todo era que, al fin, era correspondida. No le importaba que todo, en realidad, fuera mentira; Stuart jamás despertaría del hechizo al que ella lo había sometido y no tenía nada de qué preocuparse. Todo era perfecto, todo era una ilusión, todo era tal y como lo había soñado y deseado desde siempre.

Bonnie había logrado desprenderse del puesto de vicepresidenta ejecutiva de la empresa que ahora era propiedad de Stuart.

—No quiero trabajar con mi marido. Las parejas que trabajan juntas suelen discutir mucho, ¿lo entiendes, amor? —le dijo Bonnie, mientras cenaban junto a un silencioso y triste John que seguía sin confiar en su nueva madre.

—Lo entiendo perfectamente, cariño. Encontraremos a alguien, aunque no creo que esté tan capacitado como tú.

Bonnie anunció a todos los trabajadores que diez mil de ellos serían despedidos. No fue un momento agradable, pero tampoco lo recordaría como el peor de su vida, ya que ninguno de sus oyentes la ayudó cuando ella era una don nadie en el mundo paralelo que había abandonado para su buena suerte.

El año 2013 llegó y Bonnie al fin pudo celebrarlo con *su* familia. No se llevaba demasiado bien con John, pero no le importaba. Convencería a Stuart para que lo internara en algún prestigioso colegio y así quedarse tranquila. Tiempo, solo necesitaba tiempo. El día diez tenían de nuevo una exposición. Stuart era un apasionado del arte e intentaba acudir a la mayoría de las que se celebraban en Nueva York. Una tal Nora Stewart, de gran prestigio en Pennsylvania de donde procedía, exponía por primera vez sus obras en la galería *Agora*. Aunque a Bonnie le daba pereza, decidió, una vez más, acompañar a su marido. Eligió para la ocasión un elegante vestido gris ceñido con un favorecedor escote que dejaba al descubierto su delgaducha espalda, y un chaquetón negro que abrigaba demasiado, pero en enero siempre ha hecho un frío espantoso en Nueva York, así que le vendría muy bien. El chofer les dejó enfrente de la amplia y luminosa galería donde desde fuera, ya podía verse abarrotada de gente admirando cada una de las obras y degustando los canapés con una copita de champagne en las manos. Stuart parecía entusiasmado y Bonnie, detrás, sin acostumbrarse todavía a andar con tacones, entró poco después. Al entrar, Bonnie observó que su marido estaba distraído mirando a un punto fijo, le dio un beso y, al mirar hacia donde miraba él, la vio. Nora Stewart era la Nora Clayton del otro mundo, a la que había maldecido y enviado a la vida que no había elegido. Esa vida en la que decidió ser pintora y seguía siendo tan guapa e imponente como siempre.

A Bonnie le empezaron a entrar sudores y escalofríos y, antes de que pudiera huir precipitadamente, ya era demasiado tarde. Nora se acercó a ella dominando mucho mejor sus incómodos zapatos de tacón de aguja de lo que había sido capaz, en dos meses, la delgaducha y extraña bruja.

EL ENCUENTRO

Sin rodeos y ante la atenta mirada de Mark, me acerqué rápidamente hacia Bonnie antes de que pudiera escapar. Pude ver cómo le sudaba la frente y cómo mi sola presencia la ponía nerviosa. Pero lo peor de todo, era que yo también estaba nerviosa y tenía miedo, mucho miedo. Yo ya no era la Nora Clayton que ella había conocido. El mundo paralelo al que me envió me había convertido en otra persona. En una persona genial a la que sí me hubiera encantado conocer.

Cuando la tuve delante, no supe qué decir. Había imaginado ese momento en muchas ocasiones, pero no así, no por casualidades del destino.

—Bonnie.

—Tú eres... —intervino Stuart. Ambas lo miramos confusas—. La pesada que aporreó mi puerta para entrar en mi casa —recordó.

«Mierda».

—¿Cómo? —intenté disimular—. Soy Nora Stewart —dije seriamente, simulando mi indignación ante su atrevimiento o confusión.

—¿La pintora? —preguntó Stuart con admiración—. Muchísimas felicidades, ahora miraré con más detalle cada una de tus obras, pero lo que he visto me ha dejado impresionado. Tienes mucho talento.

No lo reconocía. No reconocía al que había sido mi marido en otro mundo. El Stuart que yo conocía era altivo y prepotente, mientras que ese mismo hombre parecía ser humilde y sincero. Se ilusionaba por cualquier pequeño detalle por muy insignificante que fuera.

—¿Verdad? Efectivamente, Nora nació con este don —interrumpió Mark elegantemente. Bonnie y yo nos miramos perplejas.

—¡Mark! ¿Cómo estás? —le saludó Stuart, dándole una palmadita en el hombro—. Impresionante tu novela, felicidades. ¡Me duró un suspiro!

¿Desde cuándo a Stuart le gustaba leer? Jamás lo había visto con un libro entre las manos. Pero lo más sorprendente de todo era ¿de qué se conocían Stuart y Mark? ¿En el mundo que abandoné también se conocían? No recuerdo que Stuart me hablara nunca de Mark, ni siquiera cuando aparecía en la tele.

—Muy bien, Stuart. Siento lo de tu padre, ha debido ser muy duro. ¡Eh! ¡Pero mírate! Felicidades por la boda, pareja.

—Muchas gracias, ella es Bonnie.

Bonnie sonrió tímidamente y miró al suelo. Recordé el momento en el que entró en mi despacho, antes de todo este hechizo o lo que fuera, cuando vestía mal y llevaba gafas y tampoco despegaba su mirada del suelo.

—Encantado, Bonnie —saludó Mark, ofreciéndole la mano. Un gesto, normal y corriente, que a la maldita bruja pareció sorprender. ¿Por qué?

—Bonnie, ¿podemos hablar? —propuse decidida. Ella asintió y nuestras respectivas parejas, sin prestarnos demasiada atención, continuaron hablando.

Prácticamente la empujé hacia el lavabo donde esperamos a que una señora terminara de lavarse las manos, para iniciar una conversación que aún no sabía si podría ser la solución y el fin a la separación de mi hijo.

—¿Qué me hiciste? —le pregunté.

—Pensaba que estarías más enfadada...

—¡Vaya! Ahora ya no balbuceas. ¿Qué me hiciste? —repetí—. ¿Eres una bruja? ¿Vudú? ¿El qué?

—Un conjuro. Te envié a la vida que no habías elegido y me sorprende mucho que lo captaras todo tan rápido.

—Mi marido no me conocía, mi hijo no me conocía porque no era mi hijo, sino de otra pero igual al mío, a mi

Matt —expliqué emocionada. Sorprendentemente, solo con decirle que mi hijo no me había conocido, Bonnie también pareció tener sus sentimientos—. Mi casa no me pertenecía, ni mi puesto de trabajo. ¿Qué me quedaba? Volver a Kutztown, a mi pueblo. Enfrentarme al cáncer de mi madre y descubrir que en esa vida había estudiado Bellas Artes y tenía un taller en la granja familiar en el que poder trabajar. No hay que ser demasiado inteligente para descubrir que arrancándome dos pelos, escena que tardé en recordar, pudieras haber hecho todo esto. Así que, ¿ahora eres tú la vicepresidenta de la empresa de Stuart? ¿También fuiste tú quién mató a Michael?

Silencio. Bonnie no contestó y siempre he dicho que quien calla otorga. Ella mató al padre de Stuart con alguno de sus maliciosos hechizos.

—Dime. ¿Ha merecido la pena? —pregunté.

—Sí. Ahora soy feliz. La gente me ve.

—La gente te ve... —reí irónicamente—. Pero a mí me has separado de lo que más quiero. De mi hijo.

—Tu hijo ya no existe.

—¡Sí existe! ¡Está aquí! —le grité, señalando mi corazón.

—Lo siento, pero ya no puedo hacer nada.

Tuve ganas de estrangularla. En vez de eso, intenté reprimir las lágrimas. No quería darle la satisfacción de que me viera llorar.

—Sal de aquí, Bonnie. ¡Sal y vete al infierno!

Obedientemente, Bonnie salió del cuarto de baño. Yo me encerré en uno de los retretes y lloré hasta que me quedé sin lágrimas. Minutos después, intentando arreglar el estropicio frente al espejo que las lágrimas habían causado en mi maquillaje, volví hasta la galería donde todos me miraron expectantes y aplaudieron. Miré todos y cada uno de los rostros que me observaban con admiración, pero en ninguno de ellos vi el de Stuart o el de Bonnie. Ya se habían ido.

SIN REMORDIMIENTOS

En cuanto Nora Stewart echó del cuarto de baño a Bonnie, esta, obedientemente, salió hasta la galería donde Stuart miraba los cuadros de la pintora en compañía de Mark, que parecía ser su pareja. No pudo deshacerse de ella de la misma manera que había hecho con Michael; le dio lástima y una parte de ella sentía remordimientos por haberla separado de su hijo. Pero no pasaba nada. Cada una volvería a vivir su vida y, a su manera, Bonnie sabía que Nora volvería a ser feliz. Era una mujer fuerte y sería capaz de vivir con la ausencia del hijo que, en realidad, en esa vida, nunca había tenido. Lo comprendería y lo acabaría aceptando con el tiempo. El tiempo no suele hacer desaparecer el dolor, pero lo apacigua un poco.

A los cinco minutos, Bonnie sacó a relucir una de sus tácticas más efectivas para lograr salir de la galería y no tener que enfrentarse de nuevo a Nora, a la que esperaba no volver a ver en su magnífica vida de ensueño.

—Stuart, no me encuentro demasiado bien. ¿Nos vamos? —preguntó, poniendo mala cara y cogiendo la mano de su marido.

—Claro, cariño. Mark, ha sido un placer coincidir contigo. ¿Cenamos un día? Los cuatro, ¿sí? Lo pasaremos de lujo —propuso Stuart. Bonnie puso los ojos en blanco. Lo que le faltaba, ir a cenar con Nora. Un segundo tropiezo, y no se hubiera librado de morir estrangulada a manos de la que fue una imponente vicepresidenta ejecutiva en la empresa de su actual marido. Bonnie también fue capaz de leerle la mente a Nora y supo las ganas que tuvo de matarla en el lavabo de señoras de la galería.

—Quedamos cuando quieras Stuart, aunque ahora vivo en el pueblo. Cuando vuelva a Nueva York te aviso —respondió Mark sonriendo—. ¿Y Nora?

—Se ha quedado en el cuarto de baño —respondió Bonnie tímidamente.

—Un placer, Bonnie.

—Gracias, igualmente.

Mark no la juzgó. En ningún momento miró a Bonnie como si fuera un bicho raro, sino como la mujer de un conocido que merecía todos sus respetos. Bonnie agradeció el gesto y sintió menos remordimientos al saber que Nora tenía a alguien tan especial en su vida. Un buen hombre, eso era lo que le había parecido Mark.

Al regresar a casa, Bonnie se metió en la cama y durmió hasta las tantas de la mañana del día siguiente. Stuart aprovechó el resto del día para estar con su hijo que, feliz, jugó durante todo el día al *scalextric* junto a su padre, al que necesitaba más que nunca y sin la presencia de la madrastra que tanto aborrecía.

PASADO, PRESENTE, FUTURO

Se vendieron todos los cuadros expuestos en *Agora*. Uno de ellos a nombre de Stuart Clayton. Y, sin embargo, no podía sentirme más desdichada. El encuentro con Bonnie me hizo entender que jamás volvería a ser la madre de Matt. Que jamás volvería a ver a mi pequeño.

Mark y Christine celebraban mis éxitos por mí. Yo, simplemente, me convertí en el fantasma que les acompañaba e intentaba sonreír cuando la ocasión lo requería. Pero el resto de días que nos quedaban en Nueva York, los viví como si simplemente fuera un espíritu deambulando sin querer ser vista.

El fin de nuestros días en la gran ciudad terminarían el día quince de enero tras la exposición, junto a otros grandes talentos, en la preciosa galería *Ceres* en Chelsea. Fue un encuentro divertido e informal al que acudió mucha gente joven. Menos elegante y sofisticada que en la exposición de *Agora*, pero dispuestos a gastar sus ahorros en prometedoras obras.

El día dieciséis de enero volvimos a Kutztown. Y sin más pretensiones que las de seguir respirando y disfrutar de mi trabajo, me encerré durante días en el taller para preparar futuras exposiciones y encargos. Mark empezó a preocuparse el tercer día en el que vio que no probaba bocado y los huesos se me empezaron a notar en zonas indebidas.

—Nora, tienes que comer algo —comentó preocupado

—No empieces, por favor.

—Venga, yo invito.

—No quiero comer nada —respondí, inmersa en un lienzo aún en blanco donde destacaría el color negro.

—¿Qué te pasa?

—Es muy difícil de explicar, Mark.

—Desde que viste a esa mujer, a la mujer de Stuart, ¿Quién era?

«¿Cómo había llegado Mark a esa conclusión?»

—Una bruja —respondí casi por inercia.

—¿Una bruja?

—Y además de verdad —murmuré.

—Cuéntame qué pasa, Nora. Cuéntamelo todo. Puedes confiar en mí.

Lo miré fijamente. Decía la verdad y, por muy descabellada que fuera mi historia, tenía fe en Mark. Sabía que me creería y no tendría tentaciones de mandarme a un manicomio.

Me senté junto a él y empecé a explicarle la historia de mi vida desde el principio. Con los ojos muy abiertos, escuchó atentamente todo lo que me había sucedido en dos meses. Cómo esa mujer delgaducha y aparentemente frágil había cambiado mi vida y había provocado con su hechizo que yo dejara de ser la madre que había elegido ser.

—Pero ¿cómo puede ser? —preguntó, cuando terminé de contarle todo lo sucedido. No me dejé nada, ni el más mínimo detalle.

—No lo sé. Brujería. Pero ¿crees que estoy loca?

—No. Ahora entiendo tu comportamiento al principio y siento que en tu otra vida sintieras tanto desprecio hacia mí —rio—. Solo era un chiquillo queriendo llamar la atención de la niña que me gustaba cuando te lancé aquella pelota de baloncesto. Y si te hubiera visto por las calles de Nueva York, me hubiese gustado que me saludaras, aunque solo fuera para recriminarme aquella acción.

—Ya...

—Entonces, ¿no se puede hacer nada?

—La bruja dijo que no.

—Lo siento mucho, Nora. Por tu hijo.

—La vida que no elegí tiene algo bueno. Tú y nuestra historia, tanto la que no recuerdo como la que sí. Y este trabajo —reconocí, mirando mi taller. Se me estaba quedando pequeño, pero por nada del mundo podría abandonar ese lugar tal y como había sugerido Christine. La esencia de mi madre también estaba por cada uno de sus rincones y la ventanita con vistas al bosque era muy especial.

—¿Y si volvieras a tu otra vida? —especuló Mark—. Si nunca hubiéramos estado juntos, si...

—Te buscaría —le interrumpí, dándole un beso—. No sé cómo será tu vida en ese mundo paralelo, pero te buscaría. Y te encontraría. Haría lo posible por estar contigo.

—¿Me lo prometes?

—Te lo prometo. Y nunca rompo una promesa.

—Me alegra oír eso. Madre mía, esto da para una novela.

—Pues ya sabes.

—Entonces, dices que en ese mundo, ¿mi novela se titula igual?

—*Olvidar que te olvidé,* sí. Y siento decirte que me pareció un título estúpido. Ahora no, me encanta. El contenido en el otro mundo lo desconozco, intuyo que debe ser distinto. Cómo juzgamos a la ligera, ¿verdad? A veces hay que mirar más allá de un título o una cubierta, de un físico o un primer comportamiento y no juzgar. No se puede juzgar a alguien por las simples apariencias.

—Exacto, Nora.

—Para esta historia tengo el título perfecto. *La vida que no elegí* —sugerí, sonriendo tristemente. Una de las manías de Mark era tener el título y una idea sobre la portada antes de empezar a escribir. Sin eso, no podía empezar su historia.

—Muy bueno. Se lo comentaré a Patricia —respondió Mark guiñando un ojo.

—Patricia... —suspiré—. Mi destino en cualquiera de mis vidas era conocer a esta mujer.

—¿Entonces, erais muy amigas?

—¡Íntimas! Hasta que Stuart se fijó en mí y claro...

—Bueno, no me extraña nada que Stuart se fijara en ti. Cualquier hombre se fijaría en ti, eso es evidente.

—Y en este mundo, ¿de qué conocías a Stuart? Desconozco si en el mío os llegasteis a conocer, pero me extraña mucho que así fuera.

—Por Patricia. Empezó a trabajar en la editorial cuando salía con él, hasta que la abandonó por una modelo. Creo que se llamaba Lucille. La pobre murió en un accidente de coche hace unos años. Nos vimos en un par de ocasiones, pero hicimos buenas migas. Es un buen tipo.

Tenía sentido. Sin embargo, en el mundo del que procedía era posible que no se conocieran.

—Mark, ¿qué voy a hacer? —pregunté, a punto de llorar.

—Déjate llevar y vive. Será lo que tenga que ser. A veces tenemos la solución a la vuelta de la esquina y, ten por seguro, que lo que nos pertenece es nuestro en este y en todos los mundos paralelos que puedan existir. Solo debemos respirar, detenernos y estar atentos. Mañana será otro día, Nora. La vida puede cambiar en cuestión de segundos.

VIAJE AL INFIERNO

Bonnie puso en venta su apartamento de Upper East Side. Ya instalada y acomodada en el apartamento de Stuart, decidió desprenderse de ese hogar que, aunque suyo en términos legales, en realidad jamás le perteneció. Empeñada en llevarse con ella la gran lámpara de cristalitos que tenía en el salón, aprovechó un momento en el que los de la mudanza fueron a almorzar, para ser ella misma quien la desprendiera del techo.

Se subió a una escalera y miró hacia arriba. Era preciosa. Cada cristal brillaba con una luz magnética y resplandeciente y los reflejos del sol que entraban por el ventanal del apartamento, le aportaban auténtica magia. Bonnie se agachó para coger unos alicates, con tan mala suerte que, al volver a incorporarse, su tobillo, de lo delgado que era, se desestabilizó, y tropezó con la escalera. Por instinto y mala suerte, Bonnie se aferró a la lámpara que, medio desatornillada, cayó encima de su frágil cuerpo, provocándole la muerte inmediata.

Cuando los hombres de la mudanza volvieron al apartamento, encontraron el cuerpo de Bonnie ensangrentado a causa de los miles de cristalitos que la pesada lámpara de más de cien kilos, le había provocado al caer sobre ella. El impacto fue mortal. Pero lo que vieron solo fue un cuerpo. El alma de la bruja, se había desprendido del cuerpo, la asfixiante prisión con la que había convivido unos años, y había bajado hasta el mismísimo infierno donde debería convivir eternamente con la maléfica Elisabeth, su madre.

—Te lo dije —saludó Elisabeth envuelta en llamas.

El espíritu de Bonnie miró aterrada a su alrededor. Oscuridad. Llamas. Risas maléficas. Espíritus condenados. Tristeza. Soledad. Calor. Maldad... mucha maldad.

—Pero yo... yo he sido buena, madre —lloriqueó Bonnie.

En su mente seguía estando el recuerdo de Stuart y sus maravillosos días junto a él. Unos días que la muerte le había arrebatado y que ya solo formarían parte de un recuerdo eterno entre las llamas del infierno donde pensaba que no merecía estar.

—No has sido buena, Bonnie. Has sido una mala persona, lo llevas en tus genes. Era tu destino. Pero no pasa nada, querida. Ahora estás conmigo, con tu familia. El resto de brujas te quieren ver. Lo estaban deseando —explicó Elisabeth, saboreando el momento.

—No... no quiero...

—No lloriquees, Bonnie. No eres una niña pequeña.

Bonnie vio, con sus grandes ojos saltones, a toda la estirpe de brujas que habían pertenecido a su familia en vida. Se acercaban más y más hacia ella, dejando a Elisabeth en un segundo plano. La rodearon y, entre risas y oscuras miradas, lograron atrapar a Bonnie para darle a conocer el lugar al que estaba destinada a quedarse para siempre.

El mundo paralelo que Bonnie creó, desaparecería. Stuart jamás la recordaría, el pequeño John nunca existiría y el señor Michael Clayton seguiría vivo, recorriendo mundo en compañía de hermosas jóvenes por muchos años más. Ese mundo no habría existido jamás, porque no era el que habían decidido sus protagonistas. Solo quedaría en el recuerdo de la triste Bonnie, como lo mejor que le había sucedido en vida. El único consuelo: haber podido disfrutar de lo que nunca creyó poder conseguir.

LA VIDA QUE ELEGÍ

El día en el que, sin saber cómo, volví a casa, lo primero que sentí fue frío aunque estuviera arropada por mi acogedor nórdico comprado en Londres que reconocí al cabo de unos segundos. Y tenía un tremendo dolor de cabeza. Cogí la mano que tenía alrededor de mi cintura pensando que era la de Mark pero, al girarme, vi el rostro adormecido de Stuart. Me levanté de golpe, asustada, y me dirigí corriendo hasta la habitación de Matt. Ahí estaba, dormido en su camita, angelical como lo recordaba. Me agaché y, con lágrimas en los ojos, acaricié su pequeño rostro. No podía creer lo que estaba viviendo. ¿Era un sueño? ¿Al despertar Matt dejaría de existir y volvería a encontrarme en Kutztown? Me pellizqué. Me dolió. Estaba despierta. Estaba viva. Matt abrió los ojos, me miró y sonrió.

—¿Ya es de día? —preguntó, frotándose los ojos.

—Sí, cariño... ya es de día.

—¿Hay que ir al cole?

—Me temo que sí. ¿Qué quieres almorzar hoy en el cole?

—¡Magdalenas!

—Te prometo que este fin de semana haremos magdalenas —contesté, sin saber qué día era. Estaba desorientada y me molestaba el ruido del tráfico que se escuchaba a través de las ventanas del apartamento.

Matt se levantó y lo abracé. Fuerte, muy fuerte... hasta que se apartó de mí y, resoplando, me dijo que ya era mayor para que le diera un abrazo.

—Cariño, algún día entenderás que nunca eres lo suficientemente mayor para que mamá te dé un abrazo —dije, recordando a mi madre con la esperanza de volverla a ver. De que en ese mundo siguiera viva o, mejor aún, que ese maldito cáncer no invadiera su cuerpo terminando dolorosamente con ella.

Matt, como el niño mayor que él se consideraba que era, se dirigió solito al cuarto de baño, mientras yo fui hasta la cocina a preparar el desayuno con mucho gusto. Me sentía feliz, pero mil preguntas revoloteaban por mi cabeza. ¿Qué le había pasado a Bonnie? ¿Se había arrepentido y había cancelado el hechizo? Nunca lo sabría. Nunca la volvería a ver. Lo importante era que había recuperado mi vida, la que yo elegí, aunque tuviera que empezar a tomar decisiones y a cambiarla drásticamente sin saber qué hubiera sido de mí si nunca me hubiera ido. Mis sentimientos hacia Mark seguían siendo los mismos que en aquella vida en la que me había visto sumergida sin esperarlo, y lo último que recordaba de él fue su abrazo al acostarnos, su beso de buenas noches y aquellas sabias palabras en el taller: «Mañana será otro día, Nora. La vida puede cambiar en cuestión de segundos».

Le hice una promesa y la cumpliría, aunque él, desde algún lugar que aún desconocía, no la recordara.

Stuart logró desprenderse de su característica pereza y salir de la cama. Con media sonrisa y una mirada fugaz hacia mí, fue directo a la nevera a coger una botella de agua. Se sentó, se frotó los ojos y cogió una tostada que yo había preparado.

—¿No me vas a dar ni los buenos días? —pregunté. Era como si estuviera frente a un desconocido. Me sentía muy rara. Tenía migraña y el cuerpo dolorido. En ese momento, supe que estar con él no tenía sentido.

—Hoy no será un día demasiado bueno para ti, ¿no?

—¿Por qué?

—Tienes que dar la noticia.

—¿Que noticia?

—¿Qué te pasa, Nora? Hoy es cuando tienes que anunciar que diez mil trabajadores se irán a la calle. Qué faena para ellos, pero... nos vamos a forrar —dijo riendo.

No quería volver a pasar por aquel momento. No quería que diez mil personas se quedaran sin trabajo. Pensé en sus familias, en sus hijos... y se me partió el alma en dos, enfurecida con Stuart por su falta de tacto y ambición. Por mi mente volvieron a pasar esos dos meses que viví en mi taller, entre mis pinturas, feliz entre aquellos colores que me hicieron dar vida a numerosos lienzos en blanco que tanta felicidad provocaban en todo aquel que los contemplaba. En las exposiciones y en los buenos momentos con Christine, mi mano derecha. Eso era lo que quería. Pintar y hacer felices a las personas que supieran valorar lo que había detrás de cada obra. Y conocer a Christine, la que sería mi apoyo y amiga en ese viaje artístico y creativo.

—No —contesté—. Puede haber otra solución sin que tengamos que despedir a tanta gente. Me niego a dar esa noticia porque... —respiré hondo y lo solté—: Dimito, Stuart.

—¿Qué?

Se le cayó la tostada untada de mermelada de melocotón al suelo. Y, como manda la Ley de Murphy, el suelo se pringó de mermelada.

—Que dimito. Que dejo el trabajo. A la mierda. Desde este momento dejo de ser la vicepresidenta ejecutiva de la empresa de tu padre y... —lo miré fijamente, escudriñando su sorprendida mirada de ojos azules que tantas pasiones había despertado entre las mujeres, incluida yo en el pasado—. Stuart, ¿me quieres?

—Nora, son las siete de la mañana...

—Me da igual. ¿Me quieres?

Matt llegó a la cocina enseñando con orgullo los dientes limpios que él solito había cepillado, completamente ajeno a los problemas de sus padres. Bendita inocencia... Ojalá no la perdiéramos nunca, el mundo sería mucho mejor.

—Me he limpiado los dientes yo solito —informó alegre.

—¡Eso se merece un beso muy grande! —exclamé, abrazándolo de nuevo y besuqueando su carita.

—¡Mamá! ¡Déjame!

—¡Vale! Pero luego quiero más... He preparado tostadas, ¿cuántas quieres?

—Dos, por favor.

—Muy bien. Dos tostadas para el chico más guapo de la casa.

Stuart seguía mirándome fijamente, sorprendido ante la noticia inesperada que le acababa de anunciar.

—Hoy llevo yo a Matt al colegio. No voy a ir a trabajar, Stuart. Después llamaré a tu padre y le diré que dimito. Y sobre el otro tema... —dije, mirando a Matt con cariño—. Hablamos luego.

Stuart asintió y, como si no le importara lo más mínimo cómo me pudiera sentir, se fue hasta la habitación a arreglarse. Quince minutos más tarde, salió por la puerta de casa sin despedirse.

—¡Me parece que tú y yo nos tenemos que ir al cole! —le dije a Matt, haciéndole cosquillas.

—¡Mamá! ¡Hoy estás muy pesadita!

Me puse de cuclillas frente a él. Nos miramos fijamente y pude ver en su mirada lo mucho que me quería.

Él había estado conmigo siempre, incluso en el mundo en el que no existía. Ahí, muy cerca, en mi corazón.

—Te quiero mucho, mucho, mucho... lo sabes, ¿verdad?

—Yo también te quiero, mamá —reconoció avergonzado. Cada vez le costaba más decirme cuánto me quería.

—No debes avergonzarte por decir te quiero. Es algo que debemos decir cada día aunque lo demos por sentado. ¿Entiendes?

—Sí, mamá.

—Pues dímelo cada día. Me encanta escucharlo.

—Vale. ¡Te quiero, te quiero, te quiero, te quiero...!

El pequeño Matt, en un ataque de efusividad, me abrazó muy fuerte. Volví a pensar en mi madre y en lo mucho que deseaba verla de nuevo, en tener otra oportunidad aunque, en esa ocasión, sí hubieran pasado dieciocho años reales y nuestra relación fuera nefasta.

Después de llevar a Matt al colegio, fui a pasear por Central Park sintiéndome al fin libre. Hacía tiempo que no me sentía así. Sin obligaciones, sin un puesto de trabajo agobiante, sin importarme lo más mínimo qué sería de mí, de mi futuro. Y, lo mejor de todo, sin ver a la «cuello de avestruz» de Virginia.

Me senté en un banco y llamé a mi madre. Respiré hondo, ansiosa por escuchar su voz. Fue emocionante volverla a escuchar, volverla a sentir cerca aunque no estuviera a mi lado. Saber que estaba viva, saber que tenía otra oportunidad.

—Mamá.

—¡Nora! Hija...

Se puso a llorar. Yo también.

—Mamá, lo siento mucho. De verdad que lo siento. Todos estos años, la verdad que no sé qué decir... No sé por dónde empezar.

—Yo tampoco me he portado bien, Nora. Me alejé de todo, incluso de ti. Pero hace tiempo que no dejo de pensar en las ganas que tengo de verte —reconoció, tan emocionada como desde el principio—. Y quiero conocer a mi nieto. Por favor, lo quiero conocer...

—Lo conocerás. Este fin de semana vamos a verte a Kutztown y... quién sabe.

Pensé en la posibilidad de volver a vivir en el pueblo. De rehacer mi vida allí, junto a mi hijo, esperando que Stuart me pusiera las cosas fáciles. Seguir pintando o, mejor dicho, empezar a pintar y encontrar a Mark.

—Me das una alegría, Nora. Quiero contarte muchas cosas.

—¿Estás bien? —Silencio. Los silencios telefónicos no suelen ser buenos—. ¿Mamá?

—No, Nora. No estoy bien. Pero prefiero que nos veamos y hablemos en persona.

Cuando colgué el teléfono, el miedo se apoderó de mí. No sabía si sería capaz de vivir la experiencia de verla marchar otra vez. De ver cómo sufría y se retorcía de dolor. Pero a veces la ilusión es más poderosa que todo el miedo y valía la pena volver a pasar por todo eso si podía abrazarla una vez más.

Minutos después, me llamó Michael. No hablé durante toda la conversación telefónica, únicamente me limité a escuchar sus gritos desde el Caribe, recriminándome mi inesperada e inadecuada dimisión de la empresa. Al menos estaba escuchando la voz de alguien que en el otro mundo había fallecido y me había sabido mal; en el fondo, apreciaba al que aún era mi suegro. Al colgar, con una sonrisa, marqué el número de teléfono de Mark. Pero no era ese su número en ese mundo, sino el de una ancianita con problemas de oído.

Deambulé por las calles de Nueva York observando los rostros estresados y malhumorados de la gente y esperando encontrar en alguno de ellos el de Mark. Pero no hubo suerte. Y, en esa ocasión, no hubiera cruzado de acera para evitar saludarle, sino todo lo contrario. Hubiera cruzado un semáforo en rojo poniendo en riesgo mi vida, empujado a cientos de transeúntes y tropezándome con los típicos carruajes de Nueva York, solo por estar frente a él.

Stuart llegó a casa a las cuatro de la tarde. Aprovechando que Matt estaba distraído viendo la televisión, nos encerramos en el despacho. Me miró con desaprobación, decepcionado y desilusionado.

—Ha sido un día horrible en la empresa —comentó secamente.

—¿Vais a despedir a diez mil personas? —pregunté preocupada.

—Eso es algo que ya no te importa —respondió fríamente.

—Vale. Sobre la pregunta que te he hecho esta mañana, ¿podrías responderme?

«Directa al grano. No quiero perder el tiempo».

—¿Qué quieres que te diga, Nora?

—La verdad. Hay otra mujer, Stuart. Hace tiempo que lo sé.

Paseó de un lado a otro mirando avergonzado el suelo.

—Lo siento.

—¿Quién es? —quise saber. Mi sonrisa lo confundió aún más.

—¿Por qué sonríes?

—Porque me alegra que tengas a alguien con quien compartir tu vida, Stuart —respondí sinceramente. Pero también me alegraba porque eso me facilitaría mucho las cosas. ¿Por qué no me di cuenta antes? ¿Por qué tuvo que venir Bonnie a hacerme ver que mi vida y mi relación con Stuart era una mentira?

—Hace cuatro meses quedé con Patricia. ¿La recuerdas?

—¿Cómo olvidarla? —reí. Él seguía mirándome y preguntándose por qué esa situación me hacía tanta gracia cuando, seguramente, lo que esperaba era verme hecha polvo.

—Fuimos a tomar un café —empezó a explicarme con el ceño fruncido—, solo como amigos, pero surgió algo. Siento haberte mentido y no quiero hacerte daño, Nora... eres la madre de mi hijo, has sido la mujer más importante de mi vida, yo...

—No hace falta que digas nada más, Stuart —le interrumpí—. Me alegro por ti y deseo que te vaya todo muy bien.

—¿Qué vas a hacer?

—Firmar el divorcio. Y marcharme de aquí. Quiero volver a Kutztown, Stuart. Mi madre está enferma y me necesita. Por supuesto, me llevaré a Matt.

Stuart asintió con la mirada ausente.

—Me da mucha pena. Quiero que sepas que te quise. Te quise muchísimo.

—Y yo a ti. Pero está bien, Stuart. De verdad... somos libres de tomar nuestras propias decisiones, eso es lo que hace que la vida sea interesante y nos lleve hasta nuestro destino.

—Me alivia mucho que te lo tomes así. Ahora mismo hablaré con mi abogado para agilizar el papeleo.

—Lo duro será explicárselo a Matt.

—Ya. Es todo muy precipitado, incluso para nosotros —comentó, con una triste sonrisa.

—Por cierto, ¿cómo está Patricia? ¿A qué se dedica?

—Es editora.

Vi la luz.

—Me gustaría verla.

—¿De verdad?

—Invítala a cenar.

—¿Estás loca?

—En absoluto. Pedimos comida china, le encantaba. Invítala —insistí alegremente.

—Vale... —contestó Stuart dubitativo—. Oye, no querrás darle una paliza ni nada de eso, ¿no?

—Qué tonto eres. ¡Claro que no! —exclamé riendo por su ocurrencia.

Llamó a Patricia y después a su abogado. A la semana siguiente ya podríamos firmar el divorcio. Rápido, fácil y sin rencores. Con el dinero que me quedaba, podía vivir en Kutztown sin dificultades para toda mi vida, pero sabía perfectamente lo que quería... Pintar. Entre muchas otras cosas, deseaba volver al taller y ponerme manos a la obra.

El momento más difícil fue cuando se lo dijimos a Matt. Me dolía la posibilidad de que Matt sufriera por nuestra culpa. Desmoronaríamos su mundo y todo aquello a lo que estaba acostumbrado. Pero, una vez más, mi hijo demostró que debía estar orgullosa de él. Era todo un hombrecito. Con total naturalidad, a pesar de lo imprevisible de la situación, entendió lo que estaba sucediendo y cómo afectaría eso a su futuro inmediato.

—Eso no significa que no te queramos, Matt. Te queremos más que a nuestra propia vida —le dije—. Pero las personas mayores tienen sus propios problemas y diferencias, ¿entiendes?

—Sí. Los papás de Laura, Pam, Jack, Steve, Paul, Brad...

—Vale, vale... de todos estos niños —le cortó Stuart, sabiendo que era muy probable que la lista de nombres fuera interminable—. Continúa, continúa —le animó.

—Pues que están separados. Y no pasa nada. Ven a sus papás igual y además les dan más regalos —siguió diciendo Matt, con una madurez sorprendente.

—Sobre los regalos, no tendrás más, Matt. Seguirás teniendo los mismos —le advertí.

Nunca quise malcriarlo. Nunca le colmé de regalos aunque pudiera permitírmelo. Mi deseo siempre fue que Matt se convirtiera en una persona que valorara el esfuerzo y los pequeños detalles.

—Además te voy a dar una noticia —continué diciendo—. Este fin de semana nos vamos a Kutztown a conocer a la abuela. Está malita, así que le gustará mucho conocerte. Y en enero... —continué diciendo, mirando a Stuart y esperando su aprobación. Pude ver cómo se le humedecían los ojos—. Tú y yo nos iremos a vivir allí. Te encantará el colegio. Es mucho más pequeño que el de Nueva York, pero estarás muy bien. Todo irá muy bien.

—Sí, mamá. Si es contigo, me voy a cualquier sitio. Donde sea —La palabras de Matt le dolieron a Stuart. A mí me emocionaron—. ¿Tú vendrás, papá?

—Cada fin de semana, hijo. Estamos a solo dos horas de distancia y ya sabes que mi coche vuela.

—Entonces genial, papá —asintió mi hijo, volviendo a centrarse en los dibujos que estaba viendo en televisión.

Stuart y yo nos miramos tranquilos. Sabía que sería duro separarlo de su hijo, que sería difícil para él verlo solo los fines de semana, pero conocía a Stuart. Conocía sus ganas de volver a llevar la vida de soltero como en sus tiempos de modelo. Esa vida le encantaba y, aunque quería a Matt con toda su alma, aún recordaba la expresión de su rostro cuando le dije que estaba embarazada. Fue como si le hubieran cortado las alas.

A las seis y media llegó Patricia y la comida china ya estaba en camino. Precavida y asustada por lo que se iba a encontrar, no tenía nada que ver con la mujer alocada y sexy que se mostraba en ese otro mundo paralelo junto a su escritor preferido. Ni siquiera supo cómo saludarme, así que fui yo quien tomó las riendas de la situación. La abracé.

—¿Cómo estás? Después de tanto tiempo... —comenté.

—Nora, es increíble que te lo hayas tomado así —dijo, tan sorprendida como Stuart.

—Bueno, primero te lo quité yo... ahora te toca a ti. —Le guiñé un ojo divertida—. Y os deseo lo mejor, de verdad. Ya se lo he dicho a Stuart. Yo vuelvo a Kutztown.

—¿Kutztown? —preguntó Patricia pasmada. Las palabras que quería escuchar estaban a punto de llegar.

—¿Lo conoces?

—Acabo de volver de allí. A uno de mis escritores le ha dado por irse a vivir al campo. ¿Te lo puedes creer? —rio, mirando a Stuart, que le devolvió la misma sonrisa junto a una pícara mirada.

—¿No será Mark Ludwig? —pregunté esperanzada.

—¡Ese! ¿Has leído su novela? Mira, creo que llevo una en el bolso —dijo, rebuscando en un gran bolso que hubiera podido envidiar la mismísima *Mary Poppins*. Me dio un ejemplar de *Olvidar que te olvidé*. Agarré fuerte la novela, de distinta portada a la que yo había leído, teniendo el plan perfecto para esa noche. Adentrarme en el mundo desconocido de las palabras de un Mark Ludwig a quien aún no conocía de verdad—. Te gustará.

—Seguro que sí. Entonces ¿Mark, tu escritor, ha vuelto a Kutztown?

—Sí. En búsqueda de inspiración para su nueva obra o algo así... —respondió Patricia poniendo los ojos en blanco.

Después de romper el hielo, vino la parte extraña. Pero Matt me hizo sentir orgullosa. Se comportó estupendamente bien y trató a Patricia con amabilidad. Supo que esa «amiga especial» de papá, era la causa de nuestra ruptura y, aunque en un principio pareció molesto con Stuart, entendió que nadie puede elegir de quién se enamora. Y papá parecía haberse enamorado de otra mujer. Todo había sido muy repentino. Cuando mi hijo se fue a dormir la noche anterior, no podía ni imaginar que, veinticuatro horas después, también su vida cambiaría para siempre por culpa de dos adultos que habían dejado de tener sentimientos el uno hacia el otro. Cómo nuestras decisiones también afectan a la vida de quienes nos rodean, en este caso, la de nuestro hijo, cuyo destino hubiera sido también muy distinto sin el hechizo de Bonnie.

La comida china llegó. Nos sentamos alrededor de la mesa y entablamos una agradable conversación. A Patricia le apasionaba su trabajo como editora, siempre le había gustado leer y adentrarse en el mundo secreto de los escritores, a cada cual más peculiar. Se le notaba el aprecio que sentía hacia Mark, e incluso me contó detalles íntimos de su vida privada.

—Lo acaba de dejar con una modelo. Lucille Spencer, ¿sabéis quién es? Un bombón —nos explicó—. El pobre lo ha pasado un poco mal porque ha sido ella quien ha roto con él después de liarse con un joven actor... pero lo superará.

—Claro que lo superará. Todo se supera —dije, mirando a Stuart, que me sonrió agradecido.

—La conocí hace años. Una mujer algo peculiar. —Lo que Stuart no podía ni siquiera imaginar, era que, en otra vida, esa modelo estuvo muy unida a él.

Lucille Spencer. En otra línea de espacio temporal había sido la mujer de Stuart, por quien había dejado a Patricia. Ella misma me lo contó en la calle Main, a las puertas de la taberna donde la esperaba Mark y donde mis «amigos» bebían cerveza. Sea como sea, en todas las vidas posibles, Stuart abandonaba a Patricia para, a lo mejor, tiempo después, volver con ella. En esa otra vida, la modelo, Lucille Spencer, había fallecido joven en un accidente de coche y había dejado en el mundo a un pequeño idéntico a Matt, por el parecido con Stuart, pero llamado John. Sentí profundamente la ausencia de su pequeño, pero egoístamente, agradecí ser yo la que tuviera la cicatriz de la cesárea que me había visto en el espejo esa misma mañana. Siempre me había sentido acomplejada por ella; sin embargo, en esos momentos era la parte de mi cuerpo que más amaba. Todo coincidía. Ambos mundos tenían algún tipo de relación. Mientras veía cómo Stuart y Patricia se miraban embelesados, recordé de nuevo las palabras de Mark: «Ten por seguro que lo que nos pertenece es nuestro en este y en todos los mundos paralelos que puedan existir». Stuart y Patricia se pertenecían desde siempre, estaba escrito en sus destinos y en las decisiones que ellos mismos tomarían. Yo solo había sido una pieza más en ese rompecabezas, destinada a darle la vida a Matt.

Cuando Patricia se marchó y Stuart y Matt se quedaron dormidos, me senté en el salón a leer la novela del Mark Ludgiw de ese mundo, al que solo recordaba por haberme tirado una pelota de baloncesto en la cara cuando éramos pequeños. La portada volvía a ser la misma, la del perfil de la mujer perfecta con los labios rojos desapareció, para dar paso a la de los dos niños sonrientes. Esa pelota de baloncesto que sujetaba el niño y el resplandeciente rayo de sol. De repente, todo cobraba sentido. Como si fuera una señal que Mark, tal vez inconscientemente, me había enviado con su portada desde ese mundo en el que yo, le odiaba por el insignificante recuerdo que tenía de él.

Empecé a leer *Olvidar que te olvidé* con la misma ilusión que la primera vez y, viendo desde el principio, que aunque el estilo era exactamente el mismo, no había ni una palabra que coincidiera con la novela de la otra línea temporal. El nombre de la protagonista era el mismo: Olivia. Sin embargo, Mark y yo nunca estuvimos juntos y, por lo tanto, nunca mencionamos el nombre que le pondríamos a nuestro primer hijo, así que el protagonista de la historia se llamaba Lucas. Todas y cada una de las situaciones eran bastante deprimentes. Olivia y Lucas estaban destinados a conocerse y a estar juntos, pero nunca fue así. Lucas le lanzó cuando era pequeño una pelota de baloncesto a Olivia para llamar su atención, pero en vez de eso provocó un odio repentino en la pequeña. Me reí al leer esa escena y también lloré con muchas otras. Mi corazón vibró al saber que esa novela también iba dedicada a mí. A la mujer con la que nunca estuvo, a la mujer que deseó en silencio desde su más tierna infancia. Al final de esa novela, es Lucas quien muere justo cuando conoce a Olivia y, al fin, tiene la oportunidad de estar con ella. Muy deprimente.

Cerré el libro y me quedé mirando a la nada durante minutos. No deseaba un final así para mí... para nuestra historia. Y el lado optimista que Mark me enseñó a tener, me dijo que todo acabaría bien. Y, si no lo hacía, no era el final de la historia. De nuestra historia.

Stuart y Patricia decidieron pasar un fin de semana romántico en París, mientras Matt y yo nos fuimos a Kutztown el viernes por la tarde después del colegio. A lo largo de toda la semana, recibí llamadas de mi exsuegro ofreciéndome sumas de dinero que no hubiera imaginado que existían ni en diez vidas. Me negué a todas su ofertas para volver a mi antiguo empleo y decidieron no despedir a los diez mil trabajadores de la empresa sustituyéndolos por las sofisticadas máquinas que, en esos momentos, les costaría a cada persona de la junta directiva un riñón. Me alegré por los peones de la empresa que no volverían a ver el desagradable rostro de la fría y calculadora vicepresidenta ejecutiva que había decidido ser. Y también me alegraba no tener que volver a ver al «cuello de avestruz» de Virginia, aunque al principio de la otra vida donde me envió Bonnie, la hubiera echado de menos en algún breve momento de debilidad.

Cuando bajé al garaje y cogí de nuevo mi magnífico Porsche, me sentí ridícula. Deseé con todas mis fuerzas volver a estar frente al volante de mi destartalado pero discreto Fiat rojo. Dos horas después, Matt y yo recorríamos la carretera que nos llevaría a Kutztown. Tal y como lo recordaba, nada más llegar, sentimos aire puro en nuestros pulmones. Matt miraba por la ventanilla el paisaje con curiosidad. Le gustaba lo que veía y yo le expliqué que, en verano, el maíz estaba tan alto que podía incluso tapar las vistas de las montañas. Quizá, años más tarde, tomaría la decisión de ir en busca de aventuras fuera del pueblo. A lo mejor llegaría un momento en su vida en el que un lugar tan pequeño le agobiaría y tendría la necesidad de volver a la gran ciudad. No importaba, disfrutaríamos del momento. Viviríamos en Kutztown, esa era mi nueva decisión, una decisión que cambiaría el rumbo de mi vida sin obsesionarme con la idea de otros mundos paralelos en los que todo pudiera ser distinto.

Volví a pensar en Bonnie. Aunque sufrí mucho por la ausencia de Matt, lo cierto era que me había hecho un favor. Me abrió los ojos y me hizo ver que la vida que no había elegido era mucho mejor de lo que hubiera imaginado nunca.

Las granjas desaparecieron del paisaje y nos adentramos en el maravilloso mundo de las casitas de Kutztown. Alegres y características, Matt comentó que le encantaría vivir en una de ellas. Ese fin de semana lo aprovecharíamos para visitar las casas que estuvieran en venta, suponía que pocas, pero alguna habría. Recordé la casita de la vieja Dorothy y mi miedo y obsesión por encender todas las luces por si a su espíritu se le antojaba visitarme. Me reí ante la atenta mirada de Matt.

—Estás feliz, mami —me dijo riendo.

—Lo estoy, Matt. Mucho.

Pocos minutos después, mi Porsche, observado por los escasos habitantes de Kutztown que paseaban por la calle, aparcaba frente a la casa de mi madre. La vi desde el coche. Tal y como la recordaba: plantando florecitas en el jardín delantero. Respiré hondo y le dije a Matt que bajara del coche. Cuando me sentí preparada, yo hice lo mismo. Mi madre se quitó los guantes y me miró con los ojos humedecidos a punto de llorar y con una sonrisa que no podría olvidar jamás. Abrió los brazos y, sin necesidad de palabras, nos abrazamos durante minutos. Matt nos miraba entendiendo la situación. Dieciocho años son demasiados años. Y, tal y como le había dicho días antes a mi pequeño, nunca eres lo suficientemente mayor para que *mamá* te dé un abrazo. No tardó mucho en comprenderlo. A partir de ese momento, Matt nunca rechazó un abrazo y era él quien venía siempre a dármelos a mí.

Mi madre y yo nos separamos. Solo un poco. Nos miramos fijamente con los ojos inundados en lágrimas y con un nudo en la garganta que nos impedía hablar.

—He preparado un té... —dijo, mirando a Matt con admiración. «No, nada de té», pensé, recordando el sabor agrio de aquel que bebí en la línea temporal desaparecida—. Tú debes ser mi nieto —saludó a Matt sonriendo.

Me fijé en su cabello y me entristeció ver que se trataba de la peluca rubia que solía picarle y de la que se deshacía cuando estaba en el interior de casa. Mi madre tenía cáncer. Y el día elegido para irse era el veinticinco de diciembre.

—Sí —asintió Matt alegre.

—¿Te puedo dar un abrazo? —preguntó mi madre.

—Claro, nunca seré lo suficientemente mayor para recibir un abrazo de mamá o de la abuela —explicó mi pequeño, guiñándome un ojo y haciendo que, una vez más, me sintiera orgullosa de él.

Me emocioné, todavía más, al ver a mi madre y a Matt abrazados. Mirándose como si se conocieran desde siempre. Como si no fuera la primera vez que se veían.

Encima de la chimenea, mi madre había conservado todas mis fotografías. Las ridículas, las bonitas y aquellas de las que podía sentir vergüenza. La casa seguía tal y como la recordaba. Era como volver atrás en el tiempo, como si tuviera un *déjà vu* constante. Pero gracias a ese *déjà vu*, no volvería a probar el té que mi madre ya estaba preparando.

—Prefiero café.

Nos pusimos al día. Matt escuchó nuestras batallitas en silencio y con una sonrisa permanente. Le prometí a mi madre que me quedaría con ella, aun sabiendo el poco tiempo que le quedaba en el caso de que, en ese mundo, la enfermedad también estuviera tan avanzada. Parecía feliz, feliz por verme al fin. Nos habíamos equivocado las dos. Yo por mi comportamiento y ella por su aislamiento.

Poco después, me informó que la casita de la vieja Dorothy se había puesto a la venta hacía solo una semana. Esa casa me pertenecía en todos los mundos paralelos del mundo, en cualquier momento de mi vida, hubiera acabado ahí. Sin más preámbulos, fuimos a verla en compañía de la nieta de la vieja Dorothy.

—La luz está cortada, pero podéis ver todas las estancias de la casa bien, ¿verdad? —preguntó la joven Giselle.

—No importa —respondí casi riendo. Sabía que Dorothy tenía mejores cosas qué hacer, que venir a visitarme para cambiar el canal de televisión o darme un susto por la noche a los pies de la cama en forma de espectro.

—¿Os gusta?

—Me encanta. ¿Te gusta a ti, Matt?

—Sí, ya sé cuál será mi habitación —dijo, señalando la que fue mi desordenada habitación en otro mundo.

—Entonces nos la quedamos —respondí decidida.

Fuimos a cenar al restaurante *Betty's*. Mi madre presumía de hija y en especial de nieto, ante todos sus amigos y conocidos del pueblo. Para mí era como si los hubiera visto a todos el día anterior. Para ellos, habían pasado dieciocho años y me saludaban con alegría, felices por verme junto a mi madre. Sin reprocharme nada. Siempre había imaginado que mi madre me echaría en cara mi ausencia y mi despreocupación hacia ella. Nada de eso había ocurrido. El amor entre una madre y una hija no desaparece nunca a pesar de todos los problemas o de la distancia que ambas partes o, una de ellas, decida poner de por medio.

—¿Te gusta tu *wrap*, Matt? ¿Más que las hamburguesas de *Shake Shack*? —pregunté riendo y recordando a Christine y las dos hamburguesas XXL que cenó aquella noche anterior a la exposición ya inexistente en ese mundo de la galería *Agora*.

—No sé, no sé... es que las hamburguesas de *Shake Shack* están muy ricas —respondió, encogiéndose de hombros y relamiéndose los labios.

Me gustaba la forma en la que mi madre miraba a Matt. Por la noche, cuando el pequeño se durmió, mi madre y yo nos sentamos en el porche. Continuamos hablando y, al final, mi madre me sorprendió con una frase que recordaba de nuestra otra vida.

—¿Lo ves? Ya te lo dije. Matt estaba ahí.

Señaló mi corazón.

—¿Cómo? —pregunté incrédula.

—Todo es como debe ser, cariño. Y en este y en cualquier otro mundo en el que podamos existir viviendo otro tipo de vida, estamos destinados a viajar junto a las almas que nos reconfortan y facilitan nuestra existencia.

—¿A qué viene esto?

—Lo sabes muy bien, Nora... No disimules. —Me guiñó un ojo.

—Pero por teléfono me dijiste que había pasado mucho tiempo, que te arrepentías, que...

—Tenía que disimular. Pero recuerdo muy bien ese otro mundo. Tú estuviste conmigo y eso era suficiente para mí. Sabía que todo se solucionaría y lo único que siento es que tengas que volver a pasar por todo el dolor que te provocó mi pérdida.

—Entonces, si tú recuerdas ese otro mundo... ¿Mark?

—Mark es diferente. Solo lo recordamos tú y yo. ¿Sabes por qué? —Negué con la cabeza confusa—. Porque estamos unidas. Más de lo que tú hayas podido pensar en todos estos años de ausencia. Cuando un bebé sale del vientre de su madre, en muchas ocasiones, aunque corten el cordón umbilical, esa unión no desaparece jamás. Yo también viví ese mundo paralelo junto a ti, Nora. Aunque me costó asimilarlo, finalmente llegué a comprenderlo todo. Aunque estuvieras tres meses separada de Matt fue lo mejor que pudo pasarte.

—Pensé que si te lo contaba creerías que estaba loca.

—Entiendo, pero no lo hubiera pensado. Confía en mí. Y siento haberte avergonzado en el pasado o que creyeras que tenías la madre más ridícula del mundo.

—No, mamá. Perdóname tú a mí.

—No hay nada que perdonar. Una madre, ya lo sabes, lo perdona todo.

Aunque no me invitaran porque casi nadie sabía que había vuelto al pueblo, al día siguiente, a las doce del mediodía, acudí a la barbacoa que se celebraba en la granja, que, al igual que en la otra línea temporal, seguía perteneciéndole a Frank. Matt se había quedado en casa con su abuela encantado de la vida, degustando la deliciosa mermelada casera que yo había echado tanto de menos.

Al llegar, vi a Frank, Matthew y las gemelas Lisa y Julia. En vez de beber cervezas estaban centrados en la barbacoa eligiendo unos grandes filetes de ternera para empezar a prepararla. ¿Acaso era yo, en esa otra vida, la que les había incitado a darse a la bebida? ¿A la cerveza a las once de la mañana? Alcohol a parte, al menos ahí estaban ellos, como dos estables y perfectas parejas. Algo no había cambiado y, aunque para mí hacía poco tiempo que los había visto, para ellos habían pasado dieciocho años. En ese mundo, Frank no tenía barriga cervecera y las gemelas sabían lo que era el tinte para el cabello. Los saludé amigablemente y les di un entrañable abrazo a todos, porque en realidad me alegraba mucho verlos y saber que estaban bien. Los había echado de menos en los escasos días que había estado en mi otro mundo, en la vida que había elegido, acabando de solucionar mis últimas e imprevisibles decisiones.

—¡Cuánto tiempo ha pasado! —exclamó Frank.

—Dieciocho años —respondí sonriendo.

—¿Por qué has tardado tanto en venir? —preguntó Julia.

—La vida... pasa volando.

A las doce y media empezó a llegar gente. Gente a la que conocía y a la que no, pero con todos tenía algo de qué hablar. Aunque fueran tonterías. Y, a la una, llegó él. Elegante como siempre, discreto como de costumbre, mirando a su alrededor como si buscara de nuevo mi mirada entre la gente y, al verme, se olvidara del resto del mundo. Así fue. Lo miré fijamente y, cuando me localizó, no pudo apartar la vista de mí. Me acerqué a Mark, que tímidamente y algo desconcertado, me saludó.

—Tú eres el que me lanzó una pelota de baloncesto en la cara hace muchos años —le dije riendo.

—¿En serio aún te acuerdas? Nora, ¿verdad?

—Mark Ludwig.

Asintió sorprendido.

—He leído tu novela. Es maravillosa.

—Me alegra mucho que pienses eso.

—¿En qué te inspiraste?

Sonrió y, sonrojado, miró al suelo.

—En una historia personal.

Volvió a mirarme, como si me conociera desde siempre.

—Pues, aunque es muy triste, es preciosa. Espero que tu historia personal acabe mejor que la de la novela.

—Ya, es que no me gustan los finales felices y previsibles para mis novelas. Yo también espero que mi historia personal acabe mejor. —Respiró hondo y tragó saliva. ¡Mark Ludwig estaba nervioso!—. ¿Tienes planes después de la barbacoa? —preguntó.

—No.

—¿Puedo invitarte a cenar?

—Me encantaría, Mark.

UN AÑO DESPUÉS

Tal y como sabíamos, mi madre murió el veinticinco de diciembre de 2012. Todo sucedió exactamente igual al mundo paralelo al que me envió Bonnie... Bonnie... aún la recuerdo, cada día de mi vida. Pero no con odio ni rencor, sino con total gratitud. Si no hubiera sido por su conjuro, seguramente no hubiera sabido lo que era la felicidad.

Esta historia, al contrario que las novelas de Mark Ludwig, acaba bien. A pesar del dolor que me causó la muerte de mi madre y lo mucho que sigue doliendo su ausencia, las personas que me acompañan en este viaje son auténticos ángeles.

Me separé de Stuart amigablemente, y él inició una nueva vida junto a Patricia en Nueva York. Acaban de irse a vivir juntos y les deseo lo mejor. A veces, cuando vienen a pasar los fines de semana con Matt, salimos a cenar. Mark, Stuart, Patricia y yo, formamos un buen equipo. Nos lo pasamos muy bien. El padre de Stuart sigue vivito y coleando con más energía que nunca, aunque está a punto de retirarse y cederle la empresa a mi exmarido para centrarse en otros asuntos más lúdicos. A Stuart le agobia tanta responsabilidad pero, por otro lado, su ambición y ganas por ser extremadamente rico y poderoso, hacen que el miedo desaparezca en un abrir y cerrar de ojos.

Matt es feliz en Kutztown. Le gusta salir a jugar con sus nuevos amigos, ir en bici por el campo y ayudar a Frank en la granja mientras yo me encierro en mi taller rodeada de mis lienzos en blanco e infinitas posibilidades de colores para ellos. Y creo que mi pequeño se ha enamorado. El otro día me contó que le había lanzado una pelota de futbol a una niña rubia de ojos azules que se sienta a su lado en clase. Creo que se llama Ruby o algo así, tiene un nombre masculino. Aunque al principio le regañé y le expliqué que si de verdad le gustaba esa niña, habían formas

233

más bonitas de conquistarla, debo reconocer que esa coincidencia me llegó al corazón.

Entendí que el taller, al igual que la casa de la viejecita Dorothy, me pertenecían en este y en todos los mundos posibles. El bosque repleto de árboles alineados me daban la bienvenida cada mañana, para aportarme la inspiración necesaria para mis pinturas. ¡Sí! ¡Era pintora! Como quería aprender nuevas técnicas y teoría, me inscribí en Bellas Artes después de que mi madre muriera. Y, a mis treinta y siete años, puedo decir que estoy estudiando mi tercera carrera universitaria rodeada de gente joven con ganas de comerse el mundo. Me entusiasma hablar con ellos; aún no han tomado las decisiones importantes que harán que sus vidas sean de una manera u otra.

Cuatro meses después de instalarme en Kutztown, conocí a Christine. Trabajaba temporalmente de camarera en la taberna con Karl y, nada más verla, le propuse ser mi ayudante. Cansada de aguantar a borrachos, aceptó mi propuesta encantada y nos hemos convertido en grandes amigas. Ella aguanta mis crisis y atascos, me ayuda en los repartos y ha organizado tres exposiciones en Kutztown. El resto, vendrá por sí solo. Lo sé. De hecho, la encargada de la galería *Agora,* nos ha llamado deseando que pronto exponga allí, gracias a un artículo que escribieron sobre mis pinturas en un periódico local. Lo que nos pertenece será nuestro en este y en todos los mundos paralelos posibles. Cuánta razón tenía Mark. Cuánta razón tiene siempre, debo admitir.

Desde que Mark se instaló a vivir con Matt y conmigo, no me obsesiono con encender todas las luces de cada una de las estancias de la casa por si a la vieja Dorothy se le ocurre venir a verme. Ya no tengo miedo. Le he cedido a Mark el que fue mi estudio en otra vida para que se centre en sus novelas. Sí, el mismo espacio donde rompí un ordenador y rajé la pantalla de aquella antigualla de teléfono móvil. Mark está constantemente escribiendo y, si algo me apasiona de él, es su constancia, alegría y optimismo. Es un hombre con tantas ganas de vivir, de aprender y de experimentar, que me da la vida. El éxito no se le ha subido a la cabeza como pude pensar hace tiempo. Suponer cómo es una persona por sus éxitos es un error; no juzgues las apariencias, siempre engañan.

No podría imaginar otro destino, otro camino u otras decisiones. No podría verme en otro mundo paralelo distinto al que me encuentro. No podría vivir sin Mark y, mucho menos, sin mi hijo.

Hace tiempo le hice una promesa a Mark. Y tal y como le dije, yo siempre cumplo mis promesas. Lo nuestro estaba escrito, solo debíamos encontrar el momento adecuado. Y al fin lo encontramos.

El tiempo es un buen guionista, siempre encuentra el mejor final, aunque soy de las que considera que la vida no tiene comienzos ni finales. Arbitrariamente, uno elige el momento de la experiencia, desde el cual mira hacia atrás o hacia delante. A veces, solo hay que detenerse un instante y estar seguros de que la vida que elegimos es la que soñamos cuando éramos niños. Porque es importante no defraudar al niño que fuiste y que, sin que lo sepas, aún llevas en tu interior.

Sabemos que nada es perfecto, que muchas veces nada sale como queremos y que no todo está en nuestras manos, pero, si no traicionamos nuestros sueños y nos dejamos llevar un poco más por nuestra intuición, la vida, al final, habrá merecido la pena.

Made in the USA
Las Vegas, NV
02 August 2022

52587836R00134

HOPES & DREAMS IN
Whitcomb Springs

A Collection of Short Fiction

From Award-Winning Author

MK McClintock

High in a mountain valley, a place for those
who have loved and lost becomes a home for
those who wish to hope and dream.

Trappers Peak Publishing
Montana

Hopes and Dreams in Whitcomb Springs; short fiction collection

Cover Design by MK McClintock

AN ABRIDGED HISTORY OF
WHITCOMB SPRINGS

FOUNDED IN 1860 by Daniel and Evelyn Whitcomb, in what was then the Nebraska Territory, the mountain town of Whitcomb Springs started with a trading post (now the general store) and two cabins. Daniel and two friends from Pennsylvania, James Bair and Charles Carroll, founded the Whitcomb Timber Company in 1860. James Bair died the first winter after arriving in Montana, caught in a blizzard unawares. When the Civil War broke out in 1861, Daniel and Charles returned east to fight for the Union, believing it their duty to their country and their home state of Pennsylvania.

Evelyn had a choice to make—return home or wait for her husband, as Daniel promised to return soon. "The war would not last more than a few months," he had said. And so she chose to remain in Whitcomb Springs. Months became years, and under Evelyn's close watch and the help of a friend, the town grew year by year. The Whitcomb Timber Company added "Mining" to its name, and it continued to prosper. Nebraska Territory became the Montana Territory on May 26, 1864.

As families, tradesmen, and miners came to the mountain valley, Evelyn Whitcomb offered ownership in businesses to hard workers, benefiting both the town and its citizens, a number that reached one hundred and fifty souls by the end of the war.

Although the war did not extend to the Northwest Territories, the citizens of Whitcomb Springs feared for friends and family caught in the tumult. When the war ended in 1865, many who had built a life in the valley had lost and loved, prospered and hoped.

These are their stories.

MONTANA GALLAGHER SERIES
Gallagher's Pride
Gallagher's Hope
Gallagher's Choice
An Angel Called Gallagher
Journey to Hawk's Peak
Wild Montana Winds
The Healer of Briarwood

BRITISH AGENT NOVELS
Alaina Claiborne
Blackwood Crossing
Clayton's Honor

MCKENZIE SISTERS SERIES
The Case of the Copper King

CROOKED CREEK SERIES
"Emma of Crooked Creek"
"Hattie of Crooked Creek"
"Briley of Crooked Creek"
"Clara of Crooked Creek"

WHITCOMB SPRINGS SERIES
"Whitcomb Springs"
"Forsaken Trail"
"Unchained Courage"
"Whisper Ridge"

SHORT STORY COLLECTIONS
A Home for Christmas

Dedicated to every hero you know.
Honor them.

WHITCOMB SPRINGS

In the spring of 1865, a letter arrives in
Whitcomb Springs for Evelyn Whitcomb. The
Civil War has ended and the whereabouts of
her husband is unknown, but she doesn't give
up hope. With courage, the help of a friend,
and the love of a people, Evelyn finds a way to
face—and endure—the unexpected.

"Whitcomb Springs" is the introductory,
stand-alone story of the Whitcomb Springs
series set in post-Civil War Montana.

WHITCOMB SPRINGS

Whitcomb Springs, Montana
Territory
April 25, 1865

THE LETTER FLUTTERED to the table.
Evelyn stared at the sheet of paper but
could no longer make out the words as
they blurred together. *Surrender.* She
prayed this day would come, they all had,
and after four tortuous years, the war
was finally over.

There would be more capitulation on
the part of the South, and too many
families who would never see their men
again . . . but it was over.

Separated, yet not untouched, from

conflict, Evelyn Whitcomb lived in the same town her husband and their two friends founded one year before news of the Civil War reached them. By way of her sister, who lived in Rose Valley, Pennsylvania with their parents, they were kept informed as often as Abigail could get a letter through. Evelyn often wondered if she should have returned to Rose Valley to help with the war effort, much as her sister Abigail had done, yet she found the needs of Whitcomb Springs to be vast as the town continued to grow.

Many men and boys left, leaving their wives, mothers, and sisters behind to fight for a cause they didn't fully understand, yet still felt it their duty to serve. Others remained behind to continue working in the mine and watch over those families with or without kin.

Evelyn read over Abigail's letter once more, letting the words settle into her mind, for even now she struggled to believe it was over—that her husband might return home.

Dearest Evelyn,

For too many years now I have shared with you the horrors and travesties befallen many of the young men with whom we spent our childhood. News has reached us that on the ninth of April, Robert E. Lee surrendered to Ulysses S. Grant at Appomattox Courthouse. Oh, sister, I dared not believe it was true when Papa brought home the news. He tells us not to become overly excited for there will surely be a few more battles waged until the news reaches both sides, but we can thank God that this war is officially over.

Your news of Daniel's disappearance has weighed heavy on my mind these past months since we heard, and Papa has attempted to learn of his whereabouts, to no avail. We have not given up! There is much confusion right now on both sides and Papa said it could be weeks or months more before the men return home. Do not lose faith, sweet Evie.

Your most loving sister,
Abigail

Evelyn pressed her face against her open handkerchief and wept against the cloth. The letter lay open on the table where it landed, for the moment forgotten. She did not have to witness smoke rising from destructed battlefields or watch neighbors' homes burn to ash like they did in the battle-worn regions back east, but Whitcomb Springs had not been spared from the emotional onslaught. Three husbands and two young sons had been sent home to be buried, including Charles Carroll, one of their partners in the founding of the town and mine. She wrote to Daniel when news of Charles's death reached his widow and young daughter, but Daniel did not respond for months, and even then it did not sound as though her letter about Charles's death found him.

He spoke of his love for her and of life after the war. They'd moved away from Pennsylvania five years prior, but he and Charles had still considered it their duty to fight. Friends since childhood, they did everything together, and going to war was no exception.

Evelyn slammed her fist on the letter and freed four years' worth of accumulated anger into her tears. As the town matriarch, even at her young age, Evelyn taught geography and history at the school, worked alongside the townspeople to establish a community garden, and offered whatever comfort she could to the wives and children whose men were lost or still away. She filled four years of days with enough activity to keep her too busy to feel the weight of the lonely nights. Alone now in the quiet of her parlor with her sister's letter dotted in tears, Evelyn relinquished herself to grief and the flood of memories from a happier time.

Nebraska Territory
June 15, 1860

"I WANTED ADVENTURE, Daniel, but I do believe you've gone too far this time." Evelyn dabbed her handkerchief against her neck. The air, still cool on the early summer day, warmed by degrees the farther they rode. It was her first time riding a horse outside a manicured park or gently sloping pasture, and the rough terrain proved to be more difficult than she'd originally credited.

Their guide, who went only by the name of Cooper, promised them what they'd see at the end of the trail would be worth the two days' ride to get there. Evelyn had seen beautiful scenery, but nothing so far as to make her trust the man whose appearance was as untamed as the trail on which they now traveled.

"We're almost there, Evie," Daniel

said. He urged his horse forward so he rode beside his wife. "Didn't I tell you the West was spectacular?"

"Yes, you did." They were blessed with so much and yet they'd lost what was most important to them. Two children—sons—passed away shortly after their births, one year apart. They suffered together, mourned together, and dreamed together of a life far removed from their sorrows. He promised her adventure in a place grander than anything she'd ever seen. His promises were based on stories and reports of western expansion, and she loved him enough to believe in his dream as much as he did.

After weeks of train travel, cramped stagecoaches, and a few months' extended stay in Helena, Evelyn had endured enough dreaming. "Daniel, please tell our guide we must stop and rest."

Daniel pulled his horse to a stop, called out to Cooper, and helped Evelyn down from the saddle. The muscles in her back and legs were of little help to hold her upright. Daniel kept her steady, and she leaned toward him. He stood half a foot taller than her five and a half feet. Never one to be considered strong, he was lean and in excellent health from years of horse riding and exploring the Pennsylvania hills. When he asked if she wanted to remain in Helena while he joined the scout, she'd been quick to assure him she could handle the journey.

Four days of stage, wagon, and horseback, and she'd kept her silence until now. As though sensing she didn't want to get back on the horse, Daniel positioned an arm at her waist and told their scout they were going for a walk.

Cooper lifted the saddle off his horse and moved to do the same on the others. "Be sure you stick to the trail and don't go so far I can't hear you shout."

Evelyn glanced back at Cooper, wondering what event would require them to shout, and thought better of asking. She walked alongside her husband, staying on the trail as told. A steady rushing creek followed the trail as it widened, then narrowed. When they turned a bend around a copse of pine trees thick with branches and lush green needles, Evelyn stopped.

"Daniel." Her voice was a reverent whisper. She dropped his hand and stepped forward, her eyes moving back and forth over the landscape so as not to miss anything.

"I promised you, Evie." Daniel stood

behind her and wrapped his arms around her waist. They were home.

Whitcomb Springs, Montana Territory
April 25, 1865

THE PIONEER MOUNTAINS, still capped with snow, rose above the hills surrounding their valley and the town. Breathtaking had been the first word uttered from her lips when she and Daniel stood at the edge of the valley. Evelyn picked up where her husband left off, and together they succeeded in building the town Daniel dreamt of, a town that would prosper without destroying the land.

The road was made passable their first summer, with a lot of expense, time, and hard labor of strong men hired to help build the first cabins and a trading post. Daniel promised he would build her a grand house, and it was the last thing he finished before he left.

The trading post was now a general store. Homes and businesses lined the carefully mapped roads, and last year they finished the church. Evelyn wondered what Daniel would say about the town when he returned. Pleased and proud, she hoped.

A gentle yet insistent knock at her front door drew her slowly from her own worries. Though more than two weeks had passed since the surrender, some would have heard the news and shared it with others until the whole town new. They did not have a telegraph or a post office yet, and letters from the East did not always reach them quickly. Townsfolk had families in the North and others in the South, yet here in Whitcomb Springs, they took no sides in the conflict of politics of war.

Evelyn blotted the tears away, took a few deep breaths, and rose from the chair. She wavered and kept herself upright by leaning on the table. Once her legs stopped trembling, she walked through the hall into the foyer. The knocking ceased, but a face pressed against the glass in the window, a cherub's face with red cheeks and wide brown eyes, surrounded by a halo of wispy blond hair.

The young girl waved and stepped back when Evelyn opened the door. "Missouri Woodward, you appear to have been in a spot of trouble." She looked over the girl's dusty dress, muddy boots, and a shawl covered in leaves.

Missouri grinned. "Monroe said girls

couldn't climb trees because we're too puny."

"And you proved him wrong."

The six-year-old bobbed her head and straightened her shawl. "Mama won't be mad when I tell her. She says girls are just as cap . . ."

"Capable," Evelyn said while holding back a grin of her own.

"That's it. Mama says girls can do anything they want."

Evelyn believed Missouri's mother, a learned woman from Charleston and supporter of Elizabeth Cady Stanton, a leading figure of the women's rights movement, would teach her daughter to stand up for herself, but she also knew Lydia Woodward to be a lady of impeccable taste and manners. Evelyn held the door open and invited Missouri inside. "Your mother will understand, but even so, let's clean you up a little before you go home, and you can tell me what brought you to my door this morning."

Evelyn helped Missouri clean off her leather boots and remove the leaves and twigs from the shawl. She managed to wipe away some of the dust from the dress, but evidence of her shenanigans remained. From one of the few families in town of old money, Lydia Woodward had remained in Whitcomb Springs with her two children—Missouri and her older brother, Monroe—after her husband returned to Charleston to fight for the Southern cause. Lydia may have supported the beliefs of Elizabeth Stanton and feminist reformers, but she avoided the topic of reform when around Evelyn.

Women's rights were inevitable, this

she believed, yet to speak of such things while her husband and so many other men and boys were at war somehow seemed disloyal to their sacrifices. From an established and wealthy family in Pennsylvania herself, Evelyn had everything she ever wanted, and her father encouraged an education beyond needlework and home management for his daughters. The stifling existence women like Lydia spoke of was foreign to Evelyn.

Even now, thousands of miles from home, she had both money and property. And she would give up both if only to have her husband back in her arms, to wake in the morning with him beside her, and to know he was safe—to know they would grow old together. She smoothed out Missouri's skirts and declared the girl fit enough to return home.

"Wait, Missouri. What brought you here, besides your dusty clothes?"

"Mama said Papa is coming home soon. Since you know everything and I guessed maybe if you said he was really coming home, it would be true."

Evelyn leaned back in the chair at the kitchen table and studied the girl. Hope, a useful commodity in the hands of the right person. Missouri Woodward possessed it in abundance. How to speak the truth without quashing hope? Evelyn wondered. If there was one way to quickly spread news of the surrender to those who had yet to hear, it was Missouri. "What has your mother told you about where your father has been these past years?"

"Protecting South Carolina. It's where I was born, and Mama said her mama and papa live there, but I don't get to see them anymore. I want to see them, but Mama said when Papa comes home we can go for a visit, so I really want Papa to come home."

It was not her place to explain the war to someone else's child, or to reveal the realities of life and death, so Evelyn chose her next words carefully. "Your father and many other fathers and brothers and sons are protecting their homes, but what caused them to fight is over now."

"Does that mean they're coming home?"

"Some of them will, and others won't."

The big brown eyes looked up at Evelyn. "You mean like when Mary's papa came back, and we all went to the cemetery?"

Evelyn lowered herself to the girl's

level and squeezed Missouri's hands. "We don't know what comes next. However, we need to be strong for each other, no matter what. And you have so much hope in you; hold onto it."

Missouri nodded and fell against Evelyn. Her eyes remained dry, yet she held herself close for a few minutes before leaning back. "Sally Benson said my papa might not come home. Her mama is taking them back to . . ."

"Georgia."

"That's right."

Evelyn kept her sigh silent in the face of frustration. She'd heard of the Benson's decision to return to their native Georgia a few days ago. They were one of the families where husband and father had died, but there was no body left to send home.

"Missouri, I want you to promise me

something."

"All right, Mrs. Whitcomb."

"No matter what you hear or what others say, remember to listen to your heart. Be strong and brave and never let anyone tell you your hopes are impossible."

"I don't understand, Mrs. Whitcomb."

Evelyn kissed the girl's cheek and said, "You will. Now run along to your mother. She'll wonder where you've gone."

With a quiet "thank you" and another quick hug, Missouri exited the house. Evelyn watched her run down the front walk and pass the beds of flowers eager to sprout and bloom before she remembered to slow down. One day soon, Evelyn thought, young girls will run and jump and play in the dirt without worrying if their fathers or brothers were coming back to them.

She stood on her wide front porch of the beautiful home Daniel had built, nestled in the untouched Montana valley. After four years of living without her husband, not knowing if he'd return to her, Evelyn still sought comfort from standing on the porch and looking up at the towering peaks. A few townspeople turned soil, preparing the community garden for seeds. Everyone who lived in town spent a few hours a week taking turns in the garden, and everyone reaped the benefits.

The community had been her family these long years, and she knew how blessed she was to want for nothing while others struggled. The garden had been a way to fill a need. She supplied the tools and seeds and looked forward to her turn to tend to the beds. The simple task of planting and watching the vegetables and flowers grow was a rewarding task.

She hired two of the young widows, Harriet Barker and Tabitha Armstrong, to help with her personal gardens and tend the house. Both women lived in rooms on the second floor, rooms that remained vacant and too quiet after Daniel left.

"Mrs. Whitcomb!" Lilian Cosgrove, who lived with her wounded husband in a small cottage on the other side of the meadow, hurried up the walkway. "Evelyn, please come quickly to the church."

Evelyn darted a glance down the road, but didn't see or hear a reason for Lilian to look flushed or to carry the heavy burden of worry in her eyes.

"Lilian, what's happened?"

Lilian darted a glance to the family

across the way in the garden and lowered her voice. "There's something you need to see in the church. Ever since Reverend Mitchum left to tend that orphanage in San Francisco, Jedediah has been keeping a watch on the church, as you know. Today he found . . . oh, please come."

Bemused, though not surprised as Lilian had a tendency toward melodrama, Evelyn followed the woman down the street, past the small hotel, and into the meadow where the church stood. Daniel and Evelyn always meant for it to be a place of solace for anyone who stepped through its doors. It wasn't uncommon to find people passing through town, spending a few minutes inside before they moved on.

"Lilian, what is going on?" Evelyn stepped into the dimly lit building. The gray skies outside blocked much of the natural sunlight the row of windows often let into the church.

"You'll see, in the back."

Evelyn followed her friend to the back room where the reverend once lived. Sitting around the scarred table was a man, a woman, and a young boy, who looked no more than four years old, nestled on his mother's lap. Jedediah Cosgrove stood in front of the only exit.

The man at the table started to stand but quickly took his seat again. Evelyn moved her eyes to look at the man's legs. One appeared to be confined in a wooden leg brace. "Please, there's no need to stand." She took in the frightened expressions of the mother and child and looked at the others. "What's going on, Jedediah?"

"Jed saw her stealing from our

garden," Lilian said. "He followed her here and found them living in these rooms."

Disappointment flooded through Evelyn's heart. She would speak with her friends later, but now, the couple and their children needed tending.

"There is no reason to be afraid. What are your names?"

The man again attempted to stand, but his wife pressed him down with a gentle touch and passed him their son. "Corbel. I'm Olive and my husband, Levi. This is our son, Elijah. We didn't mean any harm."

Evelyn was quick to reassure her. "I'm sure you didn't. I see you're injured, Mr. Corbel."

Olive spoke instead of Levi. "My husband doesn't speak, ma'am, not since . . ." she looked at her man, ". . . since he came home."

"I'm Evelyn Whitcomb." Evelyn turned
to Lilian and Jed. "Thank you, Lilian,
and Jed, it's okay. Please leave us. I'd like
to speak with the Corbels."

"Are you sure it's safe?" Lilian asked.

Evelyn fought back the sadness at her
friend's words. "Yes, I'm sure. I would
like to visit with the Corbels alone for a
few minutes. I'll come see you
afterward." She rarely used her place in
the community as a voice of authority,
but when she did, those around her
offered no argument. Evelyn waited until
she heard the front doors of the church
close.

When she faced the family again, Olive
was still standing. "May I sit with you?"

Surprise replaced wariness and Olive
nodded. Once Evelyn sat in the only
empty chair, Olive followed suit. Evelyn

said, "I'm sorry for my friends' behavior. They're protective when it comes to strangers."

"I shouldn't have stolen from them." Olive lifted her son back onto her lap. "We were traveling and sorry to say, we found ourselves off the trail."

"That's not difficult to do up here." Evelyn studied each of them, the gaunt faces and mended clothes. They were clean, indicating Olive's close care of her family. "Does the leg pain you, Mr. Corbel?"

He shook his head. "I can take it, ma'am." She barely caught his words. The hoarse whisper lost what little volume it had between them.

Evelyn cast a surprised look in Olive's direction. Olive explained, "I didn't tell you a falsehood, Mrs. Whitcomb. It's easier, you see, for people to think . . .

Levi was scarred something fierce, and it pains him to speak."

"I am not accusing you of misleading me, not at all. How was he injured, if it's not too impertinent to ask?"

Olive and her husband exchanged a silent look, and he nodded once. Olive said, "He fought for the Confederacy. There was an explosion, but Levi prefers not to talk about it, ma'am. Not the explosion or the war."

"Please, call me Evelyn. And it's all right, I shouldn't have pried. Please accept my apologies. My husband hasn't returned home, and I don't know if he will, so I do understand a bit of what your family has suffered. Where are you going, if I may ask?"

"We're from Texas. When Levi was . . . after he returned, we lost our farm. We came north, heard there were opportunities up here, been finding work where we can." Olive sat higher in the chair, her back straightening as she held her son closer. "Are you going to turn us over to your sheriff?"

"As it happens, we don't have a sheriff right now."

"But we saw—"

"A sheriff's office, yes. We're a growing town and like to plan for the future."

"We saw a sign when we came into town: Whitcomb Springs. Is that you?"

Evelyn nodded. "My husband is Daniel Whitcomb. This town was our dream." Evelyn stood. "It's a place for new beginnings, if that's what you're after."

All three pairs of eyes met hers. Levi said in his whispered words, "Mrs. Whitcomb?" Those two words asked far more than a confirmation of her name. She couldn't help Daniel except with prayers, and right now she believed these people needed her attention more.

"These rooms are yours to use while you decide what to do next. There's a well out back and I'll have clean linens, food, and changes of clothes brought over. If you choose to leave, at least you will be rested. If you choose to stay, we will find a place for you and discuss your options."

"I don't understand, Mrs.—Evelyn."

"It's our way, Mrs. Corbel. There's work for those who are willing to work hard and there's a home here for those in search of one. Life in Whitcomb Springs is not always easy. It's rewarding, and the community is strong, and most importantly, it's ours." Evelyn saw from the way they looked at her that she'd given them enough to think about. "I'll send someone along with the items I mentioned. If you'd like to visit again, my house is down the north road past the general store. I would like to help if you'll let me."

Evelyn left them to their privacy. She didn't know if she'd see them again or if in the night they planned to disappear in hopes of reaching a new destination. Either way, there was another matter to tend, one she dreaded.

Lilian and Jed weren't waiting outside. She walked to the edge of the meadow and crossed the bridge over a narrow point of Little Bear Creek. They stepped outside when she approached.

"Have then gone?" Lilian asked.

"They are welcome here, Lilian, as you and Jed were five years past."

"They stole from us."

Evelyn's heart ached at the other woman's harsh words. "True, and I suspect they will repay you in any way they can. Where is your charity, Lilian, and yours, Jed? You were injured and by grace you came home to your wife. Others have suffered far more. Olive had a son to feed and only a mother's desperation would have had her committing a crime, but it is a minor one. She stole food from your garden to feed her son, food that can be replaced. They are to be forgiven."

Jed stepped forward, chagrined. "I'm sorry, Mrs. Whitcomb. You're right. I don't reckon I know what would have become of Lilian and me if we hadn't found this town, or if I hadn't come back to her."

"I appreciate—"

"But I ain't never stolen."

"I see." And Evelyn did.

Lilian held a white cloth in one hand

and her other still showed evidence of flour from baking. "This town isn't for people like them. We've worked too hard."

Evelyn fought back tears for the loss of two people she'd called friends—family, even. "I know well enough what kind of people belong in this town. People like the Corbels. These mountains that surround us, the valley where we build our homes and grow our crops, don't belong to us. We put our name on a sign and erected this town. We burrowed into the earth so the mine could support the town and the people in it, and when we're done, we do everything we can to make the land whole again. We don't take what we don't need, and we give what we can. That has always been Whitcomb Springs." Evelyn walked away, stopped after a few feet and looked back at them. "At what point did you forget?"

EVELYN WIPED THE back of her sleeve over her damp brow. The spring morning brought with it rare sunshine and a sky as blue as the wild flax sprouting in the meadows. An early rain softened the soil, allowing her cultivator to move effortlessly through the rich, brown earth. She relished the hour she spent every morning in her flower beds before she took a turn at the community garden.

Harriett cut a spade into the dirt a few beds away, leaving Evelyn to enjoy the quiet of her own thoughts. One of the kitchen windows was open to let in the cool air and out wafted the scent of Tabitha's culinary talents. There would be fresh baked bread and a sweet pastry of some sort to sell in the general store. Evelyn would see to it that the Corbels received a healthy ration of bread, baby vegetables from the garden, meat from Evelyn's personal stores, and of course something sweet for young Peter.

A maze of old roots latched onto the hand tool, and with expert skill, Evelyn searched the ground until her fingers touched a bulb. She brought it closer to the surface and recovered it before moving onto the next section. Evelyn much preferred gardening to kitchen work. She learned what was needed to so she and Daniel wouldn't starve during those early days in their new home. Tabitha lost her husband in a hunting accident soon after they moved to Whitcomb Springs, and though the circumstances came with sadness,

Evelyn thanked the Lord every day for Tabitha.

Harriett's husband made her a widow six months after they married on her twentieth birthday. After a year under Evelyn's roof, the young woman had yet to share how her husband died. Whispers among the townspeople about what might have happened dispelled when Evelyn stood up and vouched for Harriett. These women were as much her sisters as the one she left behind in Pennsylvania.

She sat back on her heels and straightened the stiffness from her body. A twinge in her lower back told her she'd been working longer than planned. She removed one of her leather gloves, long ago ruined for anything except manual labor, and pulled Daniel's watch from her apron pocket. A gift from his father when they had left home to come west, Daniel had asked her to keep it close while he was gone, to remind her he would return. Evelyn kept it polished and with her, always. The face indicated nine o'clock, and she tucked the gold watch and chain back into her pocket.

She looked at the expansive community garden next to hers. It had started out as a way to serve her, Daniel, James, and Charles, but as others came to help build the town—and stay—Evelyn saw a new need arise. Many families had small gardens to feed their own, but many contributed to and enjoyed the bounty from the town's garden. The Wiley family would arrive in another hour for their turn.

They had a few weeks yet before most of the vegetables sprouted, and longer still until many of them were ready to harvest. In the meantime, most families, herself included, subsisted off canned vegetables and fruits. A small greenhouse, finished last summer, provided fresh vegetables throughout the year, rationed, of course.

Evelyn remembered the Shelton Estate Greenhouses her family once visited in Massachusetts. Impressive in their scale and variety of plants within, they sparked an idea in Evelyn that took root. She had received skepticism when she'd explained to Cooper what she wanted built on the land near her home. Close enough to access when the weather turned inclement, yet far enough away for the house not to block the sunlight. Wasted expense, Cooper had told her, and impossible to get someone to haul the supplies she needed. Evelyn ignored him and endured the murmurs from the townspeople, even as she paid dearly for materials and labor. When the structure was complete, raised beds built inside, and the first seeds planted, doubt turned to gratitude.

No one in town knew the extent of her family's wealth, not even Cooper. She'd heard stories of the eccentric Whitcomb woman who decided to build a town on her own in the remote mountain valley of Montana. No one seemed to remember Daniel or that without him, she never would have ventured this far. Or would she have? Evelyn sometimes wondered if she longed for adventure because it's what she wanted or because Daniel's thirst for it was contagious. Either way, she'd found her place and people who needed her.

Harriett stepped between Evelyn and the morning sun, casting a shadow that made it possible for Evelyn to tilt her head back without squinting. Harriett, with a spade in hand and dirt on her apron, said, "Are you all right, Evelyn? You look as though you took to wandering in your mind for a spell."

Evelyn smiled, braced a hand on the fence, and pushed up to her feet, much like a toddler does when they're learning to stand. She'd been on the ground without respite for almost two hours. "I suppose I was." She shifted her eyes to look over the area where Harriett had been working. "The gardens get lovelier every year. The soil is rich, and we had a good winter. If the rain and sun continue to share the sky these next months, we can expect a good crop from the community garden."

"More food will be a blessing. Purdy Lutts got a letter yesterday from her kin in Missouri. Her son is gone now, too, and just a few months after her husband."

News, gossip, and sickness moved quickly through a town the size of Whitcomb Springs. The only people who wouldn't know about Purdy Lutts's recent loss lived on more isolated farms and small ranches outside town. Soon enough, they would all come into town to order or pick up supplies, and when they left again, it would be with full wagons and the latest happenings.

Harriett continued. "And Betty Miles had a letter from her husband, too. He's lost an arm and won't be able to work out here. He's sent for her. She doesn't want to live in Florida with his folks, but she's got no choice."

"Harriett, how do you always hear of these things before everyone else?"

"I make sure I'm working in the general store when the supply wagon comes through."

Daniel had negotiated with a driver in Butte to deliver supplies once a month to their fledgling homestead. It took buying the man a new wagon and a healthy pair of strong mules before he agreed. Most supplies took weeks or months to arrive as there was yet no train into Montana. The trips to Whitcomb Springs turned out to be a profitable venture for the driver since he stopped at two other small communities when making the trip. As the town slowly grew, once a month turned into twice. The mail came through on the same wagon, which meant most folks getting a letter received news on the same days as everyone else.

Exceptions were made, of course. The

worst of news traveled faster, if whoever sending the news could afford a private courier, but that was rare. Evelyn had received a few such letters from her family, as did other families of means in the town, but most had to wait and worry.

Evelyn gathered her tools and dropped them in a basket along with the pulled weeds. "I am sorry to hear about Betty's eminent departure. I'll pay her a visit today, and one to Purdy as well."

"I don't know what Purdy will do with both her son and husband gone. She and that little girl don't have much."

Harriett had left home without an education beyond basic reading and numbers. Evelyn and Daniel brought with them a small library of books, and Evelyn saw to it that Harriett read a little every day. She'd also tutored her in etiquette, but there were still times when the young woman's early lack of education showed through, as in this case, where she spoke abruptly without checking to see if others were about. Tabitha stood in the kitchen doorway behind Harriett. At least it had only been Tabitha and not someone else from town. They had an unspoken agreement in the house that whatever was said among them stayed there. News trickled down the dirt roads quickly enough without them helping it along.

Tabitha stepped on the grass and crossed to where they stood. "Purdy lost her son?"

Harriett looked up at Tabitha, who stood a few inches taller. "Oh." She glanced all around to find they were alone. "I shouldn't have said anything out here."

Evelyn brushed off her apron and picked up her basket. "No matter now. Word will reach everyone soon enough. Let's clean up and then I want to sample whatever heavenly treat Tabitha has whipped up in the kitchen."

The three women walked back into the house, but on the porch, Evelyn stopped and turned to look up at her mountains. Dark gray clouds hovered over a few peaks, and soon they would overtake the sun for control of the sky. A breeze picked up and forced the trees and low grass beyond the fence to sway. Evelyn sensed a shift in the air, and she wished she knew whether it was the atmosphere or an omen of dark things to come.

EVELYN SET HERSELF to the difficult task of consoling her friend, except when she arrived at the small cabin a half mile east of town, Evelyn met with a surprise. Purdy's disposition was not that of a woman who only yesterday heard of her son's death. She smiled in greeting when Evelyn walked up carrying two baskets, one she would leave with Purdy and the other she'd take to the Corbels.

"Hello Evelyn!" Purdy unhooked the last dry sheet from the clothesline and lifted the basket of clean linens. "I hope you'll join me for an early tea. I have plenty to spare." Like a prairie wind, Purdy hurried indoors without a wasted step. She continued talking about the weather, the progress of the mine, and the new baby born last week. She mentioned nothing of the letter or her son.

She left Evelyn to follow her inside and motioned for her to have a seat while she put away the wash. Purdy moved through the motions of placing tea and fresh scones on the table. Evelyn didn't mention it was hours before teatime or that Purdy rarely baked since her husband and son went to war.

"Won't you sit and join me, Purdy?"

Purdy stopped and looked at Evelyn. Her eyes stared at Evelyn with a blank expression for several seconds before her hands started to shake. She shook her head and returned to kitchen work. "I can't stop. Not for a minute, for a second. I can't stop."

Evelyn rose from the chair and reached for Purdy. The other woman's body tightened when she stepped back a foot. She raised tear-filled eyes to Evelyn. "I can't stop. If I stop, it's real." Evelyn's arms went around Purdy's shaking body. Tears trickled down her cheeks and sobs tore from her lips. A few minutes into the uncontrolled release of grief, Evelyn saw the terrified face of a young girl peek around the corner into the kitchen. A few soft tears fell from the young girl's eyes before she moved out of sight.

An hour later, Evelyn walked away from the cabin. Tabitha had arrived and promised to watch over Purdy for the remainder of the day. No doubt others would stop into visit, either to offer condolences or hear the news firsthand about the latest young man who would not be returning to Whitcomb Springs.

Evelyn walked down the main road through the center of the small town. They'd made great progress in four years, from essential businesses to new homes. The hotel, an extravagance for their town, remained empty most of the time, but she held hope that one day the beauty of the mountains would attract visitors looking for a quiet respite and restorative holiday. Cooper still acted as a guide, bringing the occasional visitor or surveyor through. They often spent a few evenings in town before moving on. Last year a photographer came through to capture images so he could put them on display in St. Louis. Yes, she had dreams for Whitcomb Springs, but above all, she dreamed of keeping the town a safe place for those who lived and worked there.

A loud rumble brought her to a halt outside the general store. She noticed a few others also stopped what they were doing to investigate the noise. Another rumble, this time joined by a distant sound of thunder. They all looked up. Other than the dark clouds Evelyn saw earlier, the sky was clear.

Shouts not understood but far enough away to be heard repeated in a chain reaction that traveled from one person to the next until they reached her. A tree snapped. Ropes broke. Avalanche. Evelyn caught enough snippets to know a terrible accident had happened in the logging camp. She left the basket for the Corbels on the general store porch and hurried down the road. She stopped at the blacksmiths to borrow a horse from Dominik Andris.

He already had one saddled for himself. He quickly saddled a mare, helped Evelyn on the horse, and together they followed others who made their way north of town. Cooper caught up with them before they veered onto the timber trail. Three miles up the mountainside, on a narrow stretch of open land, the original logging camp sat empty. Evelyn urged her horse forward, but Cooper grabbed the reins and shook his head. "You go up there right now, they'll worry more about you than getting everyone out alive."

Since the day Cooper McCord led her and Daniel to the valley they now called home, he'd always been straight with her, even if she disliked what he had to say. Their relationship was unique; they were the truest of friends. Had she not been married . . . Evelyn didn't want to think about the possibility. She trusted Cooper, and when it came to life and death situations, she listened. "You're going up there?"

Cooper nodded. "Dominik and I will ride up and see what's happened. Don't go up there, Evelyn."

It was the first time he'd called her Evelyn in front of others. "I won't. Please be careful, both of you."

She dismounted and tethered her horse to one of the posts in front of the foreman's cabin, the closest structure to where she stood.

Half the number of men from the town remained at home rather than fight in a war they didn't understand at the time. Some refused to leave their families behind while others didn't believe in taking up arms. Evelyn had made the decision to keep both the timber operation and the mine going these four years for the sake of the town and the families who relied on steady wages. She visited once a month, much to the concern of Cooper who always accompanied her. He worried not about the men who lived in Whitcomb Springs but the few who hired on during busier seasons, men who were passing through looking for temporary work—men who couldn't be trusted.

The man they carried down on a makeshift stretcher was no stranger passing through. She recognized him as Tabitha's older brother, William Lee, who lived and worked at the logging camp six months of the year and spent the other six months in Wyoming. He came to Whitcomb Springs after Tabitha's husband had died, and though Evelyn knew him only in passing or for the occasional meal he took at the house, he was family.

They eased the stretcher to the ground, not far from the foreman's cabin. Cooper knelt next to the body and held a hand over William's mouth to check his breathing. When he looked up, he searched the crowed until he found her. Evelyn knew William was gone.

EVELYN FOUND TABITHA in the kitchen. She stood at the long and tall wooden table near the wood stove, her hands covered in flour as she turned dough in a bowl. Her soft humming filled the air with a sweet and hopeful melody. Evelyn didn't recognize the song. The windows near the stove were open to let in the cool, fresh air, though Evelyn still noticed a hint of perspiration at Tabitha's brow. Two pies cooled on a small table away from the heat and a delicious scent wafted from the vicinity of the stove. Her friend had been busy and Evelyn knew kitchen work was Tabitha's solace, her greatest joy. Evelyn had given some thought recently to opening a small cafe for Tabitha to run, but selfishness had kept the idea at bay for too long.

Would Tabitha remain in Whitcomb Springs, Evelyn wondered? She took another step into the kitchen and Tabitha looked up, her lips formed in a wide smile.

"Evelyn! You're back sooner than I expected." Tabitha glanced out the window. "Or I've been at this longer than I thought. A cake will be ready soon. It's a new recipe I thought could be used for our picnic on Sunday after church." Tabitha wiped her hands, covered the bowl of dough with a clean cloth, and brushed fallen strands of hair off her face. It was then her smile slowly faded. Her eyes widened, and she bit her lower lip. Evelyn had seen that expression on her friend only once before—when her husband died.

"Evelyn?"

She crossed the kitchen but Tabitha held up a hand to stop her from coming closer.

"I want to visit but I really need to clean up and get lunch ready for William. I promised him a special treat today." Tabitha pointed to the pies. "Apple is his favorite. I can extra apples every year so he always has pie in the early season." Her eyes filled with tears. "He's coming down the mountain so we can sit in the gardens. There aren't many blooms yet, but he loves the garden." Tabitha removed the cloth on the dough not yet risen and began to punch it down in the bowl.

"Tabitha." This time Evelyn placed her arm over the other woman's shoulder, a gentle touch that set Tabitha back.

"No." Tabitha shook her head and pushed the bowl away, stepped closer to one of the open windows. "You can't say the words, not yet."

Evelyn stood in silence while Tabitha's breathing became more erratic and tears slid down her cheek. The front door opened and Harriett hurried into the kitchen. She looked first at Tabitha and then to Evelyn. "Is it true what they're saying about William?"

Evelyn kept her silence, for no words were needed to confirm the truth. Another man of Whitcomb Springs had perished. This time, not from war, yet Evelyn knew Tabitha's loss would be as sharp and unyielding as when she'd lost her husband.

"I knew." Tabitha's breathing calmed, and she held a hand over her heart. "When I saw you, your face . . . it was like when James died. When you told Harriett her husband was gone. The same face. The noise earlier . . . I thought it was thunder, a storm coming. I imagined sitting on the porch with afternoon tea, watching the rain . . ." She turned toward the window and leaned against the wall. "William loved summer. He told me this year he was staying in Whitcomb Springs for good, not going back to Wyoming in the winter. He wanted to raise horses here." She turned tear-filled eyes to Evelyn and Harriett. "It wasn't his time."

It wasn't any of their times, Evelyn thought. Sensing Tabitha needed space but not solitude, she remained where she stood. Harriett must have sensed something else because she approached Tabitha, draping an around her friend's shoulder. It was then Evelyn understood. Harriett had lost a husband, Evelyn had not. Harriett knew—

absolutely knew—of Tabitha's suffering. This time the sadness was for the loss of a sibling, but still a penetrating loss to which Evelyn could not relate.

The snap of a rope and a tree fallen in the wrong direction sent William to his death, without time even to say goodbye to his sister. Too many never got the chance to say goodbye. Would Evelyn be one of them?

She walked quietly from the room and past the door Harriett had left open in her haste. She stood on her front porch listening to the sounds of the small town and thought of Daniel.

THREE DAYS HAD PASSED since William's death. Harriett and Evelyn stood on either side of Tabitha in front of his grave. Rich, brown earth covered the wood coffin Cooper had built, and most of the town huddled in the cemetery near the church. Set back from the road, across the meadow and near a year-round stream, a dozen graves with bodies, and more without, dotted the well-tended ground. The first body they'd buried was of James Bair, one of Daniel's childhood friends and a founder in the Whitcomb Timber Company. He perished his first winter, caught in a blizzard, leaving no wife or children behind. Charles Carroll, the third founder in the timber company, died three years into the war. His body was sent home to Pennsylvania and his wife and daughter soon followed. Evelyn was tired of burying men. No woman or child in Whitcomb Springs had passed away in those four years. Perhaps God decided to show mercy on them, Evelyn thought, or perhaps their time would come.

For the first time in four years, Evelyn experienced true doubt for the future coupled with an anguish that gripped her heart, encasing it in despair. They waited together by William's grave long after the townspeople departed. Olive and Levi Corbel, with their son Elijah, waited near a large oak outside the fenced-in cemetery. Evelyn met Olive's gaze and motioned for them to come forward. As a unit, the young family walked across the grass and stopped a few feet from the fresh grave.

"We wanted to offer our condolences," Olive said, and held out a small bunch of wild buttercups. It wasn't an easy flower to find in their valley, which meant Olive had taken care and time to search for the spring wildflower. "I lost my young brother to fever three years ago. It's a loss that stays in you deep, right here." She tapped her chest above her heart. Elijah grasped his mother's hand when she stepped back, his eyes wide with curiosity at the exchange.

Levi tried to speak, his words barely discernible. "Anything we can do?"

"There's nothing." Tabitha stared at them, the flowers in one hand and the other gripped tightly in Harriett's palm. "Thank you for these. William would have liked them."

Evelyn left Harriett to look after Tabitha while she walked toward the church with the Corbels. She didn't venture too far in case her friends needed her. No, not just friends. They were her family. The townspeople, the strangers who passed through, they were her family, too. She said to the Corbels, "It was kind of you to bring the flowers."

"I heard about the young man who died, heard it was her brother."

Evelyn nodded. "News moves quickly here. His loss will be felt for a long time to come."

Olive hesitated with her next words, but with some encouragement from her husband, she said, "Did you mean what you said about us staying on?"

"I did. We'll find a place for you, if you want to stay."

"I can work. Levi can't talk well, or ride, but he has a good mind and knows about the land. We'd like to farm again, and . . . we can't think of anyplace we'd rather go, leastways not right now."

"It so happens we could use another good farmer in Whitcomb Springs."

ANOTHER WEEK DRIFTED by, and

Evelyn waited. Three men returned home to their families. Two wives received word that their husbands died in final battles: one at Appomattox and another at the Battle of West Point, a day after President Lincoln's assassination. Another woman heard from her son who said he wasn't ready to return home. Life continued forward. Evelyn dug her spade through the damp earth. Two days of heavy rain had left plants and seedlings wilted, but the sun peeked around the edge of a thick pillow of clouds pushing away the gloom. Tabitha worked nonstop in the kitchen, volunteering to teach some of the children about cooking, digging in the community garden at least twice a day, and filling in at the general store whenever she could. Evelyn and Harriet worried but said nothing. Tabitha slept and ate, relieving some of their concern, but she kept her body and mind too busy to think of her brother.

"Evelyn?"

Evelyn shifted and smiled at Olive. "Welcome, Olive. How lovely to see you." She pushed herself up from where she knelt in the dirt and brushed away a few clumps of mud. "Do you have time for tea?"

"That's kind of you, but I need to be getting back. I came to deliver these letters that arrived with the supply wagon." Olive held out three envelopes, which Evelyn accepted.

"Thank you, Olive. One of us usually picks up the mail at the store. This is a treat." Evelyn marveled at the change in Olive in the short while since she started to work two shifts a week at the general store and two more at the hotel. Gone was the gauntness and burden of fear. No longer did she need to worry about her next meal or wonder where her family would lay their heads at night.

The Corbels worked hard and went beyond earning their keep. The two acres of land that once belonged to James Bair, along with the tidy cabin, suited the family's needs. They kindly declined further help, already overwhelmed at the kindness shown to them by most of the townspeople.

Evelyn noticed Olive looking over the established gardens. James Bair's plot of land had gone untended the past four years. Evelyn saw to it that the cabin was kept in good repair, but the land was left to nature's devices. "How is the clearing coming along?"

Olive faced her again and smiled. "A quarter acre is almost ready for planting.

The Dockett boy, Timothy, has been a big help to Levi."

Evelyn heard of Timothy Dockett, a young man of sixteen years, helping the Corbels. She doubted they could pay much, even with the extra she paid Olive for her work at the general store. It was precious little extra, for the proud woman refused charity. She paid Jed and Lilian for the vegetables stolen in desperation, an action which had surprised Lilian and left Jed wondering if he'd been wrong about the newcomers. "I know Timothy is grateful for the work. He has his heart set on attending college."

"Oh he's been wonderful for Levi to have around. It will be years yet before Elijah can help with farming, and by then—"

"By then, anything can happen,"

Evelyn finished for her. "Will you come for tea tomorrow? If you have time."

Obviously surprised at a second invitation, Olive nodded. "I'd like that. I did want to ask . . . how is Mrs. Armstrong fairing?"

Evelyn made sure neither Tabitha nor Harriett were in hearing distance. "She's better. It takes time."

Olive nodded, asked Evelyn to give Tabitha her good wishes, and she walked back down the road. Harriett approached and said, "Folks are taking well to the Corbels. I've visited a time or two. The young one, Elijah, is a good boy." There was a wistfulness in Harriett's voice. She'd lost a child at birth, shortly before her husband passed. That loss held pain to which Evelyn could relate.

"Harriett, would you do something for

me?"

"Of course."

"I want to gather a few seedlings, both vegetables and flowers, for Olive. She mentioned they'll have enough land cleared soon to start planting."

"I don't reckon she'll accept them, unless she buys them."

"I'll figure something out."

EVELYN SAT AT the desk in her parlor and read over the first letter from home. One of the letter's Olive dropped off had been from Tabitha's family. Evelyn knew Tabitha's parents lived in Oregon and hoped one day their daughter would return. Tabitha confessed once that she and her mother didn't get along too well. She faced a difficult decision, and Evelyn worried for her.

The other two letters were from Pennsylvania: one from her mother and the other from her sister. As her sister didn't sweeten the truth, whether the news was good or bad, Evelyn read her mother's letter first. She wanted to put off any potential bad news a little longer. Her mother spoke of news from their acquaintances and a few social events to celebrate the end of the war. She mentioned two young men Evelyn knew in her youth, who had not returned. She moved quickly past the sad news and recounted details of new improvements to the house and gardens. It was her mother's way of coping, and Evelyn didn't begrudge her. The letter ended with a request for her to return home now that the war had ended.

She set her mother's letter aside and opened Abigail's.

Dearest Evelyn,

I shan't wait on the most important news, which I imagine you've waited for long enough. Daniel is alive!

Evelyn gasped and released a shaky breath. Her hands shook as she continued reading.

Papa doesn't know where he is, but reports do not list Daniel among any dead or in field hospitals. It will take time yet to find everyone who has gone missing. Even now Daniel could be on his way to you. Oh, Evie, I do hope he is! He has not sent word to his family, but I pray you do not take his silence as anything except a husband eager to get home to his wife. I pray to see you both again soon. I have missed you, dear sister.

My next news will no doubt shock you—I wish to visit you in Montana. Five years ago you left, and four of those burdened by war. It has been far too long, and I do hope you will not try to talk me out of coming. Will you consider Mother's request? She told me how much she longs to see you again, and I know Papa is of a similar mind. I explained to them both that surely you could not leave when Daniel must be on his way to you. Your letters these past years have painted your new home in such vivid wonder, and I long to see it for myself. I have not spoken to Mama or Papa of my plans. They will most certainly disapprove, yet I feel I must do this. I miss you, Evie.

Yes, it is decided. I was uncertain in my conviction to travel such a great distance. After all, you are the adventurer in the family, but now I am resolved in my plans. Please do not tell them. I promise I will speak with them soon, and I shall write to you of my arrival.

Be well and safe, Evie, and please do not fear. I feel in my soul that Daniel will return. Never have I known two people more destined to love for all time.

Your most devoted sister,
Abigail

TWO DAYS LATER and Evelyn still thought of her sister's letter. Abigail was the sensible and dutiful daughter, not prone to fanciful thoughts. And yet, she desired to leave home. Their parents would not allow their beloved young daughter to travel such a distance on her own, but who would they send with her? Abigail had been right about one thing— Evelyn had no plans to leave Montana, not when Daniel might still be alive.

She sat in the rocking chair on her front porch, enjoying the dance of clouds and sun over the mountain peaks. Snow still capped the highest of the mountains and the recent rains had brought a brilliant green to the valley. After an early morning in her gardens and her weekly visit to the general store, Evelyn considered new possibilities for the town. A few buildings remained empty, including the sheriff's office and medical clinic. The town wasn't large enough to warrant either on a regular basis, yet she felt strongly that both the position of sheriff and doctor should be filled.

She sat up and walked into the house. Her desk in the parlor faced the mountains and overlooked her gardens. The window stood open and Evelyn relished in the cool air and sweet fragrance of tall grass and freshly tilled soil. She picked up the handblown glass stylus her father had given her before she left home and dipped it into the ink well. She gathered her thoughts and set pen to paper, outlining the details of an advertisement for a doctor.

A few individuals in town knew enough to patch up injuries, but she wondered if a real doctor could have saved young William. Her inheritance was great, and the income from the timber and mining companies had only increased hers and Daniel's wealth. If she could not use the money to help the people entrusted in her care, what right did she have to it? Finding a doctor willing to live in a remote Montana valley might prove difficult, Evelyn thought.

She next penned an advertisement for a sheriff. Before she made copies and mailed them off to the nearest newspapers, and those as far off as St. Louis, she would approach Cooper about the position. Thus far he'd been willing to step in whenever the need for peacemaking arose, which wasn't often. Reluctant to accept a position that kept him in town, Cooper preferred to keep his freedom to roam and hunt when the mood suited him. Evelyn never mentioned to him that he rarely left town, always close by in case she needed him.

Their friendship deepened every year since Daniel had left. Evelyn once asked him why he did not go to fight, but he changed the subject without explanation. Despite what he wanted people to believe of him, she often wondered if there was more to Cooper than he allowed even her to see.

Thoughts of Cooper brought her mind back around to her husband. After three more weeks and too many nights crying herself to sleep, Evelyn began to lose faith that Daniel was alive. Abigail's contagious optimism had given Evelyn hope for a week, then two, but three? And still no word?

Harriett called out from the front garden. When Evelyn looked up, she moved her eyes to follow where Harriett pointed. She could not see the road and moved to the front door where she stepped outside.

"Harriett, what do you see?"

Harriett hurried around the side of the house and Tabitha stepped onto the porch beside Evelyn. Harriett said, "He's coming this way." She pointed and Evelyn's gaze followed. The sun shined into her eyes and she raised a hand to shield them. A lone man in dusty clothes with a beard grown too thick walked toward them. The road leading north of town led into the mountains. Those passing through traveled west or south to the mining camp looking for work.

Evelyn stepped out from beneath the protection of the covered porch, down one step then another. The man's gait was almost regal. He stood tall and straight, much taller than her. She peered closer trying to see his face. He stopped and a smile slowly formed on his face. He held open his arms, and Evelyn ran.

ALONE IN THEIR bedroom, the early morning light flitted across Daniel's face. She wept in his arms the night before, then loved him as she imagined doing for so long. His face was now clear of the thick beard and she gently touched a finger to the long puckered scar on his jaw. There'd been no words between them after he had bathed and ate. They relished in each other's presence, both realizing that soon enough the many words unspoken during their time apart would need to be said. Until then, they held one another, loved one another, and sank into sleep, in the comfort and security of one another.

A tear drifted down Evelyn's cheek to land on Daniel's face. She wiped the moisture away, surprised she hadn't felt them fill her eyes. Daniel opened his eyes and stared into hers. He lifted a hand to rest his palm against her damp skin. "I've waited and longed for this moment for four years. Can you ever forgive me?"

"Forgive what, Daniel?"

"I left."

Evelyn shook her head and pressed his hand closer. "I was never angry with you. I understood why you had to go."

"I don't deserve you, Evie, I never did, but God help me, I'll never leave you again." Their lips met and once again they lost their souls in each other. A few hours later, when they both awakened, the sun had reached higher in the sky and voices could be heard somewhere outside. No doubt news of Daniel's arrival had reached everyone. Many of them knew Daniel only as her husband, a man unknown. Others knew him briefly before his departure and called him friend.

They listened to the voices drift away, helped along by Tabitha and Harriett, both of whom Evelyn heard from where she guessed they stood on the porch, telling the others to leave the couple alone. Bless them, Evelyn thought.

"The town has grown some," Daniel said. "You've been busy. How's the timber?"

"It's a strong business, and we have the mine, too."

Daniel sat up and leaned back against the headboard. "A mine?"

"Yes." Evelyn nestled herself close to her husband while still facing him. "Do you remember Cooper, the guide who first brought us here?"

Daniel nodded.

"He found traces of gold in one of the river beds in '62. He swore there was gold to be found if we kept looking. He was right."

"Cooper found gold for you?"

"Not just for me, for the town. I financed everything and . . . told Cooper if we struck gold, he'd get forty percent of the mine. We did. He's given most of it back to the town, as have I. He insisted paying for the extra materials needed to shore up the mine to make it safer after a harsh winter. A sheriff's office and medical clinic were built, though I've only recently written advertisements for those positions."

Daniel's expression left Evelyn worried for a few seconds. "Are you upset?"

He covered her hands and drew her close. "No, my dear. I have no right to be upset with anything you've done. Should you ever commit the gravest of sins I would still love and admire you. What you've accomplished . . . I should have been here."

"You're here now," she said, sinking against his bare chest. "You're here now and nothing else in this moment matters."

A few minutes of comfortable silence filled the air before Daniel said, "You and Cooper . . . have become friends."

Evelyn sat up, but remained close, her fingers entwined with his. "Good friends." She smiled and brushed the back of her hand over Daniel's chin. "He is as close to me as my sister, and just as dear."

Daniel smiled in return. "I sounded

jealous."

"Perhaps a little. All I am and all I have has remained yours, and only yours."

Daniel hugged her close and pressed a kiss to the top of her head. "You haven't asked about what happened."

Evelyn had noticed the other scars. The one on his jaw must have bled terribly, but there were others she saw when he'd been in his bath, and a few her fingers touched on his back when they were in bed. He kept his life, his limbs, and his sanity. In her eyes, he was perfect.

"You'll tell me, when you're ready. I don't imagine the years are ones you want to relive anytime soon."

"Nothing in my previous life ever prepared me for what I witnessed on those battlefields. The fighting wasn't the worst part, though. It was the in-between. The quiet days and nights when we had only the cold and damp for company, and too much time to think of what we'd left behind."

Evelyn pressed her lips to his, held him close. "I will be right here, when you're ready, or if." She fidgeted with the sheet for a few seconds and said, "A few weeks ago I received a letter from Abigail. She said your name wasn't on any of the reports of dead or missing or hospitalized. Where were you?"

Daniel exhaled and closed his eyes briefly.

"I made a promise to someone, Evie. I gave him my word that if we both survived the war, I would help him find his family."

"I don't understand why—"

"I also promised him I wouldn't tell anyone, not even you, not until I was here and he was safe. Every day when I should have been traveling here, when I didn't write, I warred with my conscious, but I gave him my word."

"He must have been a very good man to be worthy of such a promise."

"Gordon Wells was his name. He was a slave, and he saved my life."

Tears once more filled Evelyn's eyes. She made no sound while she studied her husband's face. "Then he has my undying gratitude and devotion. Did he find his family?"

"He did. His son had died. He'd been traded away from the plantation where the family had slaved. His wife and daughter escaped six months before Lincoln's Emancipation Proclamation incited more escapes. Gordon lived in a loyal slave state, exempt from the proclamation. He thought if he stayed, his owner might not try to find Gordon's wife and daughter."

"Did it work?"

"For a time. His owner became ill and the overseer left. He made a deal with Gordon; he wouldn't send anyone after his family if Gordon remained until the end of the war."

"I don't understand."

"His owner was a desperate man by that time, having lost too many slaves."

"But Gordon—"

"Is honorable. He didn't try to explain his reasons for agreeing, and I didn't ask. I understood because in his situation, I would have done the same thing—to save you."

Evelyn brushed away a tear and leaned closer to her husband. "However did you two meet?"

"I was caught past Rebel lines on a scouting mission. I'd been shot near the plantation where Gordon lived. He found me in the river, pulled a bullet from my shoulder, and hid me until I was well enough to travel."

Evelyn touched the scar on Daniel's shoulder. "He sounds like a good man."

"I told him there would be a place for him, if he chose to come this far west."

Daniel had changed in the four years away. He'd always been a good man, a kind man, but Evelyn sensed in him a higher calling now. She believed herself untouched from the conflict, yet without her husband, she'd been forced to discover a side of herself previously unrealized.

Evelyn left the bed, slipped into her white linen robe, and walked to the window. Their bedroom faced the back of the house, away from prying eyes and open to a meadow and the mountains beyond. "It's this town, Daniel. Your dream, what you imagined this place could become, that's what kept me going. I felt you by my side every day. Even in this last week when I feared never seeing you again, I felt you in me. I'm not one for fanciful talk, yet I know this valley is blessed. We've endured much and we're stronger for it."

She turned back to him. "These mountains brought me comfort, this house, knowing it was ours, made me feel safe, and these people . . ." She returned to him. "The people gave me purpose. I thought of returning to Pennsylvania a few times, especially in those early days, but I couldn't leave them. I couldn't leave the home we'd built together."

Daniel pressed his forehead against hers, his arms wrapped around her.

"And we'll continue to build. Whitcomb Springs may have started as my dream, but it became your legacy. I want to help you carry that legacy into the future."

Evelyn held his hands close to her lips, brushed a kiss against his warm skin. "The legacy is ours. Always and forever ours."

They talked and dreamed, shared hopes and plans, as they lay together with the mountain breeze brushing over them through the open window. Tabitha and Harriett left them alone, and though Evelyn wondered where they stayed, likely at the hotel, she didn't worry about them. From this moment on, adversity would have no power to defeat them. Trials and joy awaited in equal measure, yet Evelyn's heart overflowed with hope and wonder. When night descended and Daniel's stomach rumbled, Evelyn smiled and he chuckled. She said, "I'm a fair hand in the kitchen these days. It's time you were fed again."

"You've fed me well, with more love than I ever imagined. Are you ready for the next chapter of our story?"

"With you beside me, I am ready for anything." She grinned, a wildly happy grin that hinted at teasing. "Even if that *anything* includes Abigail. She has a notion to come to Montana."

Daniel leaned against the pillows, playing like a man in grave pain. "Heaven help us now."

Evelyn pulled a pillow out from under his head and hit him with it. Together they laughed and rolled in the tangle of sheets. Even though she believed somber days lay ahead as Daniel found his way back into the world, today their lives brimmed with only the glow from their combined joy.

FORSAKEN TRAIL

Cooper McCord enjoyed a solitary life. When he first showed Daniel and Evelyn Whitcomb the beautiful mountain valley in Montana, he didn't expect to stay. After the Civil War began, Cooper remained close and helped build the town, not realizing he was building a home for himself. When an unexpected arrival to Whitcomb Springs makes him question his reclusive life, will Cooper retreat to his wilderness or allow himself to take a chance and risk happiness?

FORSAKEN TRAIL

Whitcomb Springs, Montana
Territory
May 30, 1865

SHE NEVER IMAGINED dying at the hands—or paws—of a bear. Either she'd end up dead like the poor driver she hired in Bozeman or find a way to escape unscathed. Considering the layers of skirts and petticoats she wore, Abigail wasn't going to bet on her ability to outrun the great animal.

She remained still in the low branches of a tree. Unable to climb higher unless she removed her skirts, Abigail controlled her breathing so as not to alert the animal. The past few years of her life had been in pursuit of an education. Her work in the war relief had kept her busy for four long years, but she found time in the evening hours to consume knowledge. The more she learned, the more she wanted to know.

Abigail read most of the leather-bound volumes of work in her family's library, from philosophy to geography to history, and everything in between. Unfortunately, not a single text had explained what to do when confronted by five hundred pounds of bear. Magnificent though the animal was, Abigail didn't want to become dinner.

Poor Mr. Tuttle had fallen from the wagon and broken his neck when the horses spooked and ran off. She'd been unable to drag him away, let alone pull him up a tree. Even now, she watched as the massive brown bear sniffed around the body. She dispelled a deep breath when she realized it wasn't going to eat Mr. Tuttle. It looked around instead, smelling the air.

Abigail swore it stared directly at her. Too late, she recalled that bears climb trees. Her first thought had been to escape, and unable to outrun the creature, she went up. She calculated if the bear stood on its back legs, it could reach the low-hanging branches where she hid and knock her from the tree with one swipe. She grabbed the nearest branch above her head and pulled herself up. Abigail ignored the loud rip in her skirt and the sudden gush of cool air that hit her legs and climbed higher. Two more branches put her out of swiping distance.

The grizzly sauntered toward her and stood, staring and studying. She imagined it thinking of all the ways it could rip her apart and savor her like a delicious meal. The stays on her corset would be no match for those great claws, and the teeth . . . Abigail shuddered and reminded herself that most living creatures weren't vicious by nature.

Abigail knew the animal was aware of her location. It landed back on all fours and approached the base of the tree. The heavy breathing and snorting filled the silence.

"I don't suppose we can work something out?" she called down to the bear, feeling foolish but not knowing what else to do. "Why don't you go your way and I'll go mine?"

Abigail covered her ears and pulled herself as close to the tree trunk as possible. The bear turned its head toward the sound of the gunfire before dropping on all fours. Another bullet hit the tree near the bear's head. The bear snorted again and after the third shot hit the ground a few feet away, the animal turned away from the tree and headed across the clearing to the forest. Abigail kept her tight hold on the branches and didn't look down when she heard the sound of a horse beneath her.

"If you can manage to climb back down, he's gone."

"Yes, but now you're here." Abigail thought she heard a chuckle. She dared a glance but couldn't see much of the man's face, shadowed by his hat.

"I can ride away if you prefer, ma'am, but there isn't another soul likely to come by today." After a minute of silence, she heard a loud sigh. "If you aren't coming down, the least you can do is explain what happened to Tuttle."

"You know—knew—Mr. Tuttle?"

The man below her didn't answer right away. She heard movement and saw he was no longer on his horse.

"I did. Looks like a broken neck."

She squeezed her eyes shut and asked, "Did the bear . . . make it worse?" She dared not ask if the bear tore the poor man apart.

Silence.

"Sir?"

Another chuckle. "No one calls me sir, ma'am. The bear probably figured Tuttle wasn't going anywhere. He was more interested in finding out what crawled up the tree."

"I didn't crawl!" Abigail realized the ridiculousness of her situation and studied the branches beneath her. The climb down wasn't too far. One of her petticoats was caught on a protruding branch. She shifted and the delicate fabric ripped even more. "I don't suppose you'll tell me the truth, but if I come down, will you promise not to harm me?"

"Interesting question seeing as how if I wanted to harm you, I'd've come up after you by now or shot you out of the tree straight away. The bear was more dangerous, and I gallantly, if I may add, chased the bear away."

"That's hardly reassuring." Abigail thought she'd kept her mumbling quiet enough for him not to hear, but she heard that damnable chuckle. "If you'd be so good as to move away, *sir*, I'll climb down."

"Go ahead."

Abigail lowered a foot to the next branch down, found her footing, and shifted her weight until she stood entirely on one branch. Only a few more to go, she told herself, unaware until now how far she had climbed up. She searched for the torn petticoat still caught, slipped, and fell before the shriek left her lungs. She landed with a soft thud, arms wrapped around her, and tangled skirts in her face. "Put me down!"

"Yes, ma'am."

Once on solid ground, Abigail stumbled away from her rescuer. She brushed hair from her face that had fallen from her once neat coiffure and straightened her skirts to preserve modesty. She saw only her outer skirt was torn, and most of her petticoat still intact. "I apologize. It was unkind of me to be ungrateful when you went to so much trouble . . ." Her eyes met his.

She imagined a woman in one of the

silly romance stories her mother enjoyed. Heart fluttering, nearly out of breath, and eyes enraptured by the dashing gentleman. Only this wasn't a story and there was nothing dashing about the stranger before her. Dangerous, rugged, and beneath the days' worth of beard, a handsome man. She wondered if he kept his hair long to protect from the elements or detract from his striking features. Could a man be beautiful, she wondered? His blue eyes fascinated her so much she looked up to the sky to confirm they were the same color.

"Ma'am?"

"Excuse me, sir. I meant to express my gratitude. There is no excuse for my poor manners. You rescued me from that bear and I am in your debt." Abigail stepped forward, showing some of the moxie her sister possessed in abundance, and held out her hand.

When the stranger didn't reciprocate, she dropped her hand to her side. "My name is Abigail Heyward, and Mr. Tuttle was escorting me to Whitcomb Springs."

COOPER STARED AT the outstretched hand, gloved in white lace, now torn and dirty, with long and delicate fingers. He noticed beneath the fabric her skin was soft, like her face. His eyes moved to take in everything from her black, laced boots and torn skirt to the fallen tendrils of honey-colored curls. He had let go of her too soon, by her startled request, though he would have liked to have kept her close a while longer. Six long years since he last held a woman close, and this one stirred things inside him like no other had.

Shame she was Evelyn's sister, and in his mind, untouchable.

"Cooper McCord." He walked toward his horse and mounted.

"You're not leaving me here?"

"Correct, Miss Heyward. I promised your sister that I would see you safely to Whitcomb Springs, but I imagine Tuttle brought you up here on a wagon. If you'll wait here a few minutes, the horses won't have gone far."

"Wait!"

The gentlemanly thing to do would have been to take her into town and come back for the body, but he refused to leave a good man dead for scavengers to take turns at his corpse.

"Miss Heyward?"

"You know my sister?"

Cooper nodded. "After you sent that

telegram from Chicago, I offered to fetch you, seeing as how I had business in Bozeman. Learned you'd already hired someone, but no one remembered who." He saw her digesting what he'd already said. "You should have expected your sister would have sent someone."

"I arrived earlier than planned and was impatient to reach town. Mr. Tuttle was for hire."

"He is at that, but not much of an escort." He started walking away again when her next words stopped him.

"May I come with you? I see how wrong it is to leave Mr. Tuttle here alone, but . . ."

Cooper studied her, knowing it wasn't wise to get too close. He watched her eyes, filled with apprehension, and wondered what made her decide to trust him. He held out his hand. She remained by the tree, and he said, "Stay or go with me, Miss Heyward, but I'm riding, not walking."

He watched her look at the covered body and make her decision. She inhaled and straightened her back, though he doubted it could get any straighter than before, and walked toward him. She clasped his hand and looked up.

"If you can manage, you put a foot in the stirrup." Her incredulous expression told him that wasn't going to happen. Without asking permission, he reached down, grasped her underneath the arms, and pulled her into his lap. He ignored her startled reaction and waited for her to get settled.

He considered embarrassing her by mentioning the bright rosy hue rising in her cheeks, then thought better of it. The last thing he needed was to be too friendly.

"You followed us, I mean the wagon, back from Bozeman? I'm surprised we didn't meet on the road."

"I didn't come down the main road. There's a faster route, but it's not suited to wagons."

She leaned forward, separating her back from his chest, and he shook his head. Abigail said, "Evelyn and Daniel must trust you a great deal."

"They do." He left it at that and invited no further conversation. Cooper followed the wagon tracks with ease. The horses stopped in a meadow and grazed on spring grass. He saw no signs of predator tracks and counted the horses lucky. A quick inspection of the harness revealed one had loosened and a strap caught around one of the horse's legs. Blood trickled down over the animal's hoof. Cooper swore and dismounted. The other horse was uninjured but couldn't pull the wagon by itself, not weighed down as it was with two large trunks and two small trunks. Mr. Tuttle had secured them well with ropes and they had remained intact.

"Is she going to be all right?"

"Should be." He pointed to the trunks in the back. "Doesn't appear you lost anything."

"Possessions hardly matter when a man has lost his life."

Cooper studied her again, this time with admiration for more than her looks. On the outside, she appeared to be the beautiful, well-born eastern lady Evelyn had described, but Cooper wondered if there might be more beneath the genteel exterior. He remembered the first time he guided Daniel and Evelyn Whitcomb into these mountains. A year before war divided friends and family, the Whitcombs traveled west for adventure and a beginning. He mistook Evelyn for a pampered woman unable to fend for herself. When her husband joined the Union army, she proved him and everyone else wrong.

Cooper stayed close by while she continued to build a town and help people search for their own new beginnings. He might have found her attractive in the beginning, but it was her strength and determination he admired most. They'd become loyal friends who respected each other, and later close as brother and sister without the bond of blood.

What his body and mind experienced when he looked at Abigail was different, with no thought of friendship or brotherly feelings. Lust, attraction, and now confusion thwarted his more common sensibilities. He'd left a big city long ago because of a well-bred and spoiled woman, and he'd be damned to let his heart risk breaking over another one.

He tried to keep his thoughts off Abigail. He took care with the injured animal. He unharnessed the mare and hitched his own horse up to the wagon. A strong gelding, the horse stood a few hands taller than Tuttle's other mare, but there was no other option if Cooper was to get Tuttle and Evelyn's sister to Whitcomb Springs. He removed the semi-clean cloth from around his neck, wet it with fresh water from the canteen, and tied it around the mare's injured leg to help stop the blood flow. The animal needed rest and treatment, but Cooper didn't think it would go lame. He secured the mare to the back of the wagon and turned to Abigail.

"It's time to go." He regretted the curt tone as soon as he said the words.

"Are you angry with me?"

Cooper smoothed the lines on his face. *Had he looked angry?* "Not at all. I don't like to see any animal in pain. My apologies."

"Is that why you didn't kill the bear?"

His eyes narrowed as he faced her. "The bear might have tossed you about some if it got the chance, but more often than not they'd rather steer clear of people. It gave me no reason to kill it."

They sat in silence on the wagon bench while Cooper turned the team back to the road. He told himself not to look at her, to ignore her, but a proper upbringing would not be squelched, no matter how he chose to live his life. "Your sister was surprised when she received your last message."

He sensed Abigail's surprise, and she confirmed it when she said, "I sent a telegram. Surely she received it right away."

Cooper smiled. "We don't have a telegram just yet. Telegrams go into Bozeman or Butte, and depending on who it's for, it comes up by the mail wagon or a rider. Seeing as how a lot of folks know about Evelyn's generosity, they sent a rider."

"You know her well, using her Christian name."

"She's been Evelyn to me for a long time now."

"And her husband?"

Cooper did glance her way this time. Her body went rigid and her voice hard.

"Don't go thinking what you're thinking, Miss Heyward. Your sister and her husband are my friends. I've known them a long time."

"Evelyn mentioned you in her letters."

"Which explains why you decided to trust me, after I told you my name."

Abigail nodded. "The family worried about her when Daniel left. She spoke of you fondly."

"She's a good woman. They're good people, Evelyn and Daniel."

"She also said you were a tracker and miner."

Cooper guided the horses around a rock in the road and made a mental note to return and clear it off the path. The road to Whitcomb Springs narrowed in some areas and widened in others. It went uphill and down and overrun with grass in places, but Cooper and others from town kept it passable for horses and wagons.

"I'm a lot of things, Miss Heyward."

"You don't sound or look like a mountain man."

He grinned and gently slapped one of the leather reins on the rump of the mare. "And you've met many mountain men, to know what they sound and look like?" Cooper admired the way her cheeks pinkened.

"No, I haven't. I've read stories, but I suppose it's not the same thing."

He remained silent as he recognized the place where Tuttle's body lay waiting.

"Are you a mountain man?"

"Like I said, I'm a lot of things." Cooper pulled the horses to a stop so the back of the wagon was near the body and stepped down. "You ought to stay up there, Miss Heyward, while I rearrange things in back for Tuttle." She did as he suggested. Cooper glanced her way every so often to make sure she looked anywhere except the body. Abigail Heyward had more gumption than he would normally credit a city woman. She hadn't fainted, screamed, or wept.

"You can leave my things here," she said without turning around. "It doesn't seem right for Mr. Tuttle to ride with my luggage."

When he had Tuttle situated in the back alongside her trunks, Cooper climbed back onto the seat next to her. "Tuttle would have been disappointed, considering the trouble he went making sure your trunks were safe."

"You say he was your friend, yet you don't appear upset by his death."

Cooper set the horses in motion, keeping a slow and easy pace for the sake of the injured mare trailing behind them. "Who's to say how I feel. I liked Tuttle well enough. He was a good man but an irritable sort. He was also drunk when he fell off the wagon, so I figure his death wasn't anyone's fault except his own."

"He was drunk?"

Cooper nodded, and they started on a gentle incline. "Smelled it on him. He held his liquor pretty good, but he knew better than to take a lady on a wagon ride before he sobered up." He noticed her alabaster cheeks turn rose again. "Something you're not saying, Miss Heyward?"

"I offered Mr. Tuttle a good sum to depart early. He said it would take a day, perhaps more, yet I was impatient. His death was my fault."

They reached a plateau and Cooper halted the horses. "It's not your fault.

Tuttle knew better, you didn't. No sense in believing otherwise. Truth be told, it was bound to happen with him." He put the team back in motion and they rambled along. "He'll get a proper burial, Miss Heyward, and that's all he'd care about in the end."

"I give you leave to call me Abigail, please. Miss Heyward sounds far too formal for this wilderness."

Cooper repeated her name a few times in his mind and enjoyed the way it rolled off his tongue. "If you don't mind, I prefer Miss Heyward." He saw the flash of disappointment in her eyes and admired her all the more for not saying anything about it. No doubt in his mind, Abigail Heyward was trouble. The sooner he delivered her safely to her sister and brother-in-law, the better.

ABIGAIL DRIFTED BETWEEN frustration and gratitude. Those feelings shifted entirely to concern when Cooper stopped the wagon and said they couldn't go on.

"What do you mean?"

He pointed, and she looked ahead. A massive tree lay in the center of the road. On either side boulders taller than a man prevented passing. "Do we have to turn back?"

Cooper shot her a look, and she said, "Yes, I know, a foolish question. Obviously, a tree that size must take a great number of men to move. Is there another way around?"

"There is. As I mentioned before, I didn't come down this way so I did not see the downed tree on the road."

He jumped down and led the horses off the road. She waited while he hefted and carried large rocks from nearby and set them behind each wagon wheel. When he finished, he started to remove the harness from the horses.

"Mr. McCord. I don't mean to be difficult, and I'm sure you have far more important matters to attend than seeing me to town, which I truly appreciate, but what are you doing?"

"Unhitching the horses, Miss Heyward."

I'm not going to ask. I'm not going to ask. She asked anyway. "And why are you unhitching the horses? If there is a way around—"

"We can't take the wagon the way we're going. Once I get a few men from town, we'll clear the road and I'll see your things are delivered."

"I don't care about my trunks, at least not too much. What about Mr. Tuttle, and the injured mare?"

"I'll bury Tuttle in a shallow grave, cover him with your trunks and the wagon, and bring him back to town after we move the tree. The mare can travel where we're going. The trail is passable but not wide enough for a wagon."

He sounded blasé, and she wondered what sort of man treated life and death with such a matter-of-fact approach.

When Cooper came around to her side of the wagon and offered to help her down, Abigail relented. Out of her element. That's what Evelyn would say, *did say* when she wrote back trying to convince Abigail not to make the journey west. Evelyn pleaded with her to wait until she and Daniel could meet her in St. Louis and travel the remaining miles to Montana. Abigail, in her impatience, set out with two cousins who were on their way to Chicago. She hadn't lied to them exactly though she failed to mention Chicago wasn't her final destination. As soon as she sent the telegram to Evelyn, she departed Chicago.

She trusted Cooper McCord. Even if her sister had not spoken of him with high regard, she sensed somehow she could trust him.

"The mare can't carry any weight, so your belongings will have to stay with the wagon. I have room in my saddlebags for a few items you might want to take along now."

Abigail thought of the piles of clothes, books, and treasures she'd tucked away when she left home.

He interrupted her thoughts with a question. "How long are you planning to visit your sister? Appears by your luggage you plan to stay a spell."

"I don't know yet, Mr. McCord."

He hauled her trunks, one by one, from the bed and set them aside. It was then she saw Mr. Tuttle. "You don't want to be looking at him."

"I've seen dead men before."

He leaned on the back of the wagon and studied her.

She felt exposed beneath his gaze, yet unable and not wanting to make him stop.

"Where?"

"At the hospital. Men and boys sent home. Some survived, but many failed to recover from their injuries. I read to them, fetched water . . . they deserved much more than I gave."

"Your sister knew about this?"

Abigail shook her head and tore her attention away from the body. "No. Neither did our mother. My father caught me once but kept my secret."

"Why did you do it?"

"I needed to do . . . something. I'm not brave, Mr. McCord. I was no Florence Nightingale or Clara Barton in the heat of battle tending wounds and saving lives. I was grateful to live in the North, removed from the worst of the fighting. Many of our acquaintances enlisted and never returned home. I remained safe at home, praying for the war to end, for our lives to return to normal." Abigail turned and stared at the mountains all around her. "When it was over, I realized nothing would be the same, not for me. I couldn't go back to balls and parties, dress fittings and lavish dinners. I want to have a purpose."

"And so, you came here."

Cooper whispered the words, yet Abigail heard them and realized how much she had revealed.

"HOW LONG WILL it take to reach town?"

Cooper secured the worn leather bags to his saddle, thinking of the trek ahead. "We'll be there tomorrow morning."

"But you said Whitcomb Springs wasn't far from here."

"It's not, but it's already late in the day. Storm's coming and I'd as soon get you to town before it reaches us. The trail leads us out of the way a bit and curves back around toward town. There's a place to wait out the storm." Cooper walked to her and stopped next to her and the horse. "Do you know how to ride?"

"Very well, Mr. McCord. Though, I'll admit to a lack of education for—"

"Trail riding?"

"Yes. The rolling hills of home do not compare to your rugged mountains. Are you certain . . . never mind. We should be on our way, yes?"

Cooper watched her in fascination. He guessed she wanted to ask if they could stay with the wagon, but she didn't cry and demand him to make things easier for her. When she grabbed the saddle horn and attempted to pull herself, Cooper stepped up beside her and lifted her into the saddle. He said nothing and neither did she. He thought the silence was better while he attempted to sort out the mixed feelings he had about escorting her to town. He swung up onto the back of his gelding and looked at Abigail, who stared at him. She didn't look away.

"The mare will follow us. Keep a good hold on the reins but keep it loose, too. If she veers off the trail for any reason, you bring her back in line."

"Is the trail dangerous, Mr. McCord?"

"Everything here is dangerous, Miss Heyward."

"I do wish you would call me Abigail. We're quite alone, which is already improper according to the standards by which I was raised. If proper is your concern—"

"It's not." Cooper smiled and shook his head at her. "You have a nice way of speaking." He sighed and looked at the trail ahead of them. "When we get to town, you're Miss Heyward again." He kept his gaze on her until she nodded her agreement. Cooper could avoid saying her name altogether. Better to keep his distance than dream for the impossible.

An hour on the trail and Abigail wondered how Cooper knew where they were going. The horses plodded along, surefooted and relaxed, through tall grass. Every once in a while, Abigail spotted what could be a trail beneath them, before it quickly disappeared under more grass, fallen twigs, and pebbles. Her traveling companion remained silent except to occasionally glance back and see how she was doing. Surprisingly well, she thought to herself, though aloud she assured him she was fine.

When she realized the trail they followed led into a forest thick with trees that blocked out much of the sunlight, Abigail asked, "How often is this trail used?"

"Not often."

Frustrated, she tried again. "And you say it's passable all the way to Whitcomb Springs?"

"Last I checked."

Patience, Abigail. Patience is your friend. She recited the mantra a few times when he stopped the horses, startling her. The mare she rode stopped without direction from her and was content to munch on grass. "Why have we stopped? The horses?"

"Horses are fine."

"Then—"

"We'll be moving along again shortly." He reached into a saddlebag and pulled out what appeared to be dried meat. He dismounted and walked it back to her. "This should hold you over until we break for camp."

She accepted the offering and stared, dumbfounded. "Camp?"

Cooper took his time getting back on his horse. She saw him focus on the ground and then up in the direction they'd come.

"There's a meadow and a small trapper's cabin we'll reach before dark. It doesn't get used much, and it's not what you're used to, but it will keep the rain off and the critters out."

Abigail grew increasingly frustrated with her guide. She told herself that if he hadn't come along, the bear might have mauled her. If he hadn't offered to escort her to town, she'd be left in the elements with poor, dead Mr. Tuttle until someone else happened along. No, she was grateful and wouldn't complain.

Abigail put all her trust in Cooper and followed him into the dark forest. She was surprised to discover peace and beauty within the darkness. Smatterings of light filtered through the thick branches and dew reflected the filtered rays. The fresh smell of pine and moss mixed with air purer than anything she'd breathed before was incredible. She relaxed and enjoyed the quiet, for even with Cooper and the horses close by, Abigail felt as though nothing else existed in her serenity.

The silence grew maddening. "Does the trail have a name?"

"Forsaken Trail."

"Sounds ominous."

He shifted, looked over his shoulder at her. Every time he did, she wanted to study him a little longer than his quick glances allowed. His voice comforted her, and as serene as her surroundings were, the silence became difficult.

As though he understood her problem, he said, "It was named by the Salish, or so it's been said. The story tells of a warrior who had won many battles against other tribes, but who also lost many of his own people in those same battles. He wandered the land, crossing tribal boundaries in an attempt to create peace among them.

"He fell in love with a Shoshone woman and returned to his people's land. They wouldn't accept her and he came here to these mountains. They lived alone. It is said he hunted this trail and made his home in the meadow. He named the trail to remember all those he lost, who bled into the earth, into the forsaken places where they never should have been."

Abigail pulled slightly on the reins to stop the mare, bringing Cooper's attention to her. "We need to keep going."

"Is the story true?"

"Most legends begin with some truth. You do not need to cry for them, Abigail.

They have shed enough tears." He faced forward again and set his gelding in motion. The mare immediately followed, and Abigail remained silent, her thoughts on the Salish warrior and his wife, and on the quiet emotion she heard in Cooper's voice when he spoke of them.

Cooper led them from the forest a few hours later and into a meadow. They'd stopped only once. Abigail disliked having to ask for that much consideration, but Cooper didn't appear to mind. Never had she met a more accommodating man. Most men of her acquaintance played the part of gentleman with practiced and precise skill. Cooper's manner and kindness came naturally, honestly, with no pretense.

When they stopped in front of the trapper's cabin—a shack with a lean-to attached to one side—Abigail wasn't sure she could dismount. Her stiff muscles ached when she shifted. Cooper had warned her not to ride sideways on a western saddle, but she refused to ride astride. Now she regretted her pride for propriety's sake.

Before she slid off, Cooper was next to her, lifting her down. Once her feet met the earth, his hands lingered on her waist for a few seconds longer than necessary. Neither of them spoke, and he left her standing there while he tended to the horses. The emotions he evoked were both confusing and real.

"Abigail."

She turned, surprised that he used her given name. Despite her permission and request, he hadn't used it since they left the wagon. "Yes?"

"I need to get the horses settled in for

the night. You can go on and see if anything can be used. I've left a few things here from time to time."

Curious, Abigail pushed open the wooden door and stood outside while light and air entered the small room. Grateful for the foresight not to walk in right away, she peered inside. Dust covered every surface and cobwebs hung from corners. A drab canvas hung from one of the two narrow windows, and neither had glass in their frames. She imagined such a place didn't need glass windows. She took a tentative step inside and scrutinized the rest of the interior, what there was of it, and determined that she may rather sleep outdoors.

"It's been longer than I figured, since anyone has been here."

Abigail pressed a hand to her chest and spun around. Though no one else could have gained access to the cabin without Cooper's knowledge, she was still startled by his sudden appearance. "You move without making a sound."

He shrugged. "A necessary skill for living in these mountains."

"Evelyn wrote that you lived primarily in town, or nearby these past four years."

"True enough."

"And before then?" She doubted he was the type of man to open up about his past, but the more time she spent with him, the more inquisitive she became.

"Here and there." He crossed the room and tore the canvas from the window. "If you want to wait outside, I'll get this place cleaned up enough for sleeping."

Abigail looked around again. A single cot was pushed against one wall and a scarred table and one chair sat on the opposite side. "I wouldn't mind sleeping outside tonight."

She caught a grin that came and went on his handsome face. He said, "You ever sleep outside?"

"No."

He chuckled. "There's a storm coming and it will hit tonight. You can't be caught outside in the rain; your sister would never forgive me. The cot will do for you tonight, and I'll keep watch."

"Keep watch for what?" Cooper didn't answer, so she prodded. "Is there some danger I should know about?"

"Go ahead on outside and I'll call you in when it's ready."

Abigail wondered about the odd expression and wariness in Cooper's eyes when she left the cabin.

COOPER CARRIED IN two buckets of

water, left over from the last rain, and wiped away as much of the dust as he could. The cabin was not a fitting place for Abigail Heyward to stay or sleep in, but she hadn't complained. Evelyn was strong and sure and brave—now. When he first guided her and Daniel into these mountains, he doubted she would survive the first winter. She surprised him by thriving. Cooper never figured out what prompted him to remain behind after Daniel went to war.

He waited for Evelyn to return home to her family, yet she stayed, and so did he. Year after year he expected her to give up. Instead, she planted her gardens, hired men from all over to slowly build up the town and carve out the road to allow for supply wagons and travelers. When he discovered gold in one of the creeks near town, she put her trust in him and opened the mine.

Evelyn found her courage and remained in Montana. He remembered the doubt and fear in her eyes, yet every day she grew stronger and less dependent on him. Abigail was like her sister. If he hadn't come along, he believed Abigail would have figured out how to get past the bear and find a way to Whitcomb Springs. Perhaps she saw more of the war than she'd confessed to her sister. He shook his head from thoughts of the war and stepped outside into the shafts of narrow sunlight. Clouds rolled in and he estimated another hour before the first part of the storm hit.

"Abigail?" He called her name a second time, louder. "Abigail!" He ran around the small cabin, finding no sign of her. He returned to the front and looked down. Dainty boot prints had pressed into the grass and soft earth, leading toward the trees. His heart rate increased, and he followed her prints, shouting her name. When he crossed most of the clearing between the cabin and trees, Abigail emerged with a smile on her face and her arms burdened with twigs. She looked perfect.

She moved toward him, so far unaware of his worried state. "I confess that I don't know anything about fires or if the stove inside works. I thought . . ." Her eyes met his. "What's wrong, Cooper?"

"Don't ever do that again."

"I didn't go far. You've done so much and I wanted . . . to help."

Cooper lifted the twigs and branches from her arms. "You don't know what you're doing. It's not safe out here on your own. Once you're in town, you'll be your sister's problem. Until then, I'm responsible for you."

"You have no right to be angry with me." He heard Abigail following him as he started for the cabin. She continued to speak even though he didn't respond. "I'm grateful for you coming along when you did, Mr. McCord, but I didn't ask you to be responsible for me. I could have stayed with the wagon and poor Mr. Tuttle until help came." Her boots pounded on the boards when she entered the cabin behind him. "It was not my intention to inconvenience you. Why did you bother with me?"

Cooper dropped the twigs and turned. "You're Evelyn's sister, and she's about the only family I have." He exhaled and told himself to calm down before he said anything else. "It wasn't safe to stay with the wagon. I wrapped Tuttle up the best

I could, covered him with dirt and your trunks, but the critters are going to smell death and come looking. Anything from bears to wolves, and if they found us, they would have tried to make a bigger meal of us all."

Abigail blanched. "They're going to—" she stifled the reflex to gag "—eat him? Why did you leave him there? We could have put him on the other mare."

"The mare is barely going to make it to town. She can't take any weight, and I wasn't going to leave her wounded and unable to run away if wolves found her. Tuttle knew these mountains and his departed soul isn't going to think less of us for surviving."

Abigail lowered herself into the single chair. He hated seeing any woman scared. "We'll be in Whitcomb Springs tomorrow, then I'll return to the wagon with men and clear the road. It will be all right, Abigail."

"Would we really have been in danger, if we stayed with the wagon?"

"Yes." It was the simpler answer, easier. Cowardly. "I'm not taking any chances. We aren't too far from town, but if you plan on staying out here, even for a long visit, you have to understand the realities. You could walk through the meadow next to your sister's house and happen up on a mountain lion or bear. Worse, a stranger who won't give thought to your screams."

Abigail shuddered, and he saw her shrink back. "You're a very blunt man, but I see your point. I wasn't doubting your decision to keep moving. If I am to stay—"

"If?"

"*If* I am to stay, I need to learn how to

survive. I appreciate your patience with my inexperience."

He watched her stand and leave the cabin. The first rumble of thunder shook the heavy air. He continued to watch her through the open door. She stared into the distance though he couldn't see her face. Were her eyes open? What was she thinking? He asked himself these and many other questions, knowing answers would not come tonight.

THE FIRST SIGN of rain dropped on Abigail's nose. She'd discarded her hat to watch the sun set over the trees. The need to feel the cool breeze flow through her hair outweighed decorum. The simple act released her, for a few seconds, from the burden she carried with her. The heavy load of doubt about leaving home and her reasons why. Her mother called her impulsive and her father made sure she had plenty of funds to see her on her journey and for the shopping she planned to do in Chicago, where they believed she went. By now, her cousins would have sent word to her parents. She hoped her letter to them reached Pennsylvania first.

A few more drops hit her head and a spark of lightning coursed through the darkening sky. Clouds opened to reveal a small section of the galaxy, to showcase her flickering stars. It lasted only a moment before the wind blew the curtain of clouds closed. She sensed him watching her with those unreadable eyes. Abigail glanced upward once more and returned inside where warmth from the stove drove away the cold. He stirred something in an indented pot on the small, black stove. The scent filled the cozy room and reminded Abigail how long it had been since she'd eaten a full meal.

"The beans are about ready. I didn't have anything else except this and jerky in my saddlebags, but it will keep your stomach full until we reach town tomorrow morning."

He continued stirring the beans, his back to her. She approached him, determined that he look at her when she spoke to him. "Cooper?"

He looked up.

"I'm sorry."

"Nothing to be sorry for."

Thunder blasted through the air once again, followed by another flash of lightning. "Will it reach us?"

Cooper appeared to listen and then shook his head. "We should be fine."

"What about the horses?"

"The lean-to will keep them dry."

She accepted the plate of beans and spoon he handed her and noticed he didn't take any for himself. "You're not eating?"

"You have your fill. I'm going to check on the horses."

Abigail waited ten minutes before checking the silver watch fob attached to her outer breast pocket. She never went anywhere without the watch, a gift from her father. Ten minutes turned to fifteen when the cabin door opened and Cooper walked in, soaked through.

"It's coming down hard out there, but the thunder has stopped. Horses are secure for the night so long as the noise doesn't return. Scout doesn't mind too much, but Tuttle's mares are a mite skittish."

"Scout?"

Cooper stoked the flames in the stove. "My horse."

He didn't seem inclined to hold up the conversation, keeping his back to her as he did. Abigail succumbed to exhaustion and glanced toward the cot. A blanket not there earlier now covered the dusty mattress. Another lay on the edge.

"You should be warm enough tonight with the fire going. Try to get some rest."

Abigail sank onto the cot and spread a wrinkle from the blanket. "Thank you, Cooper."

Cooper nodded once and settled in the chair at the table. To her surprise, he withdrew a knife and a small piece of wood shaved down in places. Too weary to do anything except lay down, Abigail spread out over the blanket and drew the second one over her body.

The storm abated and sounds of the evening forest drifted through the open windows. The horses nickered a few times before quieting. Cooper whittled at the piece of pine, slow, easy movements downward, turning a simple piece of wood into a replica of his horse. He wished he had the skill to carve Abigail's face. He moved his eyes every few seconds to study the soft lines of her cheek and the way her long eyelashes brushed the skin beneath her eyes. When an occasional soft moan escaped her lips, he would stop his hands and watch to make sure she was still asleep. He had nothing to offer a woman like Abigail Heyward.

For the first time since he left Boston ten years ago, a part of him wished he was still the type of man fit for such a woman. He'd met a few from larger cities who yearned for adventure and traveled to the open plains or high mountains, only to realize what they yearned for more than adventure was comfort and convenience. Evelyn was one of the first of her kind to stay and build a life in these mountains. Since she and Daniel founded Whitcomb Springs, others like her came and forged their version of new beginnings. He admired these women, yet still believed they were an exception.

ABIGAIL TURNED ONTO her back then faced him again, her eyes still closed. She moaned and cried out a name. "Jacob!" She swatted at the air around her for a second and appeared to calm down. Cooper was on his haunches next to the cot, there if she needed to be awakened. She thrashed, her arms connecting with his face. She said the name again, this time on a moan with tears cascading down her cheeks.

"Abigail, wake up." He held her arms so close so she couldn't hurt herself. "Please, Abigail. Wake up!" Cooper smoothed her hair back, and when he pulled away, his hand saw that it was damp from her sweat. He shook her gently until her eyes opened in a rush.

"Jacob!" She looked around as she exhaled one frantic breath after another. Her eyes met his and Cooper saw the exact moment when she realized he was real and she no longer suffered in the nightmare. "Cooper." She whispered his name and grasped his hand. "You're alive."

"I'm alive. I'm right here." He held onto her hand, never losing contact with her gaze. "You were having one heck of a nightmare."

She tugged at the top buttons of her travel jacket. He knew modesty prevented her from removing even her outer clothes before she fell asleep, but between the heat from the stove and the light wool of her fancy clothing, she appeared to be uncomfortably warm.

"I haven't had one in weeks. I'm sorry to . . . I'm sorry."

This is a bad idea, Cooper thought even as he wiped a few tears from her cheek. "Don't be sorry. Do you want to talk about it?"

Abigail shook her head and released his hand. He rose so she could scoot to the edge of the cot. "The storm has stopped."

Cooper nodded.

"Is it safe to go outside for a few minutes? I just . . . need a few minutes."

By way of an answer, he opened the door for her. "Call out if you need me. I left a couple of buckets out front to collect more rain water."

She thanked him and stepped outside. He closed the door behind her. Meager though their privacy was, she deserved as much as he could give her. Cooper wiped both hands over his face a few times. He stopped himself from going to one of the windows when he heard her footfalls on the wet grass and twigs. He gave in and crossed to the opening in time to see her walk toward bushes still in the first budding. Winter had been long and spring late, making everything in their corner of the mountains lush and full. He moved away when she ducked out of sight. Cooper returned to the chair and his whittling.

A short while later the splash of water

out front alerted him of her return. He
didn't know why, but he sensed that
opening the door for her, coddling her,
wasn't what she needed or wanted. He
understood her struggle and recognized
the look in her eyes when she woke from
whatever demons tormented her sleep.
She wasn't in Montana only to see her
sister. Abigail left behind more than
family and carried the pain with her still.

She opened the door and stepped
inside, saying nothing. He followed her
lead and kept silent, even when she
removed her tailored traveling jacket
and laid it on the end of the cot. She
spread herself out once more but didn't
close her eyes and fall asleep as Cooper
hoped she would. Instead, she looked
directly at him.

"Have you always lived out west?"

He swept his knife smoothly over the

wood's surface, away from his face. The new shredding joined the others on the floor at his feet. "No."

"Where are you from?"

Cooper tried to gauge her mood. Smudges of dark skin appeared under her eyes, shadows he suspected were there long before she decided to leave Pennsylvania. If she needed to talk, to forget whatever haunted her, he'd reveal everything about himself, even if the thought of doing so made him cringe. "Boston."

Surprise flickered in her eyes, though not an insulting surprise, more curious. "I visited there once. Why did you leave?"

He'd come a long way from those years in the city. "For a lot of the same reasons most folks come west. I was young and longed for adventure. I finished school and was set on a path my father approved of, but one I didn't want, so I left."

"And what did your father want for you?"

"The family business. Import and export, neither of which interested me." Cooper turned back to his piece of pine wood, smoothing a thumb over the surface. He had a way to go before it would look like Scout.

"If you're from Boston, why didn't you return home to fight in the war?"

And there it was, the question he guessed she really wanted to ask all along. When he didn't answer right away, she apologized and mumbled a "never mind." Cooper placed the wood on the table and sheathed his knife in his boot. The room seemed to close in on him and he needed space. He moved to stand by one of the windows and let the fresh air course over him. The clouds had cleared, leaving a celestial wonder of stars to gaze upon. "When I first left Massachusetts, it wasn't enough to get a little way from my father and the family responsibility. I went as far as I could without boarding a ship."

"The Pacific Ocean?"

Cooper smiled. "Not that far, but close. I went to California and made my way north. The Oregon and Washington Territories were created, and not long after several conflicts with the native tribes broke out. I was foolish enough not to leave when I had the chance. I signed on as a civilian attached to the army. I kept records on everything that happened. As much as I wanted to leave, I had agreed to stay on until the end of the conflicts. I learned to shoot, hunt, track, and anything else that might help keep me alive. I wrote down every horrible thing each side did to the other, kept a journal of every man in the company who died, and did my best to keep a record of the other side's deaths."

Cooper sighed and gripped the rough edge of the window. "Hostilities broke out between the army and the Yakama people. A few deaths, broken treaties, rape, unruly prospectors, and the death of a man named Bolon of the Bureau of Indian Affairs, made a lot of people nervous. Both sides sensed an uprising and what followed . . . It took four years for them to sign a peace accord. What people are capable of doing to each other was something I'd never witnessed before that."

He turned around and faced her, leaning against the cabin wall. She sat up now, her feet tucked under her legs and the blanket wrapped around her shoulders. "I saw enough death to last me ten lifetimes. I couldn't watch brothers, friends, and countrymen slaughter each other. Don't get me wrong, those who fought for the right reasons are good and noble men. What it makes me, I don't know."

THIS TIME THE tears in Abigail's eyes weren't for herself but for Cooper. She hadn't expected him to reveal so much. No one talked of the war back home, at least around her, claiming she was too gentle. They wanted to forget, to go back to the way life was before the spring of 1865 brought the beginning of an end. She fought an internal battle about her reasons for leaving home. She avoided her parents' questions and had left the truth out of her letters to Evelyn. Yet she believed this man, this stranger she'd known for less than a day, would understand.

As though reading her mind, Cooper asked, "Why did you really come to Montana, Abigail?" He recited her name with reverence, as though savoring each syllable. "Who's Jacob?"

She wrapped the blanket tighter around her body and exhaled a shaky breath. "He was a patient at the hospital where I volunteered. He was from Virginia, a prisoner far from home and alive, barely, because a Union surgeon showed enough compassion to treat his more serious injuries before helping Union soldiers who came in on the same wagon.

"He was so young, eighteen two

months before. The war was almost over, but no one knew how close. He wanted to fight for his home so he joined. Two months later, he lay in the hospital. I read to him, sat with him when he was frightened, and wrote letters for him to his family. I don't know if they ever reached Virginia, but I promised him. He lived for two weeks, three days, and sixteen hours before he jumped out of a second-story window."

Abigail caught a movement and shifted her gaze to Cooper. He stood closer to her now but still kept a distance between them. She had to finish telling him, had to tell someone. "The Union doctor who operated on him and I were the only people there when Jacob was buried. No letter ever came back from his family. I learned after the war that their home had been burned, with them inside." Tears fell freely now.

Cooper cleared his throat before speaking. "You never told anyone."

She shook her head and swiped at the moisture on her face. Abigail tried to keep her body from shaking. "I mentioned how my father found out I volunteered at the hospital, but he didn't know I helped directly with the wounded. If he, or my mother, had . . . it's not that they're unkind, but they believed me too fragile. They were right." A shudder coursed through her body. When Cooper sat next to her and pulled her into his arms, she couldn't understand why until she recognized sobs coming from her. She gripped his arms and leaned into him, drawing from his heat, his strength, and their shared sorrows.

Abigail remained in his embrace until

she had no tears left to cry. When she pulled back, their faces were a few inches apart, and she needed only to whisper. "You won't tell Evelyn, will you?"

She saw something akin to pain in Cooper's eyes when he answered. "No. You'll tell her in your own time, if you want to."

"Have you told anyone about those four years in Washington?"

"Not until tonight."

Abigail thought he might kiss her. They only met, but she would have allowed him the liberty. Instead, he brushed his fingers over her jaw and moved away.

"Think you could sleep a little now? There's only a few hours until daylight."

She nodded and lay back down. She fell asleep, imprinting his every feature to her memory.

SUN FILTERED IN through the open windows and a few cracks in the walls, waking Abigail from the few hours of restful sleep she'd managed to get. Sharing with Cooper had soothed the ragged edges of grief. Only time would heal her tattered soul, but at least now she believed an end to the misery was possible.

The horses snorted and Cooper's gentle voice, the one that soothed her last night, calmed the animals. Abigail hurried to get up. She folded the blankets and made use of the water in the bucket Cooper must have brought in while she slept. When she opened the door, she found Cooper hunched next to the injured mare, his hand moving up and down her rear leg.

"How is she faring?"

He must have heard her come out because he didn't look up. "She should be okay. Might not carry weight again, but she'll live. The girl deserves a rest." When he stood, he faced her.

Cooper didn't bring up her middle-of-the-night confession and tears, and neither did she. "How long will we ride today?"

"A few hours."

He was back to being taciturn, offering only those few words in response. Cooper rested a hand on the back of the mare and stared at her. If she knew him better she'd think he was annoyed; her parents always found her endless questions a nuisance. But she didn't know him better.

Abigail unconsciously clutched a fist at her breast and looked around. "The mountain lion or the bear worried you last night, didn't they? You said you were going to keep watch."

"The animals go where they want. If one gets too close to town or livestock, we do what we have to, but I never hunt an animal for sport or because it's easier. Most of the time we can track it away from where we don't want them, but it doesn't mean they won't return." He patted the horse's rump and said. "We need to be heading out now."

Abigail nodded her understanding and started for the trees. "I will hurry. And Cooper? Is it always about life and death here?"

His eyes darkened and for a second, she thought she saw sadness in them. "It's life and death everywhere."

THREE HOURS OF silence later, Cooper

led their small party of two, plus one extra horse, into Whitcomb Springs. He was a man of few words and he'd already said more than he ever had at one time to anyone. He wanted to bring up last night so many times. Instead, he kept quiet and allowed her to enjoy the magnificent scenery. Every once in a while, he glanced back to find her eyes closed and a smile on her lips as she tilted her face back to the sun.

She took his breath away and made his heart ache for wanting what he shouldn't want. He remembered his father saying something similar about Cooper's mother. Thaddeus McBride may have been a dictator of a father, but he loved his family and adored his wife. Cooper never understood how one woman could affect a man so deeply—until now. He managed to go through thirty-two years of life without love. He figured he could last another thirty-two. A man couldn't lose what he didn't have. Townspeople waved and shouted hellos as they passed. Cooper had been a fixture in the town since the first cabins and trading post were erected. He liked belonging somewhere and only realized it now as he looked upon familiar faces and welcoming smiles. Evelyn and Daniel likely told a few people of her sister's impending arrival. Still, they'd be curious about the trail-weary lady in the city clothes, speculate among themselves as to why she came west.

He turned them right on another road, passed the general store and hotel. The Whitcomb's house stood out above the rest, as tall as the hotel that rarely saw guests. Evelyn insisted on a hotel, not just a boarding house. She predicted one day enough folks would get in their heads to pass through their town.

"Cooper?"

He indicated to his horse, with a gentle tug on the reins, to hold back. When Abigail's mare came alongside his, they continued on.

"Is that Evie's house?"

Cooper smiled, recognizing the shortened name Daniel sometimes used when speaking of Evelyn. "Daniel made sure it was finished before he left."

Abigail looked around in amazement. "She imagined all of this?"

"She did. Stubborn lady, your sister. I have a feeling you take after her in that way."

Abigail turned to him and he grinned to let her know he was teasing. She returned his smile and for a moment they were happy just to be alive and together. When the front door of the house opened and Evelyn shouted her sister's name, the moment passed and Cooper dismounted. He walked around his horse and put enough room between the animals to help Abigail down. If his fingers lingered longer at her waist than they should have, she said nothing of it.

Evelyn hurried through the open gate and ran to her sister, pulling the shorter woman into a fierce and loving hug. "When I saw you from the window riding in, I couldn't believe it." Evelyn stepped back and directed her next question to Cooper. "How did this happen?"

Abigail drew her sister's attention. "I'll explain everything, Evie, I promise." She jumped a little with delight when she saw Daniel approach and embraced him as she would a brother. "You look like a farmer," she said with a wide grin.

"We're clearing more land to put in an orchard. How are you Abbie, girl?"

"Perfect."

Evelyn slipped an arm around Abigail's waist. "First thing, a bath, and then I want you to tell me everything. You, too, Cooper."

Cooper enjoyed witnessing the family reunion. He was an only child and never knew the bond of a sibling. He envied them. "I have to feed and water Scout then head back out. We left a wagon with Mr. Tuttle at the bend by the large oak." Cooper hated reporting a death. "Tuttle didn't make it. He was driving Miss Heyward here. It's a long story, but the telling of it will have to wait or be done without me. I need to get back and take a few men. A tree's blocking the main road, and we couldn't get the wagon through."

Evelyn's face bore various expressions from surprise to sadness all wrapped in a layer of curiosity. Daniel said, "I'll come with you, Cooper."

"Shouldn't you—"

"I'm coming."

Cooper guessed Daniel not only wanted to help, this being his town, but he'd get the story faster from him than if he waited for Abigail's retelling of events. "Appreciate it. I'll get a few more men and meet you at the blacksmith's. I have a horse here that needs tending."

When Cooper turned his horse around and started walking away, he heard his name. He also heard Abigail whisper something to her sister and Daniel. A second later she stood next to him.

"Were you going to say goodbye?"

"I'll be back tomorrow, Miss Heyward."

He saw the hurt in her eyes. He'd told her when they reached town she'd be Miss Heyward again. It had to be this way, he told himself.

She held out her hand. "Thank you, Mr. McCord." She added in a whisper, "For everything." Abigail returned to her sister and brother-in-law, and Cooper walked away without looking back.

AN HOUR LATER, after a warm bath and slipping into clothes Evelyn laid out on the guest bed, Abigail felt more herself. Evelyn stood three inches taller than her and the skirt hung a little low to the ground, but after what she'd been through to get her, clean rags would have sufficed. Abigail came downstairs to find her sister alone in the kitchen setting up their tea.

Evelyn set a teapot on the tray and glanced up. "You look more yourself. How do you feel?"

"Better, thank you." Abigail looked around at the beautiful home. It was a third the size of their family home in Pennsylvania, and Abigail adored it. It felt like a home rather than a showpiece. Their house had always been a happy place, at least before the war, but they'd never gone into the kitchens or attics, considered strictly servant domains. "If mother could see you now."

"She taught us to serve tea."

"Serve it once it was brought in and carefully arranged by a servant. You look wonderful, Evie. Happy. How marvelous it must be to have Daniel home."

Evelyn blushed and said, "Let's go into the parlor and enjoy our tea. The gardens are in their first bloom, and we can enjoy them more from there."

Abigail followed her sister into the cozy room with lots of light shining through the windows. She may not know what it takes to build a house, but Abigail recognized expensive when she saw it. Though modest compared to their upbringing, everything from the solid walls and thick carpets on the floors to the furnishings and china spoke of comfort and elegance. "This is what you've been spending your money on." She accepted one of the fine china teacups and sipped the hot tea. "I approve. So, would Mother and Father."

Evelyn said nothing until she fixed her own tea and took the seat opposite Abigail. "I considered easing into this conversation, but I find I cannot. You can't know how happy I am to see you, Abbie, but why the rush to leave home?"

"I told you I wanted to visit."

"Yes, later. When I received your note from Chicago, I almost wrote Mother and Father to find out what happened. It's a dangerous journey through the territories. However did you get so far on your own?"

Abigail prepared herself for the questions, and she wondered if Cooper and Daniel were having the same conversation as they rode to fetch poor Mr. Tuttle. She set her cup on the table between them. The fine Irish linen bore no stains or wrinkles. "How do you manage all of this on your own?"

"There are two women who help out inside and the gardens. Harriett is helping at the general store today and Tabitha is looking after a neighbor who has a sick child. Please don't change the subject, Abbie. I need to know what's happened back home. You lied to Mother and Father when said you were going to Chicago."

"I'm not putting you off, Evie. I needed time to find the courage to tell you."

"You've traveled thousands of miles. This should be the easy part."

"Not when you've heard everything." Abigail sat forward on the plush chair with its beautiful plaid cloth. "Mother and Father know by now. I wrote them when I was in Chicago. I will tell you all of it, but please don't interrupt and don't scold me until I've finished." Abigail spent the next thirty minutes repeating every event from the time she left their cousins in Chicago to how Mr. Tuttle died, the bear, Cooper finding her, and their journey up the trail to Whitcomb Springs. She told her all of it, except the private story about Jacob that she shared with Cooper or his own story. Those secrets she kept close and unspoken. "I love our parents, but they wanted to go back to the way things were before the war. So many friends of ours died and others returned crippled or depressed. I needed a change, Evie. Surely you understand."

Evelyn remained silent for several minutes, making Abigail nervous. She did not require her family's approval for her choices, but she and her sister had always been close, and Abigail despaired disappointing her. Chirping birds and the distant sounds of people going about their lives broke through the quiet. She enjoyed the view of the gardens and the mountains beyond the glass windows, covered in green pines and topped with snow. Abigail marveled at their height and beauty. She imagined waking up every morning to see those mountains and inhale the crisp air, which was nothing like the heavier, humid air back home. "I do understand. Have you told me everything?"

Abigail didn't want to lie. "No, but please accept there are things I'm not ready to tell you."

"Promise me that you'll tell me when you are ready. I know what it is to hold something inside. I was blessed those four years. You wrote me often and listened to my worries, and Cooper was here for me, when I needed to speak to someone."

"Yes, Cooper is a good friend."

Abigail shifted uncomfortably under her sister's quiet perusal, but no admonition came.

Evelyn said, "When you do write home again, be sure to leave out the tales of your recent adventures."

"I will." Abigail bore no regrets for the stormy night she spent tucked away in the cabin with Cooper. They both needed to share their sorrows, and in their giving of secrets, a bond, deep and lasting, had formed. The senseless loss of life on both sides still haunted him, just as Jacob's death haunted her. "He was a gentleman, Evie."

The statement required no answer, but Evelyn said, "Abigail, I don't mean to scold, and you'll come to learn that proper doesn't always have a place in this wilderness. In your situation, you did everything I would have. Cooper's only concern was for you. That's the kind of man he is."

"He's a good one, isn't he? Like Daniel."

Evelyn smiled, her eyes brightening

with moisture. "Yes, like Daniel."

DANIEL RETURNED THE next morning after the men went to clear the road and fetch Mr. Tuttle. They buried him in the town cemetery next to the church by the creek. It was a peaceful place with views of the meadow and mountains beyond. When she'd asked if the animals left Mr. Tuttle alone, Daniel refrained from going into detail and Abigail decided she'd rather not know. When she mentioned Cooper must be busy, Evelyn gave her an odd look and said nothing. Three more days passed before Abigail saw Cooper again.

Abigail needed to get away from the house for a little while. She visited every business in town—the few open businesses—and let her sister explain their plans for growth. Evelyn told her they'd sent out advertisements for a doctor and sheriff, with many more responses for the sheriff position. Abigail imagined the difficulty of finding an educated and licensed doctor to leave a hospital or private practice to come so far away from cities and amenities. The tour of the town resulted in meeting a variety of wonderful men, women, and children, though she remembered only a few names.

Despite the small population, Abigail found herself in need of alone time. She wanted to explore on her own and promised Evelyn she would stay close enough for them to hear and see her. Abigail accepted her sister's protective nature, and at one time welcomed it. No longer. She'd witnessed too much to go back to being the naive girl sheltered from life's horrors. She followed the stream where she found the deer path Daniel had mentioned. The path continued along the flowing water until it widened into what her brother-in-law explained would eventually become a river feeding into a lake. Abigail wanted to see it all.

She happened upon a trio of deer grazing and made herself comfortable on a large boulder next to the stream bank. They looked up once and continued eating the lush grass, unperturbed by her presence. An unfamiliar sound came from above and Abigail tilted her head back to search the sky. An eagle, with a wing span she'd never seen before on a bird, soared above. It circled twice before flying away and landing in a distant tree. Abigail laid back on the rock, spread her arms, and stared into the cloudy sky. She longed to be free as the eagle.

COOPER CAME UPON her with her arms spread wide and the hint of a smile on her face. He'd gone first to the house, searching for her, begging Evelyn without words to not ask any questions. It was Daniel who pointed to where Abigail ventured, and soon he found her. He waited, allowing her the peace she obviously felt and needed. He struggled for three days wanting to go to Abigail, to explain why he left the way he had, and each day he stayed away. He withdrew from town when they brought Tuttle's body and wagon back. He watched the funeral from a distance, though his eyes remained focused on Abigail. Her fancy clothes suited her even if they were out of place in the wild surroundings.

Three days and he gave in, unable to keep away any longer. Whenever he closed his eyes, he saw all the men he watched die and many he helped bury. Only now, those images faded, to be replaced by the wounded look in Abigail's eyes when he left. No one had managed to churn his emotions the way she did. He had to see her at least once more.

He noticed the twig on the deer trail and stepped on it, bringing Abigail to a sitting position. Her eyes widened at first, but he was uncertain about what he saw next. Confusion? Joy?

"You stayed away."

Cooper covered the distance between them in a few strides. He removed his hat and sat down next to her on the boulder, facing her. "I shouldn't have."

"Why did you?"

The deer, disturbed by their voices, scattered across the meadow. "I needed time to think."

"You came back. Evelyn said you would."

"This is home. I'll always come back."

"Have you stayed away because of me? Daniel seemed surprise not to see you around."

"I come and go, more so since Daniel returned." His heart's beat increased every time he evaded the topic that brought him out here, searching for her. "I'm not good with words, Abigail."

She shifted slightly to look at him more directly. The move brought her hand closer to his. "You could try."

He chuckled and pointed to the eagle above. It left its perch and now flew over them toward the mountains. "I understand him better than I do people.

The land, these mountains, the animals, make more sense to me than the words I've been trying to figure out how to say. I could try to say them, but I suppose they won't come out right."

Abigail pleased him when she slipped her hand under his and linked them skin to skin. "We knew each other for one day and one night. It's not enough time for anyone to know a person."

"No, it's not. I'd like to know you."

He sensed her trembling nervousness, and with his words she relaxed. "I thought you were going to say something else."

"I was." Cooper squeezed her hand. "I had planned to leave. I came to see you one last time, to say goodbye to Evelyn and Daniel."

"And to me?"

"No." With his free hand, Cooper took

a risk and cupped her cheek against his palm. Her skin warmed beneath his touch. "I couldn't say goodbye to you."

"You said you planned to leave. And now?"

He smiled and dropped his hand to her other side. "And now I'm not. I'm not the man my father hoped I'd become. That man is someone who might have deserved you. I don't, but I sure as hell am going to do my best. I want to know you, Miss Abigail Heyward. That is, if you're staying."

Abigail leaned closer to him. "Evie and Daniel are likely watching us, but I don't care. I'm staying. I don't want to go back to an existence of parties and charities and dinners with people bejeweled in too much finery. Those days for me are gone. I experienced a lifetime in our day and night together and I want more of it. Yes,

Cooper McCord, I'm staying. And I want to know you, too."

Cooper released a shuddering breath and brought Abigail's hand to his lips. "We have a lot of learning to do about each other."

She brought their joined hands to her heart. "We have time."

Unchained Courage

Daniel and Evelyn Whitcomb dreamed of adventure as they made a home in the Rocky Mountains. Four years after Daniel left Montana, he returns from the Civil War a man uncertain of where he belongs. Through courage, honor, and the arrival of an old friend, Daniel finds a way back to the life he once imagined. Join him in "Unchained Courage" for a lesson in the power of hope, faith, and remembrance.

UNCHAINED COURAGE

DANIEL LED HIS horse over the familiar two-mile ride up the mountain trail. He reached a small clearing, and in the center a lake spread out in glistening glory, reflecting the mountain peaks behind it. He dismounted and stared in awe at the vista as his speckled horse grazed. Images of Evelyn overlapped his vision until it seemed a transparent silhouette of her smiling face hovered over the mountains.

A well-kept cabin stood a dozen yards from the crystal-clear lake. The stream feeding into it from the north flowed out to the east and created a short waterfall down a slope of rocks. Cooper McCord, the man who had been by Evelyn's side while Daniel had been at war, called this part of paradise home when he wasn't in town.

Cooper's friendship had become a steadying hand in the three months since Daniel's return. Without speaking of it, Cooper understood what Daniel had been through. They never spoke of their experiences: Daniel's in the war between the North and South, and Cooper's from his days serving as a civilian tracker in the army, occupying the West and witnessing the travesties wrought against the natives.

Cooper first brought Daniel to this same mountain lake a week after the nightmares had begun. Since then,

Daniel had found solace in this place high above the town, the people, the noise. When he craved silence, he came here. Daniel had seen the disappointment in Evelyn's eyes when he remained quiet about his experiences, but she never pushed.

He heard the crunch of horse hooves on rocks and twigs covering the trail. Only Cooper came here—it was his home. Daniel wondered where he had been for the past three days.

Daniel did turn when Cooper said nothing and saw the extra horse with the large buck draped over the saddle and covered in heavy canvas. Cooper walked over and stood next to Daniel. The dawn's warm sun promised a clear and sunny day.

"Thought you might be here this morning."

"The buck is for tonight?"

Cooper nodded. "Evelyn will understand if you aren't there."

"I can't do that to her." Daniel watched the sun inch higher on the horizon. The first Independence Day in four years without the screams, trumpets, cannons, and muskets echoing in his ears. Instead of a body-strewn battlefield, Daniel gazed upon the most beautiful valley he'd ever seen in his life. Instead of cries coming from a hospital tent, the town of Whitcomb Springs below was a haven for him and anyone else seeking solace and a peaceful place to live.

Daniel still heard the screams in his nightmares. Muskets firing, filling the air with the stench of smoke and death. He relived it often. Most nights, the comfort of holding his wife was enough to waylay the madness within, but the worst of the memories sneaked through his barrier.

"She doesn't ask about it."

Cooper said nothing for a few seconds, and then, "She may not. Your wife never asked me about my days in the army, not once in four years."

"What about Abigail? Have you spoken with her about those years?" Daniel watched Cooper toss a pebble down the mountain.

Cooper nodded. "I couldn't court her without telling her everything. It wasn't easy. You've been back three months, and what you went through is nothing even I can imagine. Give it time."

"And did it help, telling Abigail?"

"Nothing has brought me more peace before or since."

Daniel kept his eyes focused on the rising sun. Soon it would be high enough to bring light to the entire valley. Where they sat, the mountain shielded them in its shadow. Turning to Cooper, he asked, "Do you ever regret not going?"

"Sometimes."

"I'm grateful you stayed, for what you did for Evelyn and this town." Daniel stood and walked back to his horse. It had remained close yet still wandered to find the sweetest grass with morning dew. "If I had known how long I would have been away—"

"No one knew how long it would last." Cooper also walked back to his horse, checking to make sure the large buck was still secure on the second animal. "And if our roles had been reversed, you would have done the same."

Daniel studied his friend. "Evelyn tells me you've been spending a lot of time with her sister."

Cooper grinned at him, and though Daniel reciprocated the smile, his heart remained heavy with too many memories. He lived in a constant fog with only glimpses of light, a brightness he found with Evelyn, but still the darkness remained beneath the surface, waiting to rise at unexpected times.

"Abigail is special. I love her, and I only tell you this so you know my intentions are honorable."

Daniel pulled himself into the saddle. "If I doubted that, I would have done something about you a long time ago." This time his sincere smile blew away some of the darker clouds as he headed down the mountain trail toward home.

THE TOWN WAS quiet as expected this time of morning, and yet an eerie silence filled the air like the mist still dispersed over the valley floor. He and Cooper traveled down from the mountain on a trail that connected to the north road leading into town. A hard-packed dirt road passed by Daniel and Evelyn's home, where Evelyn and Abigail could often be found in the garden at this early hour.

Evelyn doted on her flower gardens, but this morning the flowers stood alone, glistening with water droplets in the early morning light. The town's shared vegetable garden to the south of the house was also empty, tools set against the fence with no one to yield them.

"Mr. Whitcomb!" Cody Skeeters jumped up and down on the front porch of the big house and ran toward them. "Mrs. Whitcomb says I ain't supposed to move until you and Cooper get here!"

Daniel held up a hand and looked down at the boy. "Is she hurt?"

Cody shook his head. "There's a dead man, Mr. Whitcomb! A real dead man. I ain't never seen nothing like it."

"Come here, Cody." Cooper motioned the boy closer. "Where is he?"

Cody pointed toward town. "In the clearing next to Miss Maggie's saloon."

"You take this pack horse down to Mr. Andris at the blacksmith's barn. Can you do that for me?"

The boy nodded, his eyes still wide from excitement, and clasped the reins Cooper passed to him.

"Is Miss Abigail with her sister?"

Cody shook his head again. "I ain't seen Miss Abigail."

Both men urged their horses forward. Most of the townspeople had yet to leave their homes, which Daniel considered a blessing. His horse skidded to a halt a short distance from where a few early risers had gathered near the grass next to the saloon that also doubled as a restaurant, if one didn't need variety. The saloon didn't serve much beyond stew and biscuits or meatloaf, but it was one of the best meals in town.

He spotted Maggie Lynch, the proprietor, on the front boardwalk of the Blackwater Tavern, named after the pub her grandfather once operated in Ireland. Her wild, flame-red hair curled around her head and shoulders.

Daniel searched the faces but did not see his wife. His heart rate accelerated, as it always did when he thought of Evelyn in possible danger, and he pushed his way through the small circle of people.

He saw Evelyn kneeling on the ground

next to a prone body covered with a canvas tarp. Daniel touched her shoulder, and when she looked at him, it was with damp and worried eyes. He helped his wife stand and took her place next to the body. Daniel inched the canvas away from the head, careful to block what he uncovered. Whitcomb Springs still awaited the new doctor, but the dead man did not need healing.

"What happened?"

No one immediately answered his question. Daniel heard Cooper move up beside him and ask, "Where's Abigail?"

"She's all right, Cooper. She went to the school early to prepare and doesn't know this has happened." Evelyn added, "Maggie found the body about a half hour ago. We wanted to move him, but then thought you and Daniel should see him first."

Daniel didn't yet know everyone in town, and from his appearance, he suspected the young man worked in the mine or timber camp. Cooper confirmed his suspicions.

"That's Jacob Smith. He was hired the start of this season at the mine." Cooper squatted and ran a hand along the back of Jacob's head to what appeared to be the source of the blood. "Feels like someone hit him. Had to have been a powerful blow to kill him."

Daniel looked up at his wife who now stood next to Maggie. He asked Maggie, "Did you or anyone else see what happened?"

Maggie shook her head. "I saw nothing. We don't open for hours so no one else was inside. I came outside to go walking, like I always do first thing, and saw Jacob instead."

"You know him?"

"Sure do," Maggie said. "He came into the saloon once a week for the meatloaf. Sweet kid, only nineteen years old."

"He dreamed of becoming a rancher," Evelyn said, another reminder at how much more Evelyn was connected to the town than he. Daniel helped wherever he could, went to church, frequented the businesses, but he realized he'd yet to allow himself to become a part of the town the way his wife had. He wasn't yet ready. A young man he never met—one of his employees—lay dead on the streets of his town. Daniel's days of mourning the years he'd lost to war were about to be over. Time to focus on the now.

The sun's path into the morning sky continued. Many who lived in town or nearby would soon appear. Men on the first shift at the timber camp would already be at work, and the mine would open for the day. Daniel shared a glance with Cooper, who nodded once and rose. Cooper pointed to two of them men standing nearby. "Help me carry him to the clinic."

One man felt it necessary to speak the obvious. "But there ain't no doc there."

"No, there isn't." Cooper motioned them over when Daniel moved out of the way. "But it's empty, close, and we have to get him off the street."

Daniel waited for them to carry the young man across the road before he faced his wife and Maggie. "You have an extra room over your saloon, is that right, Maggie?" He caught the look shared between the two women.

"I do."

"I'd feel better if your brother stayed with you until we find out what happened. I'm sure he wouldn't mind leaving the timber camp for a few days."

Maggie's eyes narrowed and Daniel looked to Evelyn for help. "Maggie, Daniel's right, it will only be for a short time, and it would ease my worry."

"Of all the—"

Cooper's return interrupted the start of Maggie's tirade.

"He has a point, Maggie. This happened in front of your saloon. Might not be a coincidence."

"If I agree to this, I'm doing it for Evelyn." She pointed a finger at Cooper's chest.

"Understood, Maggie."

"We've got him! We've got the killer!" The shouts came from outside the circle of people, now parting to allow the newcomers passage to the center.

Daniel and Cooper watched a tall,

black man being dragged toward them by two miners Daniel had met soon after his return home. Daniel stared in shock. Before him, hands bound and blood on his shirt stood Gordon Wells, the former slave who had saved his life.

DANIEL REACHED FOR Gordon's bound hands and pulled him away from the men who had brought him forward. "This man is not a killer." Daniel untied Gordon's hands and said to the crowd, "Unless you have definitive proof that this man has done anything wrong, he'll be released until we can investigate.

One of the would-be captors said while pointing at Gordon, "We have no sheriff, and I know what's right in front of me. He's got blood on his shirt."

Daniel knew most of the residents were

still getting used to him. Evelyn had been the matriarch of Whitcomb Springs for four years, and many of the people now living and working for them had only ever heard of the man who went off to fight in the war. Daniel remembered the accuser's name—Abraham—but nothing else about him.

Cooper eased the man back a few paces from Daniel and Gordon. "Do you trust me, Abraham?"

Abraham pulled his gaze away and glanced at Cooper. "I do. You saved me when my leg got caught under a beam in the mine."

"Then trust me to investigate what happened here. If Daniel knows and trusts this man, that should be good enough for all of us."

Abraham faced Daniel again, this time with wariness visible in his eyes, before he walked away.

"Daniel?"

He held out a hand for his wife. "Evelyn, I'd like you to meet Gordon Wells."

Daniel watched moisture gather in Evelyn's eyes. Without hesitation, she embraced the man's hands. "Thank you for saving my husband's life."

"I feared somethin' bad when dey found me. I sure am glad you is here, Mr. Whitcomb."

Cooper handled the few people who had remained to watch the drama unfold and told them to go about their own business. They had a town supper to get ready for that evening. Daniel and Evelyn had celebrated their country's day of independence every year when they'd been at home. When they ventured west, they'd had only one year of peace before Daniel left, and the celebrating ceased. Most of the people dispersed, casting curious glances toward the Whitcombs and the newcomer, but neither Daniel or Evelyn paid them any mind.

"You used to call me Daniel. I hope you'll do so again." He looked to Maggie and asked, "May we use your saloon for a few minutes?"

"Of course. You go right on in and I'll make sure no one disturbs you. Lord sake's, I never imagined something like this happening here." Maggie shook her head and ushered them inside, closing the double doors behind them.

Evelyn rushed behind the long, polished bar and returned with a glass of water for Gordon. "Please, sit and rest."

Eyes wide and hesitant, Gordon circled his large hand around the glass and gulped down half the contents. "I thank you, ma'am."

Daniel remained standing next Gordon, waited a few minutes for his old friend to regain his bearings.

"I done caused you folks trouble."

"No, you haven't." Daniel pulled a chair out for his wife before he moved one so he could sit and face Gordon. "Tell me what's happened. The blood on your shirt is drying, but still fresh. You've got a cut on your lip, but I know it didn't come from killing anyone. No one who goes to the trouble of saving a person would take a life without good reason."

"I was huntin' for my family. We is camped maybe two miles from here."

"You were coming to Whitcomb Springs?"

Gordon glanced briefly at Evelyn. "Yes, ma'am. I remember Mr.—Daniel here sayin' how if I wanted, I ought to come. There weren't nothin' else for our family where we was, so here we is."

"I meant it, and I hoped you would find your way here." Daniel glanced toward the door as new shouting ensued. "We need to see that your family is brought safely to town. Your wife and daughter, correct?"

Gordon nodded. "Dey is waiting for me. I walked more'n I thought following the deer."

"Where did they find you?"

"I realized how close I came to town and thought to borrow a horse from de blacksmith. Dat's when dem two men found me. The blood is from the deer I left in de woods."

"I believe you, Gordon." Daniel's eyes met his wife's, and an unspoken understanding passed between them.

"Your family won't understand if someone shows up in your stead. We'll leave out the back and go to them together. My horse is out front, but we need our wagon."

Evelyn said, "I'll take your horse back to the house."

Daniel looked over his shoulder and through the windows at the front of the saloon. A larger crowd now gathered, curious about the red-stained grass. None of them looked inside but rather to where the body had lain. That would soon change. Daniel knew most folks in town cared more about truth and kindness than speculation, but a few wouldn't be generous to Gordon's presence after losing some of their own in a fight believed by some to solely be about ending slavery. It wasn't Gordon's fault, yet fear and bigotry too often clouded initial reactions. For some, their judgment began and ended with ignorance.

"Leave the horse. I'll saddle another when we get to the barn."

Evelyn nodded and pointed toward the back door. "I'll wait a few seconds before going out front with Maggie."

"Tell Cooper where we've gone, just in case we are not back in two hours. It shouldn't take longer than that to get there and return." Daniel squeezed his wife's hand and led Gordon out the rear door. He glanced back once at Evelyn before making sure the area was clear. The short line of businesses on the one main road in town backed up to the Whitcomb's land, only part of it treed. They didn't have to worry about coming across anyone else, but someone might still see them crossing behind the community garden to the barn.

Daniel prayed everyone remained distracted enough as they ran, hunched over, toward the barn.

EVELYN STEPPED ONTO the front porch of the saloon as quietly as possible, closing the door behind her. She nodded once to Cooper, who stood nearby answering questions as they were asked from the few who remained behind. Most people had left as told, but Evelyn wanted no one else around when she informed Cooper where Daniel and Gordon had gone.

A few folks came and went. Others who had recently awakened or ventured into town stopped out of curiosity. News of a dead man, especially one many of them knew, spread quicker than a wildfire on the prairie. No one paid much attention to Evelyn or Maggie, but Evelyn knew it wouldn't be long before someone noticed and wondered what the women were doing.

Evelyn leaned closer to Maggie. "I need to find Abigail, tell her what's happened. This won't be contained long, and soon there will be speculation about Gordon's whereabouts. We need to give him and Daniel time to return with Gordon's family."

Maggie perused the crowd and waved to a pair of women Evelyn recognized as new in town with their miner husbands. Maggie said, "You find your sister. How long does Daniel need?"

"He said two hours."

Maggie nodded. "I'll handle things here with Cooper, deflect inquiries for as long as possible."

Evelyn laid a hand on Maggie's arm in a gentle gesture of appreciation. "Thank you, Maggie. This man accused of murder, he saved Daniel's life. I cannot allow anyone—"

Maggie covered Evelyn's hand and squeezed. "I understand. If that boy was killed, and we don't know for certain he was, I'd rather believe no one would do such a thing. Go now, but slowly so as not to draw attention."

By way of distraction, Maggie walked the length of the saloon porch until she perched on the top step that led down to the grassy area where the body had been discovered. She drew any curious onlookers' gazes to her, giving Evelyn time to make her way to the school.

Evelyn did not cross paths with anyone on her way to the meadow where the school was situated near a brook. The serenity of the setting belied the morning's events. What began as a peaceful day, a day of celebration for their country, turned into a tragedy. Evelyn had prayed for calm and peace for Daniel's sake.

He'd blessedly spent the previous evening free of nightmares, but she longed for a time when weeks or months would pass without the terrors of war revisiting him in slumber. He did not speak of their years apart in detail and she did not ask. She soothed him while he slept, allowing him to return to sleep without knowing his own anguish. Other nights, they awoke together, Daniel dripping with sweat and Evelyn trying to ease her racing heart. On those nights, Daniel left their bed to stand outside in the cool, night air, returning only when his breathing had calmed.

Evelyn picked up her pace as she approached the schoolhouse, shaking the thoughts of hopelessness away. Abigail sat at the scarred-top desk at the front of the small room when Evelyn pushed in through the double door.

They knew each other so well, Evelyn and her sister. Abigail immediately stood and hurried to meet Evelyn halfway.

"What's happened?"

Evelyn tried to ease the worry lines from her face, but from the expression her sister wore, she'd been unsuccessful. "Jacob Smith, a young miner, died sometime this morning in the clearing next to Maggie's saloon."

Abigail squeezed her sister's hands. "I knew Jacob. He came to me only yesterday to ask if I could teach him how to read." Abigail's chest heaved with heavy breaths.

Evelyn eased her into one of the student's seats. "There's more, I'm afraid. Do you remember Daniel mentioned a man named Gordon Wells?"

Abigail nodded. "The slave who saved him near the end of the war."

"That's right. Daniel told Gordon to come to Whitcomb Springs should he ever wish to start anew. Well, Gordon has arrived, and one of the miners dragged him into town this morning."

"And he's suspected in the murder."

Evelyn raised a brow at her sister. "How did you guess?"

"I heard stories during the war about the mistreatment of slaves. How even those who did nothing wrong were considered criminals. People do not change so quickly, nor do they forget." Abigail stood now on steadier legs.

"Gordon has unfortunate timing."

"Yes, although I believe he decided to come here when Daniel first offered."

"Then he's been traveling for some time. Does he have family with him?" Abigail asked.

"He does, a wife and daughter. They'll be staying with us for now."

Evelyn watched her sister's expression of understanding turn to one of disbelief.

Abigail said, "By the way you're looking at me, you seem to believe that will bother me. You forget, Evie, I was closer to the conflicts. Still protected, yes, but I witnessed men and women being smuggled into the North. No one should have to live with so much fear."

Evelyn blinked a few times. "You said nothing. To be close enough to see, you would have been helping . . . Oh, dear. I assume no one knew."

"Yes, I assisted at a stop on the Underground Railroad. I brought food and other supplies to help those newly arrived. For our family's sake, I kept some distance, but I would not be stopped from helping."

Evelyn blinked again, this time to keep tears of both belated worry and pride from escaping. She cleared her throat and composed herself before saying, "Part of why I came to tell you is so you're not surprised if parents keep their children from class today when they hear of what's happened. Some of them will hesitate to let the young ones wander far from their sides. We will need your help to calm the ripple effects of conjecture."

"Should I close the school for a few days?"

Evelyn glanced at the silver watch fob attached to her apron, the apron she still wore when she was interrupted in the garden earlier. She considered both the benefits and the consequences of keeping the children away and shook her head. "Parents who live outside town will not hear of Jacob's death before school begins. Many of their children walk to town alone and it is better that they have a place to go."

"Of course. Please let me know when Daniel returns."

"I will."

"And Evie?"

Evelyn turned back to face her sister.

"Was anyone else injured?"

Evelyn understood the unspoken question. "Cooper returned with Daniel this morning. He is safe."

DANIEL AND GORDON reached the

Wells's camp by way of the main road. Travelers rarely journeyed to and from Whitcomb Springs since the stage did not yet stop in their valley, but as word of the timber and mining jobs spread throughout the territory, men and families came in search of work.

Someday the stage, and perhaps a spur line, would benefit their small town, but today, Daniel was grateful they lived at the end of a less traveled road. Daniel noticed the smoke from a campfire before Gordon indicated they'd arrived. The camp was not visible from the road, but Gordon whistled twice and half a minute later a woman and child emerged from the trees.

They smiled when Gordon climbed down from the buckboard's seat, but gave pause when they noticed Daniel atop his horse. He remained in the saddle until after Gordon embraced them and explained Daniel's presence. Gordon's wife, Hany Wells, took a few tentative steps toward Daniel's horse. After almost of minute of studying him, she waved him down to join them.

Daniel witnessed what the slaves had suffered at the hands of their masters, yet he still could not imagine the depths of their fear when confronted by a white man. He did not fool himself into believing their journey to Montana had been without great difficulty and unease.

Hany was a handsome woman with round, brown eyes, wide smile, and a complexion one shade lighter than her husband's. She wore her dark, loosely curled hair at her nape, and took pains to straighten her frayed apron. Their daughter was as becoming as her mother.

Daniel approached the family out of respect and surprised them all. "It is indeed a pleasure to meet you, Mrs. Wells."

When Hany smiled, Daniel believed it was with sincerity. "It's nice to meet you, Mr. Whitcomb. This here is our girl, Grace. Gordon's done talked about you all de way here. But how is you here, Mr. Whitcomb?"

"Please, call me Daniel." He looked to Gordon before responding to the question. "There's been trouble in town. Nothing to alarm you," he assured her, "but it is best if we return. Is your camp easy to pack up?"

Hany nodded, but Daniel did not miss the concerned glance she cast toward her husband. "Is you in trouble, Gordon?"

"I reckon maybe so, Hany, but Mr.— Daniel—say I's not to worry. We is close now, Hany. We is real close."

Hany's doubt showed on her face when she looked at Daniel. "Is that de truth?"

"I promise, you will all be safe. I will explain on the way, but let us hurry now."

EVELYN TENDED TO her flowers, though her heart was not in the work. She pulled a weed and then an herb, not noticing the difference until the healthy plant hung from her fingers, dirt crumbling back to earth. Evelyn replanted the herb, taking care to cover the roots again.

She looked up every time she heard someone on the road, each time reminding herself they would not come through town, yet she continued to look and hope. Two hours had come and gone, and still the day had not yet shifted from morning.

Cooper and two men he'd chosen were watching over the body. Poor Jacob Smith would need to be prepared for burial. The nights brought cooler air but the days burned warm, and they could not leave him aboveground for more than a day or two.

After her visit with Abigail, she'd spent an hour assuring families who inquired that there was no danger to anyone, only she wished the words held more conviction. They did not know who killed one of their own or why. She hoped everyone would follow Maggie's lead and believe no one among them could kill another. Jacob was a young man and hard worker. He would not have had much on him except his weekly earnings, distributed the day before to all of the miners. The men working timber and building the new sawmill would receive their pay today, which led Evelyn to doubt one of their workers had done this.

"Evelyn?"

She glanced up and saw the mine foreman's wife approach the fence. "Mrs. Cosgrove."

"Is it true what I've just heard, Evelyn?"

"Yes, Lillian, I'm afraid it is."

"In our town, a murderer is running loose. It's not to be borne, Evelyn."

Lillian Cosgrove preferred city life to the small mountain valley, but this was where her husband had come so it's where she lived.

"Oh, Lillian, there is not a killer loose among us, and I do not believe anyone else is in danger. Cooper and Daniel will discover what happened, and in the meantime, is our energy not better spent on prayers for the departed?"

"Well, of course, but—"

"And should we not be mindful of the town's children, assuring them that there is nothing to fear? Your own daughter will want to know you are not concerned, is that not true?"

"Yes, it is, but we need a proper sheriff."

Evelyn used the trowel to help stand from the flower bed. She gave her apron a cursory dusting. "We have a proper sheriff. Mr. Jenkins has accepted the position and will arrive any day now."

"But it has been more than a month since he accepted. Surely someone else is interested in the position."

"We received other replies, but none as qualified as Abbott Jenkins. He's leaving the Pinkertons to come here. We want to be sure we have the best for our town, for the people. Do you not agree?"

Lillian's bodice swelled when she stood straighter and inhaled deeply. Her chin rose a fraction higher than necessary. "I do agree."

"The committee to hire a new schoolteacher could do with another member."

The other woman's demeanor shifted in quick degrees. Evelyn knew many of the townspeople's idiosyncrasies and weaknesses, and Lillian's weakness was her desire for recognition and control. She meant well, and Evelyn had learned to handle Lillian, and the few others like her, with care.

"Are you asking me?"

Lillian knew what Evelyn meant, but Evelyn still acknowledged her with a nod. "We would be pleased to have you on the committee."

"Then it would be my honor."

Evelyn hid a smile. "It won't be easy finding someone to fill the post, so you must be patient."

"I will be ready." Lillian pressed a hand to her corset-held middle and fluttered away in better spirits than when she'd arrived. Evelyn believed the good mood would last only a few minutes, until Lillian remembered why she had visited Evelyn in the first place.

Evelyn heard what she'd been waiting for and was slow to move, waving to Lillian when she glanced over her shoulder. When no one else was around, Evelyn picked up her tools and carried them to the shed near the edge of the garden. In her peripheral, she observed movement and recognized Daniel's tall frame. The others were a blur when they hurried into the barn.

The buckboard remained outside, and a minute later Daniel reemerged to take care of the wagon and horses. Evelyn said his name when she was still a dozen feet away, so as not to startle him, but he must have already sensed her presence for he turned toward her.

"They are safe?"

He nodded and brought her into his arms. "They are. Frightened, but doing well considering."

"Did Gordon tell her what happened?"

"Some of it, but not all because of their daughter. Her name is Grace. She's a sweet girl."

Evelyn heard the wistfulness in her husband's voice. "We'll have one of our own someday. We can fill the house with laughter and love."

Daniel smoothed a hand over his gelding's flank and removed the saddle.

"Someday."

Evelyn reminded herself that he wanted children as much as she did, but fear continued to grip him, fear of his own mortality, and fear that the scars he carried home with him would pass onto their son or daughter. They had tried and failed in the past. She held her counsel and leaned up to press a kiss to his cheek. "I'll prepare food for them. It's safe to bring them into the house now. "

"Is Harriet here?"

Evelyn shook her head in question to the young widow who often worked at the Whitcomb's house to help with the housekeeping and gardens. "She's helping Abigail at the school today, and I'll let her and Tabitha know they won't be needed around here the remainder of the week. I preferred not to have anyone around before you came back, and I don't want our guests to be uncomfortable. I informed Abigail that Gordon and his family would stay here for a few days." Evelyn noticed now only one additional horse, a tired creature who deserved a permanent home in a grassy pasture. "Did they travel all this way with only the one animal?"

"They did. Gordon walked most of the way."

"And so far." Evelyn brushed a tear as soon as it fell on her cheek. "I won't be long. We need not wait until darkness comes to bring them inside. I've been watching, and there is no one about. Those who are in town are more curious about what happened to Jacob."

"Then word hasn't gotten out about Gordon?"

"I have not heard talk of it. The miner who first accused Gordon should be working. Cooper is at the clinic; I told him where you'd gone."

Evelyn kept a brisk pace on her walk back to the house and felt Daniel's eyes on her the entire way. She stopped and walked past her husband to the barn. When she entered, the three inhabitants moved deeper into a corner until Gordon recognized Evelyn.

"Hello, Mrs. Whitcomb."

"Please, Gordon, it's Evelyn."

"Yes, ma'am. This here is my missus, Hany, and our girl, Grace."

Evelyn held her hand out to Gordon's wife, and only after gentle prodding from her husband did Hany accept the gesture of friendship. "It is my honor to meet you, Mrs. Wells, and your beautiful daughter. Your husband saved my life, too, when he saved Mr. Whitcomb."

"De good Lord was watchin' over them

both dat day."

"Yes, He was. Now, I've prepared rooms in the house for you. If Grace prefers not to have her own room right now, then Daniel can bring a cot into your bedroom. We'll get you settled into a place of your own soon. For a few days, I hope you will consent to be our guests."

Both Gordon and Hany looked flabbergasted. Gordon said, "We is fine in de barn."

"I won't hear of it."

"She never loses an argument, Gordon," Daniel said from behind Evelyn.

Gordon merely nodded and whispered something for only his wife to hear. Their daughter Grace, who appeared six or seven, tugged on her mother's arm, and said in a barely perceptible voice, "Are we home now, Mama?"

Hany raised cautious and hopeful eyes to Evelyn and Daniel. "I suspect we is, Gracie girl."

"WE'LL NEED TO cancel the celebration tonight."

Daniel watched his wife prepare tea. Her quick hands and long fingers didn't waste a movement. They were alone in the kitchen while the Wells family rested upstairs in the guest rooms. Young Grace had preferred to stay with her parents, until she saw the big bed that was offered to her. She had approached the bed with shy wonder, running her hand over the colorful quilt Evelyn had made her second winter in Montana. It proved to be a pleasant and useful hobby that helped pass the time during the long, cold months. Daniel recalled his surprise upon seeing that quilt, and three others, when he arrived, and even more surprise when Evelyn confessed she'd made them. Her skills had always been more academic and in managing a household, rather than in domestic pursuits.

Cooper had sent a note by way of young Cody Skeeters that they would prepare the ground for Jacob's burial.

Daniel returned his thoughts to her comment and offered one of his own. "I'm not certain we should cancel."

Evelyn set the teapot on the linen-covered table and stared at him. "Jacob Smith will need to be buried tomorrow. How can we celebrate anything with what's happened?"

Jacob's was not the first suspect death Daniel had ever witnessed. Desperate men committed abominable crimes, and in the past four years, Daniel had seen too many desperate men. When the only stories he carried with him were of death and destruction, it was impossible to share those missing years with Evelyn.

"We make it a celebration of Jacob's life, of his dreams. We celebrate in his honor and in the town's future."

"It is a wonderful idea, but I feel that is not your only purpose."

"No, it's not." Daniel accepted the cup of fragrant tea. "I need to be certain no one else comes looking for Gordon. He did not do this, and I promised his family he would be safe. I expect just about everyone who lives and works in Whitcomb Springs to attend. Whoever isn't . . . Well, that will be telling."

"You're going to meet Cooper."

Evelyn always seemed to know Daniel's thoughts and plans before he did. "I am. I won't be long, but I need to see this through. It is time for me to look after this town, the way you and Cooper have."

"You do, Daniel."

"Not in the way I should. I labor and we give money where needed to help the town grow, but I have not allowed myself to become a part of this place, these people, not like when we first arrived." Daniel drank a bit of the tea to placate Evelyn. When he pushed back his chair and stood, he eased her into his embrace. "I promise you, I will no longer be a ghost."

Without waiting for a reply, he pressed his lips to hers, allowing himself to savor and memorize everything her nearness made him feel, and he left.

DANIEL ENTERED THE clinic and closed

the door behind him. Cooper nodded once to Daniel before returning his attention to Jacob. A fresh canvas had been placed over the body, and only his head and arm were uncovered.

The building boasted a generous front room, a back office, and like most businesses in town, comfortable living quarters on the second floor. They had equipped the clinic with all the basic accoutrements of a doctor's office, and planned to leave the remaining details to the physician, when they found one.

"How is Gordon and his family?"

"They're resting and understandably worried. When I was still in nursery school, my father spoke of slavery in the South and explained that no man had the right to own another. I remember agreeing with him, but I never—never— understood what any of it meant until I met Gordon. Even those first few years of war, I was still in the North. When Gordon saved me, knowing the consequences, he taught me more about freedom and fairness than I'd learned at any point in my life." Daniel had been staring at the body laid out on the long table in the center of the office. He had not meant to say so much and was grateful when Cooper kept silent. "Have you found anything?"

Cooper motioned Daniel over. "It sure would be easier if a doctor was here to look him over, but there's no mistaking this." Cooper raised Jacob's arm and pushed up the sleeve. Daniel studied the unmistakable double punctures of a snake bite. The arm had swelled around the bite.

"Rattlesnake."

"That's what it looks like. We rarely

spot a prairie rattler up here, and we've never had someone in town bit by one. I've seen this before, though." Colton lowered Jacob's arm. "I checked the bump on the back of his head again. It could have happened from a hard fall off his horse. If he was bit, he might not have been able to stay in the saddle."

"You think it's possible he was bit, got on his horse to come into town, and fell."

"Better explanation than someone we know maybe killed him. We'd have to find his horse to confirm the theory."

Daniel felt the back of Jacob's head. "Have you looked around again where he was found?"

"Yes, but I'm not sure it helps too much. There are few rocks there, one with blood that could have killed him when he landed. I relieved two men from the mine today to stand by and make sure no one disturbed the area. Folks have mostly moved on now. A lot of them are still asking questions. I've let it get around that this was an accident. Hope I'm right."

"So do I." Daniel raised the canvas over Jacob's face. "Whether or not he fell, he would have died from the bite. There's no one around here with medical knowledge enough to have saved him from the venom."

"I've treated a few snake bites, though his arm looks like he was too far gone already." Cooper walked around the body toward the door. "We need to find Jacob's horse. It should have stayed close."

Daniel stepped outside with Cooper. Someone had positioned two more men at either end of the wide porch in front of the clinic. Daniel acknowledged both and said to Cooper, "That no one has seen or found the horse yet is worrying. Stolen, perhaps?"

"I'm thinking so. Jacob bought his horse from Dominik Andris last week."

"Do you remember what the horse looks like?"

Cooper nodded. "If he's wandering loose, we'll find him."

"It's more likely the horse was taken." Daniel rubbed a hand over the back of his neck and looked toward the mountains. "I don't believe there's a killer amongst us, but theft is another matter. We've hired on a few new people the past month, still strangers. If we don't locate the animal, our next step will be to see who of the men have left unexpectedly."

When Cooper didn't answer, Daniel glanced his way and followed the direction of his attention—the school. "Have you spoken with Abigail yet today?"

"It was the first thing I had planned to do this morning, and then this happened."

"Go and see her. Harriett is helping at the school, so Abigail can step away for a few minutes."

Cooper murmured an affirmation of Daniel's suggestion, yet made no move to leave. Daniel considered his friend and confidant carefully, recognizing Cooper's indecision for what it truly was. Daniel said, "You had other plans for tonight, important plans, didn't you?"

"I did."

"I spoke with Evelyn earlier, and it seems to me that tonight's celebration should move forward. If we can assure everyone that Jacob's death was an accident, we can celebrate the day in honor of him, of all the men who have been lost. Jacob was young and eager and a soldier deserving of a nobler way to leave this life. I don't want another year passing without us having reason to celebrate our independence. It's important."

He anticipated Cooper's surprise. Daniel explained, "Evelyn told me that Jacob fought for the Confederacy."

"Does it bother you, knowing he was on the other side?"

"It might have, in the beginning. It wasn't long into the war when I realized that most men on both sides didn't want to be there. We kept going, fighting, killing . . ." Daniel shook the memory of the last battle from his thoughts. "No, it doesn't matter." He slapped Cooper on the shoulder, a friendly and masculine gesture meant to show affection. It was the only closeness Daniel could get to people these days—everyone except Evelyn. "I'll see if anyone didn't show up for their shift at the mine or timber camp." This time he offered his friend a smile. "Make sure you go and see Abigail before you look for Jacob's horse. And Cooper, you should ask her to step outside. You still smell like three days on the trail."

As Evelyn stepped away from the clinic, she saw Cooper walking toward the schoolhouse. He had a lead on her but she was saved from an undignified shout when a woman stopped him. When Evelyn closed the distance between them, she called his name.

Cooper and the woman—Nettie

Sandstrom, a newcomer to town with her husband—turned toward her. "Evelyn."

Evelyn smiled at Nettie and offered her hand. Though her errand was one of urgency, her position to help maintain calm was paramount. "How are you and your husband settling in, Nettie?"

"Oh, we're settling in just fine, Mrs. Whitcomb. The welcome basket you brought over was the nicest thing, and everyone here has been so kind. I was convinced Taylor had plumb lost his mind when he told me about this place. I was happy in Salt Lake City, but I'm glad he convinced me to come."

Evelyn retrieved her hand from Nettie's enthusiastic grip and kept her smile trained on the young woman. Nineteen-year-old Nettie and twenty-year-old Taylor Sandstrom reminded

Evelyn of her and Daniel when they first dreamed of what their future might hold. "Whitcomb Springs is lucky to have you."

Nettie's smile wavered, her glance darting from Evelyn to Cooper and back again. "Mr. McCord says there's no cause to worry over what happened with that poor miner this morning."

"Mr. McCord is right, and please let everyone you come across know we will still have our Independence Day celebration in the meadow this evening."

Nettie bobbed her head, made her excuses, and said goodbye. Evelyn watched her leave and noticed Nettie now walked with a lighter step. To Cooper she said, "I've always found telling one or two women any news in town ensures it will reach everyone. Nettie has already proven to have a fondness for socializing."

Cooper's mouth lifted up at the edges. "You mean gossip."

"Socializing sounds better."

"Uh-huh. What's wrong? You looked fierce walking toward us before."

"You saw me?"

Cooper nodded. "Briefly before Mrs. Sandstrom demanded my full attention."

Evelyn walked toward the schoolhouse. "You must be on your way to see Abigail. I was looking for Daniel and then I saw you coming here. I hoped you knew where he had gone."

"To the mine. He rode out a few minutes ago, but I can bring him back." Cooper relayed to her what he and Daniel had discussed and their conclusion that Jacob's death was likely the result of a snake bite and unfortunate fall. He explained Daniel's mission to the mine to see if anyone had decided to not show up for work, perhaps having left with a new horse.

"That is a tremendous relief. I am sorry for young Jacob, but the thought of someone we know—"

"Those were our sentiments, too. Now, what brought you out here looking for Daniel?"

"Gordon is missing."

Cooper stopped, forcing Evelyn to stop, too, or walk into him. "When?"

"I don't know exactly. I was in the kitchen, he must have left by the back door. I took a tray of food upstairs so they could eat and continue resting. Hany and Grace were still asleep and neither heard him leave." Evelyn moved her eyes over the school's white-washed front door when it opened. Abigail stepped outside and waved. "I would go for Daniel myself—"

"I'll be able to catch him before he reaches the mine. Please explain to Abigail for me and tell her . . . tell her I won't be long."

Cooper moved quickly on his feet, reaching his horse by the time Abigail stepped alongside Evelyn and looped her arm through hers.

"Where is he off to in such a rush?"

"To fetch Daniel."

Evelyn subjected herself to Abigail's scrutiny when her sister forced her to turn. "Is everything all right?"

"I'm not sure." Evelyn patted her sister's hand so she would ease her grasp. "It will be, I know that much. Cooper won't be long. I would not have asked him to go if it wasn't important. He has been anxious to see you since this morning."

Abigail's rose-tinged cheeks darkened

with her blush. "I have been eager to see him, too. I am used to his hunting excursions, but it is becoming more difficult to be apart from . . ." Abigail's blush lightened when her words faltered. "I'm so sorry, Evie. You know more than anyone what it is like, and here I am complaining of a few days."

"There is no need to worry or apologize, Abigail. I've had Daniel back home and in my arms for almost three months now. Soon those four years will be a faded memory." Evelyn doubted the truth of her words the second she thought them, though they brought comfort to say them aloud.

"Will you tell me what's wrong, Evie?"

Distracted by the comings and goings of people, Evelyn murmured an affirmative to her sister. Her focus, however, remained on the front of her house. From where she stood in the meadow with Abigail, she could see part of gardens, the porch, and the rise of the barn behind the house. If she moved a few feet to the left, the mercantile would block her view. As it happened, she glimpsed enough to make her curious. "I must go. I promise to explain everything soon, but I need to check on someone."

"Evie." Abigail held fast to her arm. "Did someone kill Jacob or was it an accident? Harriet believes someone murdered him and heard as much from someone—she failed to mention who—before she arrived at the school."

"Harriett's information has gaps." Evelyn shouldn't have been surprised, and yet sometimes the network of news through town marveled even her. She did not want to speculate on who took the trouble to rush to tell Harriett of the goings-on. Evelyn recalled the reassuring words Cooper gave her. "After further investigation, it's believed it was a tragic accident. There is no reason for anyone to worry anymore. I promise, all will be well. School is letting out early today, yes?"

Abigail nodded. "The children are making decorations and practicing lines for the songs they plan to sing tonight. Harriett said the celebration will continue."

"How she heard already is baffling. Yes, our plans have not changed. Well, not entirely. Don't be late tonight."

With those parting words, Evelyn left her sister to hurry home. Haste was not easily achieved when people stopped her progression. She rushed through assurances the best she could but quickly disengaged herself from each conversation. When she arrived at the house, she stopped on the porch, her hand ready to open the front door. The sobbing on the other side of the door, or more precisely, through one of the open windows in her sitting room, gave Evelyn pause. It was the unexpected voice that prompted her expedited entry into the house.

She found Gordon holding his wife and daughter in his wide embrace. They were slight enough for his arms to encircle them both and hold them close. Gordon's eyes met hers when she stepped into the room.

"I's sorry, Mrs. Whitcomb. Hany done told me I scared de life out of her."

Evelyn's pounding heart slowed with each step closer to the family. She stopped five feet away, not wanting to encroach. She would have preferred to leave them alone entirely, only it was imperative she speak with Gordon.

"Daniel should be here soon." Evelyn cast a furtive glance to Grace before asking, "Where did you go, Gordon, and why did you not say anything?"

"I can explain."

Evelyn realized her mistake. "I am not upset, but like your family, I worried for your safety. Cooper told me that he and Daniel believe they can prove the young man this morning died by an accident, but until they can find the men who accused you, and explain what happened, you are safer here."

Gordon leaned his head low to his wife's ear and whispered, meant only for her. Hany nodded, gathered Grace in her arms, and urged the young girl from the room. When they had left, Gordon faced Evelyn with all the contrition of a man on his way to the gallows.

"You got a right to be angry, Mrs. Whitcomb. Hany sure is."

Evelyn felt her mouth twitch. "Hany was worried, too."

"I should've told you. Hany lost her locket. I saw it missing and it was her mama's. Didn't seem right to leave it out in dem woods."

A deep breath filled Evelyn's lungs, and when she released it, the tension in her body went with it. "That was thoughtful of you, Gordon. I'm sure Hany appreciated your effort in retrieving such a precious item. Did you find it?"

Gordon nodded. "I figured where she might of lost it. She stumbled gettin' out of de wagon. I figure I'd be back inside 'afore anyone noticed."

They both looked to the open, front door when they heard the pounding of hooves on the hard-packed dirt road. Only one rider, Evelyn surmised, and as though she had memorized the sound of Daniel's unique step, she knew it was him before she glanced out the window.

DANIEL HALTED ONCE inside and examined the scene before him. Gordon appeared guilty and Evelyn's face expressed relief. Cooper had known only what Evelyn told him, that Gordon was missing.

"I feared the worst, friend." Daniel held out his hand and waited for Gordon to accept it. They stepped back again. "It is your business if you come and go, and not ours, but with your wife and child left behind, you must have known everyone would worry about you."

Evelyn linked her arm with his,

drawing some of his frustration away. "It is all right, Daniel. Gordon explained that he left only to search for Hany's locket. She lost it somewhere when exiting the wagon. The mistake was mine, in fearing he had gone, when he was just near the barn. If I had not alerted Hany and Grace that he was not here, they likely would have remained asleep."

"I should've said somethin', Mrs. Whitcomb."

Daniel listened to his wife's self-recrimination and Daniel's apology. He understood why Gordon went on his errand without telling anyone, just as he understood Evelyn's concern when Gordon was not where she thought he should be.

Daniel whispered to his wife, "I need to speak with Gordon, for only a few minutes." He looked at his friend. "Would you walk with me outside? We won't be long."

Gordon nodded and followed Daniel out the front door. Daniel waited until Gordon fell into step beside him when his instinct would have been to walk behind. They walked the trail leading toward the creek before Daniel spoke. "A week after I came home, Evelyn came to our room expecting to find me. She insisted I rest and was bringing me a tray of food. What she found was an empty bed and room. I had left the house without telling her, much like you did. I was not accustomed to explaining myself to anyone except my commanding officer. Unfortunately, I saw the effect of my blunder when I returned two hours later from a walk. Since then, I make sure to tell her where I am or where I will be going."

He stopped by the creek and for a few seconds remained silent so only the sound of the water smoothing over rocks filled the air. "Evelyn's reaction was more likely an echo of what she felt that day, and nothing you did wrong. I explain this only because I know why you said nothing to her when you went outside. You were born into slavery, and not a moment of your life has gone by when you didn't have to account for it. You've earned your freedom, Gordon. Do not feel guilty for using it. Please, we only hope you will be careful until the matter with Jacob Smith is resolved. It won't take much longer for everyone to hear that you are not to blame."

Gordon stared, not saying a single word for two minutes. "Hany says I still gots to say sorry again to Mrs.

Whitcomb. If Hany wants somethin'—"

"Hany will get it." Daniel's chuckle mingled with the sound of lapping water. "Come, friend. Let us return. I still have a task to see to."

"I wants to help, if I can."

"Stay at the house and keep the women happy knowing they won't have any more worries today. You would be helping a lot."

Gordon grinned. "Ain't dat de truth."

DANIEL KISSED HIS wife. Hard and fast. He swung onto the back of his horse and returned to the mine to complete his earlier errand. The morning had moved into afternoon, and under the brighter sun, people set up makeshift tables in the meadow. Word had spread that the celebration would continue, which meant Cooper had told someone that Jacob's death was an accident. All it took was telling one person.

Accidents happened daily in the wilderness. They did all right without a town doctor, but people still died from injuries and illness. What happened to Jacob was unfortunate and made worse that he died on their day of independence. One could look upon it as Jacob's liberation from this life into a better one. Daniel had lost friends in battle and found some comfort believing they passed on to a more desirable place, free of pestilence, hunger, and eventual death. He was grateful Fate had spared him, and he owed his existence to sheer luck and Evelyn.

He arrived at the mine and slowed his horse to a meander and finally stopped him at a rise before the road eased down.

The placer gold mine had not been boom-to-bust as expected. The gold was separated from the topsoil by running it through sluices, leaving the heavier gold pieces to sink while the dirt and lighter particles washed away with the water. They had been successful for a year before deciding they needed to find an alternative method for when the gold was no longer easy to find.

When Cooper first showed Daniel the mine and explained how they began digging and hauling, Daniel marveled at what had been accomplished during his time away. His inheritance had bought the land and built the town, but it was the hard work and ingenuity of the people that allowed it to prosper.

He had only one condition on continuing the mine—that the landscape would not be destroyed. If the time came when tunneling became too dangerous, they would close the mine rather than resort to hydraulic mining. Daniel had seen the effects of it on the environment and refused to destroy their land in such a manner.

Studying the operation below him, Daniel silently thanked Evelyn and Cooper for agreeing with him. When the mine eventually closed down, as was the natural order of mines, they would work to restore to the land close to its former beauty.

The foreman, Jedediah Cosgrove, waved Daniel down when he spotted him on the rise. They had made Jedediah foreman two months prior when the previous foreman decided he had suffered enough from Montana winters. He was bound for Arizona one week later and they offered Jedediah the job. He still limped from a bullet to the thigh the doctors decided not to remove, but he had proven himself to be a fair supervisor and administrator, respected by the other men.

Daniel dismounted and shook Jedediah's hand. "We don't see you here often, Mr. Whitcomb. You here about Jacob?"

Daniel nodded, keeping his focus on the men working. "Did Abraham tell you?"

"No, it wasn't him. Abe didn't show up today. Neville told me. Said he saw Abe bring the slave into town who killed the boy."

"There are no more slaves in this country, Jedediah, and there aren't any in Whitcomb Springs."

Jedediah removed his hat and wiped his sweaty brow with a dusty rag. "Sorry about that. Still getting used to the idea."

Daniel ignored the man's bigotry for the moment. "A snake bit Jacob. Cooper found the evidence on Jacob's arm. The conclusion is that Jacob fell from his horse, too sick to ride, and hit his head. Either way, he was unlikely to survive the bite."

"I was sorry to hear about Jacob. He was a good boy and hard worker. I'll make sure to end the speculating."

"Good." Daniel pulled himself easily into the saddle again and looked down at his foreman. "And release the men from work for the rest of the day. Tonight's celebration will still happen and they need help in town to set up. Anyone here now will receive a full day's wage."

"The men will appreciate it, sir."

"And Jedediah. Did Neville happen to say if he knew where Abe was going?"

Jedediah lifted his shoulders in a shrug, his face showing equal confusion. "He wasn't scheduled to work a shift today. I reckoned he was at home or in town."

Daniel thanked the man and rode back to town. Abe lived in one of the row houses built for the miners soon after Cooper discovered gold in their creek. One row of compact houses was nestled in a small clearing halfway between town and the mine. Most of the married men built small houses and cabins in town, or closer, for the safety and convenience of their wives and children. Daniel stopped there on his return trip to find Abe's place empty. He had not believed Abe would be at home, nor did he expect to find him anywhere else.

He rode the few miles home and noticed the scent of a fire already burning. The townspeople had accomplished a lot in the hour he'd been gone, and those already at the meadow would soon be joined by the men from the mine and timber camp. Each man worked only five days a week and never more hours than was healthy. Daniel decided to ask Cooper to have the foremen close down both sites tomorrow so the men could enjoy the remainder of the day without worrying about rising early. In their town, they couldn't get into much trouble. Maggie cut off drinks after three at the saloon, so if anyone planned to get drunk, it wouldn't be in town.

Meat would begin to roast over the flames and in another hour, the official festivities would begin. It had been Daniel's idea not to cancel, but now that the time of celebration neared, his apprehension rose to the surface. He backtracked and returned to the clinic, nodded to the two men still standing watch to make sure the body wasn't disturbed, and entered the building.

He crossed the wood floor and gently eased the canvas down and away from Jacob's head. "It was dumb luck that took you, but you deserved better. It was a hell of a way to go, Jacob. You made through the worst of the battles only to be felled by a damn snake. There are enough of us here, enough of us who made it out, to give you a proper send-off tomorrow." Daniel covered Jacob again, left the building, and rode home.

EVELYN SMOOTHED THE bodice of her dress. She had become used to foregoing a tight corset since leaving Pennsylvania, but tonight the dress would not close properly without tightened laces. Hany, thankfully, had been willing to assist. When she finished helping Evelyn into her dress, Hany left the room with a smile that left Evelyn wondering.

She turned to the right and left, examining her reflection from every angle. Her stomach and hips were still trim thanks to all the hard work in the gardens. She had grown stronger, but the change in her body was subtle. Evelyn smoothed her hands again over the delicate muslin and watched her eyes widen. Her waist had not thickened, but it did not take a lot for her body to fight against the seams of a carefully fitted gown. Her shock shifted to pleasure when she realized the meaning behind Hany's grin.

She and Daniel had spoken of starting

a family, but that was before the war. When Evelyn didn't become pregnant, they wondered if it would ever happen for them. She knew with all her heart that Daniel would be as wonderful of a father as he had been a husband. "Is he ready?" She whispered the words aloud as she held her hands to her belly. "Am I ready?" Their time together since his return had been filled with days and nights relearning what they'd once known, and discovering new traits, likes, and dislikes they'd developed during their time apart. They were still the same people who imagined a house filled with children, but were they truly ready?

Evelyn fortified herself with a few deep breaths. Excitement and apprehension warred for first place in her thoughts, and it was a few more minutes before she guarded her emotions enough to descend the steps. Daniel waited at the bottom of the staircase, and nearby stood Gordon, Hany, and Grace. Evelyn had procured clothing for them from the general store that reasonably fit without alterations. It was Daniel's attire that caused her to falter and grip the bannister.

Daniel held out his hand and helped her down the final four steps. For her hearing only, he said, "You look magnificent."

"So do you." Since his return, Daniel's fine suits never left the armoire. The man before her looked more like the man she married. His eyes stood out as different. They'd seen much and revealed his suffering even when he tried to hide it. Tonight, his pain appeared to leave him alone, for in his eyes Evelyn saw only love.

"I cannot help but feel guilty with Jacob lying at the clinic while the rest of us celebrate."

"Do not worry about Jacob, my love. This is for him, too." Daniel did not elaborate and instead turned her attention to the others. "Gordon worries about his presence at the celebration tonight. I have assured him it is his choice, though perhaps some encouragement from you will help."

Evelyn walked two steps toward Gordon and his small family. "I have been false to all three of you, and to my husband. I have made assumptions about what your lives were like, about what you've endured. I told myself that I need only feel sympathy to understand, and yet the truth is, I know nothing. I cannot understand and I will not insult you by trying to imagine it. Whether it was chance or Fate that brought you here on this day, I will not speculate. This is a day for freedom and a time for healing. I know the establishment of our nation so long ago may not mean the same for you as it does for us—yet. However, I hope you will come to think of it as a day of hopeful beginnings."

Hany fingered the buttons on her new dress and looked shyly at Evelyn. "I don't reckon all folks will think like you."

"No, I suspect they won't, except here. In this town, every honorable person is welcome and has the chance to begin anew. You, my dear friends, are honorable people."

Hany tried to hide her sniffle. Young Grace did not fully grasp the meaning of what everyone said, but by the sweet smile and gentle tug on her mother's hand, Evelyn guessed that Grace understood happiness well enough.

THEY ARRIVED IN the meadow walking side by side with the Wells family. Silence descended on the crowd as all eyes, young and old, settled on their group. A few murmurs made the rounds until they were silenced by clapping. When Daniel looked from person to person, he realized they all watched the Wells family, and it was them they were honoring.

Not everyone joined in, and some dissention was to be expected, but Gordon, Hany, and Grace had been accepted. Daniel knew it was because they came as his and Evelyn's guests. He only cared that it was a start.

The townspeople had come together to enjoy good food, company, and a commemoration of independence. Tonight, there were no enemies, no sides, only friends and countrymen. The children sang "The Star-Spangled Banner" and "Amazing Grace," assisted by several adults. The first song roused the crowd, while the second cast a calm over everyone.

It was after the final lyrics to "Amazing Grace" ended that Daniel called on everyone to raise their glasses—with whatever filled them—to Jacob Smith, once a soldier and always a brother.

Toward the end of the evening, Daniel noticed his wife's distraction. "You're looking for someone?"

"Abigail. When Gordon returned, I went back to the school to speak with her. She wasn't there. I haven't seen her all afternoon."

"I suspect she's with Cooper. He had

something he wanted to ask her."

Evelyn's arm was already linked with his and now her hand grasped his forearm. "Abigail has said nothing to me."

"I do not believe she knows."

"I had not realized. I mean, I knew it would happen. They love each other, and I already consider Cooper family, but it hasn't been long enough. They've only known—"

Daniel silenced her with a gentle kiss. "When there is never an assurance of tomorrow, it has been long enough."

"Cooper said nothing to me, either. Did he speak with you? There would not have been time to ask our father, and—"

Daniel figured what worked once would work again so he kissed her into silence. When their lips parted this time, Evelyn remained quiet, eliciting his grin.

Daniel thought of his conversation with Cooper on the mountain only that morning. He had declared his love for Abigail, and for Daniel, that was enough. "Yes," he said. "You will be happy for them, won't you?"

"Of course!" Evelyn wrapped her arms around Daniel's neck, not caring who might see. "You're right, there is no need for them to wait a moment longer. She is my younger sister, though, so allow me a little anxiety on her behalf."

Daniel chuckled and noticed the objects of their conversation walking toward them. Abigail wore a beaming smile that brightened every inch of her face. Cooper was in much the same predicament. "Evie, love, turn around." She did, and the sisters embraced. Both allowed their tears of happiness to fall unbidden, and Evelyn was relentless until Abigail promised they would talk more in a few days.

Tomorrow they would hold Jacob's funeral.

Cooper pulled Daniel aside when Evelyn and Abigail were occupied congratulating the children on their beautiful songs. Cooper explained what he found in the search for Jacob's horse. "A farmer who lives a quarter mile west of town, Zeb Calhoun, saw a rider headed out pretty fast. He couldn't see much from where he stood in his field, but he thinks the horse was a buckskin, like Jacob's. I followed the tracks but that road is well traveled."

"Without a telegraph, we have no way to get word quickly to the nearest towns. A letter with a description, mailed to the neighboring areas, will have to suffice."

Cooper nodded. "Any word on when

Abbott Jenkins will arrive?"

"Any day now. Although, you've made a pretty good stand-in sheriff." Daniel chuckled at Cooper's genuine groan.

"I'm not cut out to be accountable to people on a daily basis."

"What about Abigail?"

Cooper blinked. "Well, shoot."

Daniel and Cooper both shifted their gazes to Abigail when Daniel asked, "Having second thoughts?"

The smile on Cooper's face told Daniel everything he ever needed to believe his friend and sister-in-law were as true and real as he and Evelyn. Cooper walked away from Daniel, stopping only long enough to say, "It will please me to be accountable to Abigail every day for the rest of our lives together." He quickly qualified it with, "But only Abigail."

LATER THAT EVENING, when they all returned to the big house Daniel had built for Evelyn, they lay together in bed, limbs entwined. Daniel brought Evelyn even closer to his chest and inhaled the sweet fragrance clinging to her soft hair. "I have been thinking about the house across the road from us."

"The one James Bair built?"

Daniel nodded, thinking of his friend and one of the founders of Whitcomb Springs. He perished his first winter in Montana, and his house had remained empty since. "Do you think it would be a good place for a family?"

"Yes, I do. The Wells family could be very happy there. It's been kept in good repair and only requires a thorough cleaning. James only had a few pieces of furniture. We can bring in more."

"We could, though I think Gordon will want to build most of it himself."

"He's a craftsman?"

Daniel kissed the back of her head. Closer wasn't close enough for him. "He told me he built a few pieces for the family who owned him."

"Whitcomb Springs could use a man with his talents."

"Uh-huh." Daniel's hands moved from her hips, inching higher. "Evie. When were you going to tell me?"

He felt her stiffen for a second, then relax before she rolled onto her other side and faced him. "When I was certain. I only realized it today." She covered his hand when it moved to her flat belly. "How did you know?"

Daniel leaned in and brushed his lips over hers. Once. Twice. "I know your body better than you do. Some parts have . . ."

"Don't you say it, Daniel Whitcomb."

"In the presence of a lady, I wouldn't dare."

She laughed and swatted his shoulder. "Yes, you would dare."

Daniel sobered. He caressed Evelyn's cheek, her arm, and moved his fingers up and down the length of her, wherever he could reach. "I don't want you to have any regrets." He pressed a finger to mouth, preventing her from speaking. "Let me say this. I still have nightmares. Not as often, but they come when I least expect. The night I nearly choked you in my sleep was the worst night of my life."

"No." Evelyn rolled up and straddled him, forcing his arms back. It was her way of gaining his full attention, and she had it. "That was not you. You woke up before any harm was done."

"I don't want to be a danger to you or our child."

"Do you really believe you will be?"

Daniel leaned up, pressing against Evelyn's grip on his arms until she released them. His hands found a comfortable place on the small of her back. "No. I am getting better. You've been more patient than I had a right to ask. I know there is still more for me to deal with, and one day—soon I hope—I will tell you what I haven't been able to share yet. One thing I know with absolute certainty is that I will never harm you again or our child, even during my worst nightmares. But it's important you know I will never—"

Evelyn's lips found his and swept him up in a kiss that evaporated all reason from his mind. Against his mouth, she murmured, "I never thought it. I had a moment today, wondering if we were ready, but I never once doubted your ability to be a father. You are the most honorable and loving man I have ever known. Our children will be blessed to have you."

Daniel shook his head and flipped his wife onto her back. "To have us."

THE FOLLOWING MORNING, Daniel donned his officer's uniform. Evelyn stared in awe at how marvelous he looked. She had cleaned and pressed the garments and found a place for them in the armoire, but he had not worn it for her before today.

She did not have to wonder why Daniel's countenance shined brighter today than other since his return. He had overcome the first of his internal demons, and the chains of fear and grim memories would continue to unravel, one day at a time. It would be a day of sadness and celebration as they lay Jacob Smith to rest in the town cemetery. And yet, Jacob would be remembered more for his passing because of the timing of his unplanned departure. Evelyn did not know how so much love could take place on a day of mourning, yet love filled her.

She and Abigail had a wedding to plan, and God willing, the child she carried would come safely into the world. Every dream and plan they had envisioned when they first stood atop the mountain and saw their untouched valley had been for this moment.

"Evelyn?"

She smiled at herself in the mirror as though she and her reflection shared a secret. "Coming, darling." Evelyn draped a paisley, silk shawl over her black dress and went to meet her husband so they could honor not only one soldier, but all who fell and all who returned.

WHISPER RIDGE

When he rescues a beautiful woman from the mountain lake, Clayton McArthur questions the secluded life he has chosen. Too many battles gave him enough scars and stories to last a lifetime, but reuniting with old friends and healing past wounds helps him to see a life beyond the memories of war. When a man from Gwen Armstrong's past arrives, and secrets are revealed, will Clayton return to his solitary life or trust in the gift only Gwen can give?

WHISPER RIDGE

Whitcomb Springs, Montana
Territory
August 1865

LITTLE COULD COMPEL Clayton McArthur to lay down his pencil and turn his mind away from pleading eyes, bloody wounds, and cries in the darkest hours of night. Little else except a beautiful woman's sleek body gliding through unclouded water.

He willed his mind to turn away and leave her to the obvious enjoyment of her impromptu swim. Five minutes earlier, he had watched from his rocky perch as she set down a basket of wild berries, stripped down to her chemise and pantaloons, and dove into the crystal-clear mountain lake.

Mesmerized, he told himself a gentleman would at least make himself known. He could not leave his place on the cliff without walking the same trail he used to climb up. The trail curved around two sides of the lake, and his horse rested beyond there. Leaving without causing her some embarrassment was not within his power. The only sounds he heard beyond his thoughts were her splashes and the gurgling water that flowed alongside the trail to meet the lake.

Strands of amber hair escaped their confines when she floated above and skimmed below the water. He picked up his pencil again and applied it to paper before the image left his imaginings. The details of her face remained a mystery, for he had only glimpsed fair skin before she sought the cool depths of the lake. The pencil fairly flew in Clayton's skilled hand, and her face emerged on paper. He gave her gray eyes without knowing for certain of their true color and scarlet lips because he wished them so. None of this came through in the sketch made with the charcoal tip, but in his mind, her vivid coloring was as clear as the sky above.

When she returned to the grassy bank and emerged from the water, Clayton forced his eyes away. Only when a soft cry traveled to where he kneeled on the cliff did he look down again.

Clayton did not know how long he held his breath, or how his legs had carried him so swiftly down the steep trail to the water's edge, or even how he reached her before . . . he dared not think it. He lifted her from the lake's edge and carried her cocooned in his arms to where she left her clothes. She did not require his breath to rid her lungs of water, for she expelled what little she swallowed as soon as he laid her down on the grass.

He was more concerned with the watery blood seeping from the edge of her scalp. Ignoring her soft moans, he searched along her hairline and found the injury that caused her temporary unconsciousness. Blood on a rock nearby told him it was responsible. Clayton tore a strip from her dry petticoat and pressed the clean, white cloth to her head. He repeated the process with three more strips before the wound had stopped the worst of its bleeding.

Memories of other wounds—bloodier and debilitating—flitted through his mind. He cursed and fought them back, dragging his consciousness back to the woman in his arms. When had he lifted her again into his embrace? Clayton laid her back down and studied her face, not surprised at the accuracy of his sketch.

Her thickly lashed eyelids remained closed, even after repeated pleas for her to wake up. Five years had passed since he helped a woman into clothes—or out of them—but he knew what to do. Her legs went easily through the opening of what remained of her petticoat. The brown-and-white silk dress proved more difficult as he struggled to hold her up while slipping her arms through the sleeves. He thought little of the liberties he took as his fingers deftly buttoned the dress closed over her wet chemise.

He paused only once when his knuckle brushed against an something hard beneath the thin fabric. He checked her neck and felt the chain of a necklace. Ignoring it, he secured the rest of the buttons. Her corset remained on the ground. The stockings and leather boots proved easier.

Thankfully, she had not worn hoops on her outing.

Clayton mentally calculated the distance between them and his horse. Making sure she was secure where she lay, he ran to fetch Shiloh, the gray thoroughbred who had been with him since that fateful battle of the same name. When he returned to the woman's side, he found her in the same position and checked for a pulse and breath. Finding both, Clayton lifted her with all the care he would a child.

"Stay still for me, friend," he said to the horse. Shiloh did not even swish his tail when Clayton draped the woman over the saddle. He hesitated for a second before picking up her basket of berries and hooking the handle over the saddle horn before he stuffed her corset into his saddlebag. Careful to swing up behind the saddle, he lifted her into his arms and awkwardly moved forward until he was secure in the leather seat and she cradled on his lap. Her legs hung over one of his and his back and arm secured her against his chest.

He guided his horse onto the trail leading into the mountain valley where the quiet mining town of Whitcomb Springs flourished, thanks to Daniel and Evelyn Whitcomb. Clayton hoped their concern for one of their own outweighed their desire to run him out.

LATE AUGUST HEAT burned through

Clayton's tan duster, and sweat dripped down his back, but he ignored the discomfort lest he shift and disturb the sleeping woman. Only one thing mattered to him as he peered down at her upturned face—that she recover quickly. His chest tightened when he realized the truth of his thoughts. He could not explain what had come over him, or why it mattered so much, but he needed her to live as much as he needed to breathe. His previous examination of the wound left him hopeful, but he'd witnessed numerous injuries a field doctor had deemed minor. How many soldiers died for lack of simple care? Too many. Another curse hovered on his lips, but Clayton held it.

Shouts drew him halfway to the present, and the soft form warm against his body brought him the rest of the way.

A lithe and handsome woman walked down the steps of a porch that traveled the length of what appeared to be the largest house in the small town. When recognition and concern took over her gentle features, Clayton held his breath and then released it. Evelyn Whitcomb had recognized the woman in his arms, not him.

He, however, would know her anywhere, even after ten years.

"Is there a doctor or nurse in town?"

Evelyn shook her head and reached out, only to grasp air as Clayton brought his horse to a stop. "We expected the new doctor to arrive last week, but he was delayed. What happened to Gwen?"

Gwen, meaning white or holy. Somehow, he knew the name suited her. "She fell and hit a rock. Where's the closest doctor?"

"Too far."

"Is the clinic stocked?"

Evelyn leveled her gaze at Clayton's shaded face. He saw no recognition in her eyes and thought it best. "Yes. It's down the street, the last building. I'll get my husband. He knows something about treating wounds."

"So do I." Clayton held Gwen closer and trusted Shiloh to carry them the rest of the way. Evelyn shouted for someone to get Daniel and rushed to catch up to them. By the time she entered the clinic, Clayton had laid Gwen out on the examination table. The spacious square room lacked the finer amenities of a city hospital or high-priced doctor's office, but a quick scan of the glass-fronted hutch told him it was indeed well-stocked.

"Watch her." Pleased to find a water

pump and basin inside, he primed the pump a few times until he filled a bowl. He then primed it again and filled a second bowl, using this one to wash his hands. He found most of everything else he needed on the shelves and brought his bounty back to the table. "She's been unconscious the whole time, but I don't want her to wake up while I'm stitching her wound. Will you please hold her arms?"

Clayton heard a commotion outside and changed his mind. "Will you please close the door first and then hold her arms?"

Evelyn seemed content for the moment to follow his direction. When she returned to Gwen's side, she asked, "Where did you find her?"

"There's a long trail that goes up the mountain and a lake near the top with cliffs on two sides."

"Cooper's Lake." Evelyn wet a clean cloth and wiped away blood from Gwen's forehead when Clayton removed the temporary bandage. "She likes to swim up there. Most people don't bother when there are easier lakes and rivers to reach." Evelyn's voice choked a little. "But Gwen says that one is closer to heaven."

Comfort gripped his heart at the fanciful notion. Did he ever believe in something so hopeful? Darkening skies outside blocked some of his light, and Clayton wished he had thought to remove his hat before he started. He didn't want to stop and wash his hands again, so he left the hat on his head and tended to the wound. After checking the injury for any flecks of the stone that had cut her open, he cleaned it with water and a little alcohol and put in six neat stitches. "Would you mind asking someone out there to bring fresh honey?"

If Evelyn thought the request odd, she didn't say. Instead, she walked over to the shelves, found a jar tucked behind others, and handed it to him. "We've been treating minor wounds in here since the building went up, and most folks like what they're used to. That's fresh from two days ago when a miner cut his arm."

Clayton thanked her, removed the lid on the small honey jar, dabbed some on another clean cloth, and smoothed it over the wound. "The cut has stopped bleeding, and as long as she's careful, it should heal quickly."

"Why is she still asleep?"

He'd seen a lot less keep healthy men

down for longer. Clayton plied off the lid of one more bottle, this one small, and hovered it beneath Gwen's nose. After four passes, she twitched her nose and her hand swung up to knock the offensive bottle of smelling salts from Clayton's hand. The tension left his shoulders and back, and a breath of relief escaped when he smiled.

"Gwen?"

Her eyes fluttered open. Gray. How did he know they would be gray?

"Can you hear me, Gwen?"

The slight nod was too much for her, so she followed it with a quick blink. "Who are you?"

"Gwen? It's Evelyn."

She shifted her eyes toward the soft voice. "Evelyn. I'm so sorry. I forgot the berries."

Clayton's smile remained when he

leaned closer. "Your basket of wild berries is safe. Do you remember what happened?"

Gwen glanced left to right, one to the other, before she stared at Clayton. "I fell, but then everything else is blank." Her eyes squeezed closed.

"Don't force it. You slipped coming out of the water and hit your head on the sharp edge of a rock." Clayton sensed Evelyn's eyes boring into him and ignored it.

A smile flitted over Gwen's lips. "I didn't drown."

"No, you didn't drown."

"Who are you?"

A moment of reckoning came in many forms, and no matter how many times Clayton imagined this one coming about, he did not expect to be this unprepared. He was glad Daniel wasn't here, too, but then understood the awful power of fate when the clinic door opened and Daniel Whitcomb rushed in.

Clayton finally removed his hat. Without the protection of its shadow, or the distraction of Gwen's care, awareness swept over Evelyn's face. However, it was Daniel who spoke first when he closed the door and crossed the room.

"What are you doing here, McArthur?"

A PARCHED THROAT and piercing pain in her head kept Gwen from raising her head off the soft pillow. She opened her eyes, one at a time, and soaked in her surroundings.

Home. Her bedroom. The handmade quilt with a Celtic square pattern in green, gold, and white covered everything except her head. Even her arms rested beneath the blanket she had refused to leave behind when she ventured west. When she moved, confusion hit her senses first and shock quickly followed as her fingers brushed up against a bare thigh. Gwen trailed higher and relaxed when she discovered her nightgown merely bunched around her hips. A loud groan escaped when she tried to sit up.

"Careful not to move too fast."

The deep and familiar voice had her frantically searching the room. When her gaze landed on the doorway and the man standing beneath the threshold holding a tray, her heart decreased its rapid beats.

"Sorry to startle you. I had hoped to leave this for when you woke up." He jerked his head at the table next to the bed. "May I?"

Gwen raised the quilt back to her chin and nodded. "I don't recall that I asked your name before. I think . . . I heard Daniel call you McArthur."

Clayton's brief pause in lowering the tray onto the bed did not go unnoticed. She moved her legs lest she accidentally kick the tray from beneath the covers. "Is that your name?"

"Clayton McArthur."

"And you know Daniel and Evelyn?"

He nodded.

Gwen wanted to toss one of the soft biscuits at him. "I won't bother to inquire into how you know them since it seems to bother you." She looked from the tray up to him. "Thank you for this." She reached for the water first and drained half the glass to soothe her parched throat. "I am surprised Evelyn let you come here alone. After the tone Daniel used when he spoke to you, I . . . did I pass out again?"

"That's a lot of talking for someone with a sore head. Yes, you've been asleep for a few hours." A smile tugged at his mouth. "Your berries are no doubt baking in a pie as we speak." Clayton cleared his throat at the amusement from her face. "I'll leave you to eat and dress, or rest more if you need it."

"If I sleep again, will you be here when I awaken?" His lack of response gave her the answer she expected. "Is it because of the Whitcombs?" Surely no one could wish Daniel or Evelyn ill will. Gwen's time in their town was limited to the past two months, but it took less than a week to see how much they were both respected and liked.

On a heavy sigh, Clayton sat in the only

chair in the room. "You may as well eat that while it's still warm."

"You're going to watch me eat?"

"I'm going to consider answering your last question while you eat."

He was obviously not used to teasing. Even as Gwen thought it, she scolded herself. How many men had she met these past months with the same hollowness in their eyes, a void so deep one did not have to look far before reaching their soul? Some men's depths were black as death, while others, like Clayton McArthur, held so much pain within. Their souls took the form of roiling storm clouds, ready to burst at any moment.

Gwen buttered one half of a biscuit and smoothed a layer of jam on top before holding it out for Clayton. His surprise evident, he accepted her offering, and she prepared the other half for herself. "I am not an invalid, but it was kind for Evelyn to send you with this. It still begs the question: Why did she allow you to come here alone?"

Clayton finished the biscuit before speaking. "That's another question, and I'm still deciding if I'll answer the first."

She swallowed her second bite, chewed, and then said, "I've asked a few. Will you respond to any of them?"

"I didn't give Evelyn much choice about letting me come here. It was difficult enough waiting in your sitting room while she helped you into your sleeping gown. If it soothes your nerves, she and Daniel are on the front porch, waiting for me. Much longer and they'll charge in to make sure you're all right."

"Mmm. I wonder." Gwen sat back against the pillow. "How do you know them?"

"From a long time ago."

"Daniel did not sound happy to see you."

"There's a lot of history between our families."

Gwen waited a few heartbeats for him to elaborate. "You are not free with information." She waved away whatever he was about to say. "Never mind. I should not be so inquisitive. I'm told it is one of my greatest flaws."

"I would have said nosy."

Clayton spoke so softly, Gwen almost missed it. She grinned, unperturbed by his assessment. "My mother described it exactly the same way." Her grin faded, and she studied him with great interest, from eyes the color of a summer forest to the beard two shades darker than his sun-touched hair. Pain carved a path around his eyes. And she wanted desperately to know what had caused it. "Thank you for helping me."

His acknowledgment was a slight nod.

"What were you doing at the lake?"

"Deciding if I wanted to come into town."

"I rather forced your hand."

Clayton leaned forward and rested his forearms on his thighs. "You forced nothing. Given the circumstances, I can understand your curiosity—"

"Please, forgive the interruption." Gwen held up a hand for a few seconds before letting it fall back to her side on the quilt. "My curiosity is just that. I have no right to pry into your reasons for being here or into your history with the Whitcombs."

"I don't mind your curiosity, not really." He smiled and sat back. "I was writing and sketching on the cliff above the lake."

A rosy blush colored Gwen's fair skin. She did not ask how long he had watched her swim, and he did not offer a confession. His handling of her person left no question as to how much of her he had already seen. Gwen recalled wearing her dress, stockings, and shoes when she awakened on the padded table in the clinic. She only now remembered that she had been without a corset. Her fingers instinctively searched for the chain and ring she always wore, and found it pressed against her heart. "I'm grateful you were there."

His smile widened. "You're not going to ask what I was writing or sketching, or how I came to be in the spot at that time?"

Her mouth twitched as she held back a

grin. "I deserved that." Yes, I want to know everything, she added silently. "It's Whisper Ridge."

"Pardon?"

"The cliff where you were. It's called Whisper Ridge." At his questioning look, she explained. "At dawn or dusk, it's believed you can hear singing so soft it sounds like a whisper. Fanciful."

"Sometimes people need fanciful. Have you ever heard the singing?"

She smiled. "Not yet. I'm also told at dawn and dusk is when a lot of animals are about, and I am not confident I could outrun a bear." Gwen's smile faded a little. "I would like you to answer one of my earlier questions, if you're amenable."

Clayton studied her for a full minute before responding. "Go ahead."

"Will you be here when I wake up

again?"

The chair's legs scraped on the wood floor when Clayton stood. His long stride carried him slowly across the bedroom to the door, where he stopped, waited a few seconds, and then said over his shoulder, "I'll be here."

CLAYTON STEPPED ONTO the front porch and quietly closed the door behind him.

"I think she'll sleep a bit more."

Evelyn sat on one of the two wicker rockers while Daniel half-sat on the railing with his back against a column. Neither moved when Clayton spoke, and he took advantage of their continued attention.

"I imagined many situations in which we'd meet again, and present circumstances never fell on the list of possibilities." He shook his head when both would have spoken. "Explanations and apologies are owed, mostly by me. Too many years have passed, and I've grown comfortable with the 'what ifs,' but if you'll indulge me a few more hours, I'd appreciate it."

Clayton left them to think about what he'd said while he walked away from Gwen's house. toward the trees and away from his past. He found a winding trail sheltered by thick pine trees and continued, at first lost in thought, and then doing his best to push the last decade out of his mind.

Cannon bangs echoed in his ears before the expected crash and explosion. Smoke permeated the air, an effective shield to blind the enemy but also them. How many had died in the shadows of acrid smoke, when every man appeared the same until you were right upon them, either looking into their eyes or down their musket?

Wails vibrated between trees, once peaceful homes for wildlife, and over meadows and hills once abundant with fresh grass and wildflowers. He tried to bring back the beauty and serenity he remembered, but desecration kept pushing at the recesses of his consciousness.

A tall pine broke his fall forward, and only when he shook his head and returned to the present, did he realize he'd been running. He gave the protruding root a cursory glance and quietly thanked it for halting his maddening escape.

He closed his eyes and brought forth a more recent memory. High up a mountain trail, a crystal-clear lake reflected the colors and moods of the sky and shimmered beneath the sun. A woman, pure of heart, Evelyn had described her, glided through the water as though born to it. Clayton's breathing steadied breath by breath, heartbeat by heartbeat, until his legs could once more hold him tall and steady.

The return walk brought with it a breeze to dry his sweat and cool his skin. He took his time, wrote word after word, and stored the pages away until he would once more hold pencil and paper. By the time he emerged from the trees, the sun had moved high above, nestled among pillowy-white clouds.

Clayton knew their house since Evelyn had run from there upon first seeing Gwen in his arms. It suited them, he thought, more so than the imposing homes where they once lived in

Pennsylvania. He'd been lucky to serve alongside two boyhood friends who still called their quiet northeastern valley home. They had shared with him news of family and mutual acquaintances but were careful not to speak of the Whitcombs. Later that evening, after they won the skirmish, Clayton sought them out to share a fire and swap more tales. Instead, he found them on the battlefield and buried them where they lay until he could return.

He would carry their scars and cries with him until he finished telling their stories. For now, Clayton pushed everything deep inside except what he needed to face two of his oldest friends.

THEY INVITED HIM into their home.

Evelyn offered Clayton a seat in her

parlor, an unexpected gesture. He shouldn't have been surprised, though. Salt-of-the-earth folks, people would call them, and two of the kindest people he had ever met.

Regret had crawled deep into his gut ten years ago, and not even four devastating years of war had erased the festering guilt. Clayton knew he'd find more compassion from Evelyn, but it was Daniel's intense stare he met and held. The mirror image of his own horrors peered back at him.

Clayton and Daniel remained silent as Evelyn served tea. Another gesture of kindness he should have expected but did not consider himself lucky enough to have hoped for. Daniel's dusty clothes attested to work outdoors in a place removed from his lavish upbringing, and Clayton admired his old friend even more for it.

More guilt chafed Clayton for keeping Daniel from whatever else needed his attention. They'd waited for him, as he knew they would.

"She died five years ago," Daniel said.

A slow exhale of breath gave Clayton a few seconds to compose himself against those words. "I know." It was to Daniel he spoke—to Daniel, he ultimately owed an apology because he could not give one to Daniel's sister. "I learned of her passing last year from her husband."

"Her husband died last year as well."

"November 6."

Where Evelyn wore confusion clearly in her expression, Daniel nodded as though he understood. "You were with him."

Clayton drank from the delicate cup, downing half the spicy tea. For a few moments, he allowed himself to travel back to a time when he sat next to Leah Whitcomb, with Daniel and Evelyn on the opposite sofa, as he and Leah announced their engagement. He still tasted the same tea on his lips, a blend Leah had also favored.

He cleared his throat and set his cup back on the tray.

"You were a scout."

Clayton confirmed Daniel's statement with a nod. "Sharpshooter, but more often assigned to scout duty." He did not mention his time volunteering in a field hospital, and how he always prayed to die in battle rather than end up in one of the tents that constantly stank of death. "They assigned Jameson and me to scout nearby enemy camps before the next skirmish. We had learned only the day before that they took thousands of Union soldiers to Salisbury Prison. We planned to go there next, find a way in, and learn about their defenses. It wasn't our assignment, but they were our men, and that place . . . we promised each other that neither of us would end up in a place like that."

Caution tinged Evelyn's voice when she asked, "We never learned how Jameson died, only that it was on the battlefield. His mother wrote to us soon after she received the news."

A curse lay on the edge of Clayton's tongue, but for Evelyn's sake, he swallowed it. They should have been told everything, he thought. The men who gave their lives deserved better, as did their families. "We sought shelter in an abandoned barn during a storm and discovered a cache of weapons and luxury goods." He hated even recalling what had happened, and even more the retelling of it. "One smuggler returned, caught us unaware, and shot Jameson at the same time I pulled the trigger on my pistol."

Clayton eyed each of them. "You wondered for a minute if I kept my promise to him." Evelyn's blush told she had thought it. At least she didn't ask if he would have shot Jameson to save him from prison.

Daniel remained standing for a long while as an uncomfortable tension filled the room. Voices from passersby on the street drifted in with a warm breeze through an open window. When at last he took a seat in the plush chair next to his wife, he stared squarely at Clayton. "Jameson was lucky to have you with him in those last days. He never came home to bury his wife, which by the look on your face he told you."

Clayton confirmed it as truth.

"Jameston loved Leah fiercely, even knowing the truth." Evelyn's words pierced through the apology Clayton had on his tongue.

Daniel drew Clayton's attention back. "Before she died, Leah confessed to our mother what she'd done. By then, you had already left Pennsylvania, and we came out here. Your lawyer refused to tell us where you'd gone."

Leah confessed? Clayton could not reason such a selfless act with the woman he had once admired, even believed he could have loved if given time. "I didn't want to be found. The business was under the capable supervision of the same men who oversaw matters for decades. They didn't need me underfoot. I came west to

Colorado first, then returned when word of Fort Sumter reached me."

"Why didn't you tell us?" Evelyn asked.

Why? Clayton had asked himself that question countless times but held his council, even when his dearest friends believed he'd betrayed them.

Evelyn moved to sit beside Clayton and covered his large hands with her delicate ones. "We all spoke such angry words the last time we sat together. You, though, I think, have suffered more than anyone else. Our inability to forgive sooner, and the blame everyone in our families cast on you . . ." A single tear dripped down Evelyn's soft cheek. "Can you ever forgive us?"

Clayton raised Evelyn's hands to his lips and pressed a kiss to each one. He did not trust himself to speak yet. He had loved Daniel and Evelyn more than any two people—more than the woman he was once going to marry—and losing them had been a dagger in his heart. With each battle and death the war forced upon them, the dagger sliced deeper, and he welcomed it. "You're all I have left."

Daniel and Clayton stood at the same time, as though driven by a force only those who had suffered could understand, and they embraced. In an unsteady voice filled with hope, Daniel said, "Welcome home, brother."

They spoke then of home, family, and their dreams of traveling west. He smiled at their joint recollection of how they felt when they first saw the mountain valley and knew they'd found their forever on Earth. He was surprised to learn that Evelyn's sister, Abigail, had followed in her footsteps and settled far from home.

Married to Cooper McCord, Evelyn told him, the man responsible for showing them the valley. Clayton looked forward to seeing Abigail again and meeting the man who'd won her heart.

He heard Evelyn's great affection for Cooper when she spoke and noticed that Daniel heard it, too. Jealousy had never existed between them, but Daniel had missed out on four years with his wife, while life went on in Whitcomb Springs. Time, and Evelyn's love, could not erase Daniel's years at war, but together new memories had a chance to replace the old.

Clayton envied them desperately.

An hour later, he left the Whitcombs with each step lighter than the previous one. He stood on the wide dirt street and examined the town with an appraising eye. There wasn't much to it when compared with the Pennsylvania town where they'd all grown up. He liked it. A wildness still existed, threading its way into the makeup of the rustic village. Tidy buildings built of wood or stone offered little architectural wonders, but they stood solid, built to last by proud men and women who called this place home.

Wildflowers splashed across a nearby meadow, and profusions of color filled window boxes and small gardens. Townsfolk—mostly women—walked about, entering one building or exiting another. Most stopped to say hello to one another or make apologies for having to rush off. He'd asked enough questions in Butte before heading up the mountain road to know that the town survived on mining and timber. Clayton could imagine the effort required to haul both to the nearest railroad, but he could not imagine the train ever coming to this part of the country.

Where would he go from here? He planned to pass through on his way to explore more of the great Rocky Mountain west, perhaps venture into the Northwest Territories. As his legs carried him away from town, back toward the trail leading north to Cooper's Lake, Clayton considered the idea of staying still for a little while.

Restlessness had taken him from one town to the next since the war ended, and he'd help deliver his last comrade to his family in Kansas. From there, the wilder parts of the country beckoned him, for only the untamed landscape could understand the ghosts he ferried with him.

"Good thing you weren't a soldier."

Clayton waited for Gwen to come abreast of him.

"You heard me."

He smiled at the slight sound of dejection in her voice. "Were you trying to *not* be heard?"

"I wanted to speak with you but did not wish to disturb your peace. I was working through the dilemma."

Clayton inhaled the woodsy floral fragrance that belonged, he hoped, to her alone, the same scent that wafted from her hair when he had tended to her by the lake. They stood side by side, she half a foot shorter than him, and faced the mountains. Were it not for the occasional sound of life behind them, Clayton could imagine them completely alone, a state he preferred. Somehow, though, he did not mind Gwen's company. She drew his mind away from the harsher thoughts of yesterday.

"You haven't sent me away."

"You aren't disturbing me." A pair of eagles flew low, each one taking a turn at diving into the open meadow, in search of a meal. Seconds later, one captured its prey, and together they flew toward the trees. Her profile showed a faint discoloring peeked from beneath her hair. "How is your head?"

"Still attached and on the mend, for which I have you to thank."

Clayton did not offer a comment but merely gave a single nod. "You should rest more."

"I have rested enough, which is what I told Evelyn when she passed me a short while ago. I saw your horse in front of their house."

"What brought you here, Miss Armstrong?"

"Gwen."

He turned to face her fully. "Gwen. What brought you to Whitcomb Springs?"

MANY OTHERS had asked her the same question only to receive her practiced response. Gwen found she needed to tilt her head back a little, but not too much, to meet his inquiring gaze. Her palms no longer sweated when similar words were voiced by a curious townsperson, and after two months, most folks' interest had tapered off.

Because they didn't know the truth. Gwen digested the silent thought, and for the first time since she left home, she could not tell the same false story, though it wasn't so much false as incomplete. All of her family had died, and she had lost her fiancé. She left out the part that forced her to flee home.

"Redemption."

Clayton seemed to accept her answer and surprised her by not prodding for details. "I figure we're all seeking a bit of redemption these days."

Was he, she wondered, someone who would understand? Since her departure from home, she smiled and laughed and carried on as though her life began the moment she stepped onto the train in Atlanta. With each town Gwen journeyed through, she released a little piece of her past, until the last turn of a wagon's wheels dropped her off in Whitcomb Springs.

Every story she'd been told was true, and there in the mountain valley, surrounded by peaks rising above the clouds, she had found a home. Except it wasn't truly home because no one knew her. They only knew the person she wanted them to see.

"Do you believe an act, committed without malice—without corruption of one's soul—is sinful?"

Clayton blew out a low breath. "There's a question I figure most of us have asked ourselves a time or two."

Gwen blanched. "I'm sorry. I shouldn't have . . . that is . . . you were there, fighting, and I have no right to pose such a question."

In a gesture that surprised them both, Clayton grasped her hand when she walked away. "You mistook what I meant."

She returned to his side, but he did not let go of her.

"How did you know I fought in the war?"

It might have been an odd question considering the number of men who fought and died in battles across the western half of the vast land, but many more men never stepped foot on one of those battlefields. "You seem to carry too much pain, and there's enough of it around here to recognize the signs."

Clayton's fingers brushed across her sensitive skin when he finally released her. "I could say the same of you."

"Like recognizes like, my mother used to say." The war had touched most of the men and women in town in some way, and many of the ladies went on as widows, raising their children, hoping chance favored them with the courage to accept another husband. Gwen never had a chance to become a widow. "Perhaps—or not."

"I was sketching you from up on the

cliff this morning."

The abrupt shift in their conversation forced Gwen to take a few seconds to rethink what she would say next. Trusting a person with the big confessions began with sharing smaller confidences. A blush warmed her skin when she recalled again the state of dress—or undress—when he had fetched her from the lake. "Before, you said you were writing *and* sketching."

His lips did not form a smile, but she saw a touch of mirth in the fine lines around his eyes and mouth. "So I did, and I was, but I had done little writing when I spotted you. I told myself to look away, and eventually, I did, but . . ."

"I have been swimming in that lake a dozen times and never slipped before. I don't remember everything, but now I recall the grass beneath my feet, slick from last evening's rain. Mud oozed through my toes, but it was a root that felled me."

"It's usually the small things that throw us off course."

Gwen heard her name in the near distance. She looked toward town and saw Tamsin waving at her. Gwen waved back and held up a finger, indicating she needed a minute. Tamsin smiled, nodded, and pointed at the general store.

"Are you expected somewhere?"

She nodded. "That's Tamsin Walker. She runs the newspaper, and I forgot I promised to help her select something at the store." Choosing fabric for a new dress was not something Gwen wanted to do. If she was honest with herself, she longed to be back up at the lake, gliding through the water, and spending the rest of the day in silence.

"Seems she could give you a reprieve, considering."

"We crossed paths before I came to find you. It's hard to cross the road, or even leave your house in the middle of the day, without someone stopping you to talk."

Clayton turned a half-circle and faced the entrance to town. "Whitcomb Springs warrants a newspaper?"

Gwen laughed before she could stop herself. "Not really. Anything worth knowing makes the rounds in a few hours—a few minutes if it's urgent." She sobered a little. "Tamsin receives newspapers from all over the country. By the time they arrive, the news is obsolete, but she reads every one of them and puts highlights from articles into the town's weekly. She always includes a humorous tale from something that happened in town." Gwen cleared her throat. "Tamsin lost her husband at Sharpsburg. She was lucky to learn so soon after it happened, but there are still women here who do not know what happened to their husbands, fiancés, and brothers, and she does everything she can to help locate them."

"Did she help you?"

Clayton spoke in such a soft tone; the words seemed to caress her skin. "I already know what happened." A truth she never planned to share, and never wanted to—until now. She reminded herself this man was a stranger, albeit one who saved her life, but still an outsider who would likely be gone tomorrow. "I should go."

"Gwen?"

She peered at him over her shoulder, a brow raised in question.

"I'll still be here."

Her heart lurched when she sucked in a silent breath. She held onto the simple promise as she turned away and walked to the store.

THE CABIN OFFERED privacy yet sat nestled among trees close to town, another kindness from the Whitcombs. When Daniel showed up in the meadow not long after Gwen departed, it was with a key in hand and an offer of lodging.

"In case," Daniel said, "something keeps you from leaving too soon."

Clayton had long ago given up the comforts of his family's vast Pennsylvania horse farm, supported by their Philadelphia textile mills. The allowance once given to him by his father remained unchanged since he began traveling, and most of it went untouched. Knowing he could access whatever he needed at any time gave him the freedom to write his books and see the earnings were sent to the widows, whose husband's stories filled the pages. He had befriended many good men who sacrificed all, to their last breath, for the freedom of others and the love of home and country. They deserved more than a hole in the earth and a marker with only their name and date of death.

Each tale spoke of a man's courage, dreams, and bravery in battle, fictionalized for the sake of each man's family, but every word held a soldier's truth. His sixth work presently filled only two pages. Clayton owed it to his fallen friend to keep writing, to finish at a fevered pace as he'd written the others, and yet, this time, the words choked him.

Jameson's family deserved the truth of a hero, son, brother, and husband.

He dropped his saddlebags on the table in the cozy kitchen. The only interior door opened into a single bedroom. A large stone fireplace covered half of one wall, and a hutch sat against another. The square wooden table filled the center of the room, and a cookstove in good repair stood to the right of the hearth. An outhouse stood a few dozen feet behind the cabin. Clayton was grateful it was still summer.

He lowered himself onto one chair by the table and wondered if the walls were closing in or if exhaustion only made it seem so. The tintinnabulation of a loud bell clanged and banged through the air, drawing Clayton from the confines of the cabin. He was close enough to hear shouts mingle with each resounding echo from the bell, shouts that sounded too familiar. Fear and despair knew only one language.

Clayton heard a wagon's wheels speeding over the wide dirt road before he saw it. He rushed down the street from the cabin in time to witness a tall, black man pull the wagon to an impressive stop and shout for help. Clayton cut his surprise off and hurried to lend assistance. When he reached the wagon, a small crowd had gathered. He pushed through to the back and stopped. Two men, bloody and unmoving, lay on their backs.

Instinct took over, and he released the back latch, letting the wood slab fall against its hinges. Daniel stepped in beside him, and together they slid the first man out and carried him into the clinic. Daniel returned to the wagon to help carry in the second man. The man who drove the wagon closed the door and removed his hat.

"What happened, Gordon?" Daniel asked as he helped Clayton cut away the jacket and shirt from the first victim of whatever violence had taken place.

"I was tending the crops when I heard shots, so I ran toward 'em. Dem two was already down, and ain't no one else in sight. I hurried to fetch de wagon. They wasn't movin' the whole time, but I see they still breathed."

Clayton wiped some of the blood away and saw two bullet holes. He half-lifted the man to examine his back. "Both bullets went through. One in his shoulder, the other in his side. He's lost a lot of blood." Clayton moved to examine the second man who lay flat on the second table, his arms unwilling to stay up. "This one took a bullet in his stomach." He asked Daniel, "Do you know either of them?"

Daniel shook his head. "They don't live around here."

"I's seen more tracks than what these two left," Gordon said.

"Could there be more?" Clayton made quick work of removing the coat and shirt.

"I's going back to look."

"No." Daniel placed a firm hand on Gordon's shoulder. "If there are more of them, it's best a few men go out there."

Everyone's focus shifted when the door opened. Evelyn and Gwen entered first, followed closely by Abigail. It momentarily struck Clayton how much Evelyn's younger sister had changed since he had seen her last.

He suspected the man brushing arms

with Abigail was her husband, Cooper McCord, who sweaty, covered in dust, with a knife on his hip and a rifle in his hand, looked every inch a man of the mountains.

Cooper pivoted his wife and asked her to wait outside. He beseeched Evelyn to go with her. Gwen's chin tilted up in defiance. No one asked her to leave. She hurried to Clayton's side. "How can I help?"

Clayton pressed a thick white cloth into her palm and guided her hand to cover the worst of the two wounds. It had been ten months since he was in a field hospital, offering his hands where needed when the tents overflowed and there was nowhere else to put dying soldiers except to scatter them on litters outside surrounded by the heat, bugs, and stench of death.

"The bullet went through his arm, but this one got him in the gut, and it's still in there." He cursed the doctor that was late to arrive and glanced at Daniel. "The pain he'll suffer if we dig around for that bullet is going to be a lot worse than what he's feeling now, and it won't help him."

Cooper carried over alcohol and more cloths. Seconds later, the man took his last breath.

Without a word or thought, Clayton returned to the other man's side, grateful when Gwen joined him. "You're not squeamish?"

"No." She did not explain. "Will this one live?"

"Too soon to tell. He's lost blood, but I think the bullets missed his organs."

"Can you help him?"

"I'm not a doctor. We can clean and stitch the wounds, but the rest will be up to God." Clayton pointed to the man's head. "Will you turn his face toward me and check the back of his head? There's blood coming from somewhere."

Gwen moved to the other side of the table, but instead of doing as Clayton asked, her hands fisted over her heart.

"Gwen."

She stared at the face covered in a ragged beard.

"Gwen!"

Daniel stood beside her now, but it was to Clayton she spoke. "He's already dead."

Clayton checked for a pulse and breath. "No, he's not."

Her stare returned to the man's face. "He died six months ago."

Daniel caught Gwen before she tumbled to the ground.

SHADOWS PASSED OVER Gwen's line of vision every few seconds. As the blurred figure slowly came into focus, she noticed his eyes first. Warm, soulful eyes that had witnessed more than anyone should have to in a lifetime.

"I fainted." Gwen remembered the second before her vision went dark. "How long have I been out?"

"Twenty minutes."

Clayton helped her sit up and stuffed two of her pillows behind her for support. She was back in her house, in her bedroom, but this time fully clothed, and she and Clayton weren't alone. Evelyn set the washcloth she was holding on the edge of a porcelain bowl with water, which explained why Gwen's face felt cool.

"Twice in one day, Gwen." Evelyn

shook her head and grasped her friend's hands. "Daniel said you fainted right in his arms. What happened?"

"You should have more care for yourself, Evelyn."

"I'm fine." She glanced at Clayton. "And so is the baby. It's you I'm worried about."

Still taken aback by the revelation of Evelyn's condition, he missed Gwen's question and asked her to repeat it.

"Is he alive?"

Clayton understood. "He hasn't woken yet, but he's still alive."

Gwen nodded slowly and looked out the window. Clouds had moved in to block the afternoon sun, and the air weighed heavy and damp. "Will he live?"

"If he survives the night, then he has a chance. He needs a doctor." Clayton lightly touched the sleeve of her blouse.

"Who is he?"

Gwen shook her head and scooted to the edge of the bed. She found purchase on less-than-steady legs and walked from the room. Voices carried from the front porch through one of the open windows. Daniel and Cooper stood outside talking in tones too soft for her to make out the conversation. What had she been doing before the wagon arrived . . . oh, yes, Tamsin's fabric.

How is he alive? Did chance bring him here, or did he find out where'd she gone and follow? Dear God, how is he alive?

"Gwen?"

Clayton's voice broke through her thoughts. She did not have to turn around to know how close he was, or that Evelyn had not joined him. Seconds later, the front door opened and closed with a quiet click. The Whitcombs trusted him, so she could trust him, couldn't she? She had yet to tell her secret to Evelyn, and no other person could claim her friendship so much as the woman who helped her to start anew.

"He was my fiancé. I was supposed to become Mrs. Wilson Banks." Even now the idea of it made her stomach recoil.

"You thought he died in the war?"

She drew in a deep breath, counted a few beats, then exhaled enough of her fear to face Clayton. He stood half a dozen feet away, and his expression confirmed his curiosity. She shook her head and, no longer able to trust her strength, she lowered herself into a chair. Only that morning had she picked berries along the trail and enjoyed a swim in the peaceful waters of Cooper's Lake. How she wished she was still there, dipping her feet in the cool mountain water.

"I thought I had killed him."

Several seconds of silence drifted into minutes before Clayton spoke again. "Do you want to talk about it?"

Unable to contain tears she'd fought to hold back, Gwen gave in to the sobs as her shoulders shook. She could not say the precise moment when she realized how easily she fit within Clayton's embrace as her face pressed against his chest and her tears dampened his shirt.

The harder she cried, the tighter his arms encircled her in a protective shield she didn't know she needed until now. His voice penetrated the screams in her head, but her mind could not interpret his words. She heard the encouragement in his tone, and slammed her fist against his chest, once, twice, and a third time until his grip loosened. Clayton's arms remained around her until only even breaths escaped her lips. Even then, he waited for her to move away first.

When she pulled back and peered up at him, he brushed both thumbs across her cheeks to wipe away the remaining dampness. Tear stains and red-rimmed eyes remained, but with them, a clearer mind.

"What did he do to you?"

A hiccup escaped, and she covered her mouth against the next one. "I'm sorry. I shouldn't have . . ." She touched the spot on his shirt made wet from her tears. Gwen took another deep breath. "You don't ask if he deserved it?"

"I know he did, or you wouldn't have done it."

His unwavering faith in her, a stranger, amazed Gwen and gave her the courage to keep talking. "I didn't kill him, though.

He's here. Why is he here?" She thought of the man she was once going to marry, and the man he'd become later. "The war changed him. When he came to see me—his first leave had been two years prior—madness had replaced the kindness. Wilson had changed so much in those years away."

"When was this?"

"January. I remember it was cold and dark the morning he showed up at my door. I turned him away that night, and three more times over the next few months."

"Did he desert?"

Gwen nodded. "He confessed that much the second time he came to the house. No one knew when the war would end, and I guess he'd had enough. I refused to go with him. When he came back the last time . . . he was so angry."

"What about your family?"

"Jimmy, he was my twin brother. I hadn't heard from him in months when Wilson showed up. Our father died at Bull Run, and Mother months later from fever. No one heard me scream when Wilson grabbed me—when he . . ." Gwen fought the memory back to the past. "The rifle Father taught us to shoot with hung on a rack by the back door, but I couldn't reach it fast enough. I grabbed the knife I was using to cut the venison meat one of my neighbors had brought over, and then it was quiet again."

"You've told no one this, have you?"

Gwen thought of the Whitcombs, of all the friends she had made in the two months since her arrival. With only a single carpetbag of belongings, and the money her parents had hidden beneath the floorboards in their bedroom, Gwen had arrived in Whitcomb Springs on hope and a prayer.

At some point, she had learned how to smile again, to laugh, and to enjoy the company of friends like before the war. "No, and they deserve to be told. I hoped to never leave here. I was careful when I left Georgia to take my time so no one could find me, even going to Texas before heading north. Evelyn and Daniel have been so good to me."

He tilted her chin up so their eyes met. "You don't think they'll understand? Had it been Evelyn, she would have done no different. You didn't kill him, Gwen, and if he dies now, it certainly won't be your fault."

"I need to know why he's here."

"Who knew you were coming west?"

"No one. Jimmy died at Petersburg."

Clayton brought her close to him again,

and she willingly went. His energy soaked into Gwen, and she could not tell if it was energy born of eagerness, fearful frenzy, or because he didn't know what else to do at that moment. Her head tucked neatly beneath his chin, and she felt the vibrations when he spoke.

"It's your choice if you tell Daniel and Evelyn, but if Wilson wakes up, the truth will come out."

This time, when Gwen pulled back and stepped away so his hands dropped, she keenly felt the loss of his warmth.

Twenty minutes later, Gwen had told Daniel, Evelyn, and Cooper the abridged version of what she'd confessed to Clayton. She believed all three of them deserved the truth. She had learned early after her arrival that while every man and woman in town considered it their duty to keep their neighbors and livelihoods safe. If the townsfolk asked her to leave after what she'd kept from them, then . . . Gwen didn't want to consider it. She had nowhere else to go.

No, she clarified, there was nowhere else she *wanted* to go.

CLAYTON OPENED THE flap on his canvas satchel and withdrew the journal he used for drawing. The pages, ruffled by wind and specked with dust from having been dropped that morning on the mountain, opened to the sketch of Gwen. Now that he'd met her, held her, and wiped tears from her soft skin, Clayton noticed a few details missing from the likeness. He brushed away the dust and tucked the book back into his satchel. He then removed the last page he'd written in Jameson's story. He held the page in his hand as he lowered his lean form into the wicker rocker and stretched out his long legs. The sun had not returned yet after disappearing behind clouds tinged in gray. A cool breeze lifted dust and leaves and carried their spoils down the street.

In the two hours since Gwen had shared her secret, Clayton thought of little else except her. He gave her time and space, believing that's what he would want others to do for him, but after visiting the clinic to check on Wilson and walking from one end of the small town to the other, he found himself unable to remove her from his mind. When enough time passed, he returned to her tidy front porch and her wicker chair.

From where he sat, he could see Evelyn coming and going from her porch, her gaze always searching out Gwen's cottage for any sign of her friend. She stood there now, and when she saw Clayton, he swore the worry lines on Evelyn's face eased a fraction.

The cozy cabin waiting for him near the woods made him wonder how Gwen came by her cottage. Had someone else left it behind? He'd known plenty of folks who quickly discovered that an idealized life in the great western mountains was a lot different from actually living in them.

"How long have you been here?"

Clayton smiled and peered over his shoulder. Gwen leaned toward the open window and rested her arms on the sill. "Not long." He wanted to invite her to sit with him, but since it was her house, it wasn't his invitation to extend. "You look rested."

"Exhaustion has been my fate today."

She glanced in the clinic's direction. "Has he awakened?"

"Not when I stopped in ten minutes ago. The man who found him—Gordon—is sitting with Wilson now. I'll relieve him soon." Clayton sat straight in the rocker and turned his torso to look at her better. "You don't have to see him again."

A soft sigh escaped her lips, but it was one of determination not defeat. "I left my home, my land, everything I knew and loved. This place has been a godsend, but a part of me still feels like I'm running away. I need to know what happened, and how he's here."

He waited several seconds, then asked, "Do you want to see him alone?"

Gwen shook her head. "I would like Daniel and Evelyn there . . . and you."

"If he wakes up, we'll all be there."

As though she no longer wished to

speak of her former fiancé, Gwen pointed to the page he still held. "What is that?"

If she was back to being curious, then he supposed she must have her bearings again. He only wished she'd asked about something else. Clayton stared at the sheet of paper, filled from top to bottom with words that held great meaning but not enough feeling. He'd been unable to save Leah's husband, and how did one tell the story of Jameson's end without including that bit of truth. Leah was not alive to receive payment from the publication, and Daniel's family did not need the money, and yet . . . he owed it to Jameson—to Leah.

Clayton handed Gwen the sheet of paper with his neat script, then without a spoken word, he gathered his satchel and left.

THE CLINIC STILL smelled of death. Wilson's companion—whoever he was— had been moved and buried. It took Clayton and Daniel an hour, taking turns, to dig a hole six feet deep and large enough to fit the body. He offered Daniel no explanation as to why he wanted to help because the reason evaded him. Clayton crossed the room, pumped water into the sink basin, and cleaned what remained of the dark soil from the grave.

He thought of the man now buried, with no one to mourn his passing or visit his grave. The only scrap of paper found on the man had been a worn letter dated September 1863 and signed, "With all my love, Patricia." She'd addressed it as "Dearest" with no name. A simple cross marked the grave on the edge of the town's cemetery, with only the date scratched into the wood.

Clayton dried his hands while he leaned against the long table secured against the wall. Wilson lay in the same position since they finished stitching him up hours earlier. It took a great deal of willpower for Clayton to not shake the man awake and chase him as far away from Whitcomb Springs and Gwen as possible.

The door swung in and Daniel entered. "Expected I might find you here. I passed Gordon. Told him not to bother coming today."

"He has a family. No reason for him to deal with this." Clayton folded the damp cloth and set it aside.

"There's no reason for you to, either."

"Or you. Evelyn more or less told me she was expecting."

Daniel nodded and his genuine smile creased the edges of his eyes. "I learned a month ago, and I'm still getting used to it."

"Congratulations. I mean it. You both deserve every happiness."

The smile faded. "So do you."

Clayton leaned back on his arms and crossed one long leg over the other. "What did Leah tell you?"

"I wondered why you didn't ask before." Daniel kept the door slightly ajar to let air circulate through the space. "Not exactly the place for it." When Clayton continued to watch his friend, Daniel gave in. "She confessed it wasn't your child she lost."

"The truth then."

"You never defended yourself when she accused you or when others took her side."

Nor would he defend himself now. Clayton had turned Leah away when he found out about the child and questioned his choice every day since. Would he have taken her back had the child lived? He wondered often and always came to the same conclusion: If she had truly loved him as she claimed, she would not have given herself so freely to another man without regard to the consequences.

Daniel chose his next words carefully. "Leah was young. I won't make excuses for her because what she did, the lies she told to cover her own, was unforgivable."

Clayton crossed his arms and gave himself a few seconds to enjoy the winsome face of a young woman he once fancied. The image flitted as quickly as it came. "And the beating she said I gave her?"

"I never believed her about that, Clay. Neither did Evelyn. Our mother, however, couldn't be convinced otherwise."

"Who did it?" Clayton ground out the words.

Daniel's brow raised in surprise. "You don't know?"

"As far as Leah was concerned, I got her with child and blackened her eye."

A curse escaped Daniel's lips. "He worked in the stables. It seemed he thought fathering her child gave him a way into the family. We dismissed him the day we found out." Daniel's sigh was of a man filled with too much regret. "I loved Leah, and when she finally told everyone the truth, I believed—hoped— that she would find a way to make amends."

"Jameson said much the same."

"You talked to him about it?"

Clayton shook his head. "He did the talking, hoping I would understand that she had changed." He pushed away from the table and walked a few feet to stand over Wilson. "We both know how much war can change a person."

Understanding the direction of his thoughts, Daniel said, "Gwen doesn't have to see him."

"She will. Her choice. He might have gone mad, or he might have been a coward. It doesn't matter." Clayton lifted only his eyes to look at his friend. "He won't hurt her again."

"Agreed. We take care of our own here, Clay."

Clayton smiled at Daniel's use of the shortened version of his name for the second time. It took him back again to their youth and realized that no matter how many decades passed, the bond of friendship had been twisted and stretched yet never broke.

"What are your plans?"

I don't know, he said to himself. The page from Jameson's story, still with Gwen, deserved to be rewritten, and then the story finished. Clayton realized then what had been missing all along. It wasn't just Jameson's story, but Leah's as well, and all the other men who died and the women who never had a chance to say goodbye. By blocking Leah from his mind, he had blocked everyone else who mattered.

"Clay?"

He returned his thoughts to the present and studied Wilson once more. It was his story, too. "Fine. I'm fine."

A knock sounded on the ajar door, and a wiry man with a clean-shaven jaw stepped inside. "I've come to relieve Gordon."

Daniel waved him over. "Good timing. Gordon has left for the day. Buck Walker, this is Clayton McArthur."

Buck held out a hand to shake Clayton's. "Heard about you from my missus. Any friend of Daniel's is a friend to us all."

Clayton wondered who Mrs. Walker was and how she knew him already. Then he remembered Gwen's fabric outing with Tamsin Walker. "Thank you for the kind welcome." He studied Wilson's prone body and expressionless face once more before giving his attention back to Daniel. "There's something I have to do."

He did not return to Gwen's cottage for the sheet of paper or to ask her opinion. He would but not yet. Clayton's casual stride to the cabin he temporarily called home belied the rapid beat of his heart and tumultuous workings of his mind as he wrote out each word. First in his thoughts, and then when he reached the cabin and took out fresh paper and two pencils. He wished a quicker method of putting down words existed, but until then, Clayton would have to slow his ideas to match the pace of his writing.

For hours, he hunched over the small wooden table and abandoned his task only once to search for a lamp and by luck, found a single brick of matches. He broke one off and struck it on the stove, turning his head away from the pungent smell and initial flare. The lamp provided enough light for him to continue working. When darkness fully enveloped the world outside the cabin and the air grew as cold as some of the nights he had spent huddled in the rain, praying for the end of the war, he welcomed the memories.

It was the unmistakable tapping of a woodpecker that roused Clayton from sleep. His face winced and his body bunched when he lifted his head off the table too quickly. The initial pain shot through his neck and shoulders before finding a path down his back. Sunlight, the kind of soft, filtered light unique to early morning, filled the cabin. The lamp's wick had burned out during the night. When Clayton peered down at the stack of paper covered in thousands of words, pain and exhaustion fled.

He had a long way to go, but it was a solid beginning. His body fought against the stretch when Clayton first stood, then eased into it as his muscles loosened. He rubbed a hand over his jaw and decided he needed a bath before going to see Gwen.

Clayton reluctantly made use of the outdoor privy, then followed the sound of flowing water to its source. A creek carved a path through the forest and burbled as it traveled over and around rocks. Not as good as a bath but sufficient until he could find a place to soak in a tub filled with hot water. He stripped down to his pants, leaned over the creek, and splashed icy water over his arms, chest, and face. It wasn't the first time he'd bathed in water cold enough to raise bumps on his skin, and it had the added benefit of bringing him fully awake.

Twenty minutes later, with a rumbling stomach and desire for clean clothes, Clayton headed for Daniel's barn where Shiloh was stabled. He found the horse content and nickering with the two others in adjacent stalls. His saddlebags hung over a nearby rail, and from them he withdrew a clean shirt and changed. The rest, including laundry, could wait. For the first time since he struck out west again after the war ended, he wished for a permanent roof over his head and all the conveniences that provided.

The dirty shirt slipped from Clayton's grasp as a coldness swept through him— a chill like the sensation before a battle or when he felt someone watching him from afar while scouting. Awareness took him from the barn into the morning light where near-silence greeted him. A dense layer of mist had descended upon the mountain valley, and his eyes adjusted to make out shapes of structures.

A horse's hooves clopped on the road,

and a wagon's wheels turned at a slow pace. Beyond those sounds, he heard nothing to indicate others were awake at the early hour. A day in town and he had already memorized the most important places. His legs now carried him through the mist, down the center of the road, toward Gwen's small wood-sided cottage. Her front gate lay open, and he could not recall if it was open the day before.

The quietude should have calmed him. Instead, he walked with cautious steps to the narrow porch. Clayton held his breath for a few seconds then released on a slow exhale. He repeated the routine to keep his heartbeat low, just like he learned to do as a sharpshooter. Calm, control, and confidence—those three words echoed in his mind. His booted foot contacted the first step up to the porch. A slight creak stopped him from putting any more weight on it.

Footsteps close drew his attention, and Daniel appeared at the gate. He came close enough so Clayton could speak in a whisper. "What are you doing here?"

"I'd ask the same of you, but I saw you when I was walking by. I checked on Wilson at the clinic."

"He's still there?"

Daniel nodded. "Not breathing well, either. The reverend is with him now. It's unlikely he'll make it to sunset."

Clayton absorbed the news and turned back to the house. "Does this cottage have a back door?"

"Yes." Daniel needed no prodding to quietly leave and circle to the back of the house. Clayton didn't wait. He ascended the three steps to the porch. Through an ajar window, he heard muffled voices, and what sounded like a soft whimper. Footsteps—one heavy, one light—followed until he saw Gwen walking backward. A man held a pistol pointed to her chest, and for every step he took toward her, she stepped back, staying just out of his reach.

They disappeared from view, but Clayton heard the man's words clearly. "Where is it?"

"I don't have what you want."

Amazed at Gwen's calm, Clayton reached for the doorknob and held his hand steady, hoping for a distraction.

"He said you have it!"

"Wilson was wrong."

Clayton heard them move toward the kitchen. He turned the knob a half-inch at a time, knowing he would have to be the distraction, and trusting Daniel to be there when needed.

"You'll hand it over, lady."

The man's words came harsher now. He was fast losing patience. Clayton eased open the door and stepped inside, his footfalls heavy on the wood floor and rug. Three seconds later, the man aimed the pistol at Clayton's chest, then his head, unable to decide the more prudent target.

"Even with the gun, your outlook is not promising. You can shoot me, but I promise you won't leave this house alive."

The man bit the inside of his cheek, and with wide eyes, stepped one foot closer to Clayton. "I kill her and you, then I'll get to wherever I want."

"What do you want?" Clayton gave the man a chance to feel in control.

"She knows."

He had avoided looking at Gwen

before, but Clayton allowed himself a glance now. With a straight back and eyes focused on the gun pointed at Clayton's chest, Gwen appeared calm on the outside. With the slight quiver of her lips, and how she fisted the cloth of her skirt tightly within her grasp, Clayton knew she was close to an edge but would remain strong.

"Obviously, she doesn't. If you tell me—"

The man leaned forward, his feet still planted in place. "You her man? You know where she keeps her secrets?" A sick grin revealed lightly yellowed teeth except one in front darkened from decay.

Secrets? Clayton replayed the few conversations he'd had with Gwen, and only one thing came to mind. "You mean the money?"

Gwen gasped. He didn't acknowledge

it.

"Yeah, the money." Ignoring Gwen now in favor of Clayton, the man waved a hand around the room. "You know where it is."

Clayton studied the man, uncertain what it was exactly that didn't add up. "I do. Gone."

The man's grin faltered. "Can't be."

"Three hundred dollars doesn't—"

"Wait. What now? Three hundred you say? No, I want the diamond."

"Someone has misinformed you." He closed the distance by another foot. What did he really want? "Now that you know there's nothing here, you can leave this house peacefully or you can leave it dead. It doesn't make a difference to me which you choose."

Clayton knew the moment Gwen saw Daniel and prayed for her to stay quiet.

What he didn't expect was for her to draw fire. She advanced, forcing the man to lose his focus on Clayton. The pistol pointed first at her, then back at Clayton, before settling on Gwen when she ran into the next room.

The struggle lasted only twenty seconds but seemed to go for much longer. Clayton counted each second in time with his heartbeats. He couldn't recall how he came to hold the pistol in his own hands or at what point Daniel came from behind and snaked an arm around the assailant's neck. Clayton's right fist connected with the flailing man's jaw and knocked him unconscious.

"Gwen!" Clayton found her before she returned. She clutched her hand to her chest, and a long, gold chain dangled from between her fingers.

"I'm so sorry." Her hand loosened, and she held her palm out. "I couldn't give it to him." Attached to the gold chain, a ring of gold with two crossed stones— one diamond, one sapphire—rested in the center of her palm.

Clayton knew something of fine jewelry, for he'd seen his mother and others in their society circles back home wear enough jewels to recognize quality when he saw it. "Where did you get this?"

"It belonged to my mother. It was all her parents gave her when she left home to marry my father." Gwen dangled the ring by its chain. "It was meant to be my dowry."

"So Wilson knew of it."

She nodded. "I never imagined him alive, and even alive, why come so far for a little money and—"

"Gwen. Do you not know its value?"

Her eyes, filled with confusion, raised to meet his.

"More than Wilson, or his friend in there, would have seen in a lifetime."

She smoothed a finger over the stones. "My mother never told me. I wear it every day. Always." She glanced up at him. "Why would he come all this way, though, even if it is worth what you say?"

Clayton raised her chin with the edge of his fingers. "I suspect he wanted more than the ring."

"You're wrong. I'm nothing to him."

"Revenge can make even a sane man crazy."

"Are you all right, Gwen?" Daniel asked.

Gwen suppressed a shudder and peered around Clayton. The tension lines around her eyes and mouth smoothed a little into a half-smile. "I am now. Thank you, Daniel. Both of you. How did you know something was wrong?"

Daniel shook his head. "I didn't. When you're done, Clay, I'll need help to get this one over to the jail. Did he tell you his name, Gwen?"

"No. He only mentioned Wilson's name."

Daniel nodded and left them alone once more.

Gwen asked her question again, this time only of Clayton. "How did you know?"

Clayton brushed the tips of his fingers over the sides of her soft face. "A feeling. I can't explain it any better than that, at least not yet."

Her hand covered his, and together they slid down and rested over her heart. "Thank you for whatever brought you here to us."

Six months later . . .

THE BASKET GWEN carried bumped lightly against her leg as she walked up the mountain trail to Cooper's Lake. She'd forgotten her hat again. Clayton studied her from atop the ridge, where he'd been since the sun crested the mountain peaks. He waited and listened for the whispers Gwen spoke of, but it wasn't a soft song he heard in the air.

From the twittering songbirds came voices of comrades while they sat around a campfire and talked of boyish adventures and the families left behind. With the almost silent hopping of a mountain cottontail, came the waiting, wondering, and gratitude for his brothers-in-arms. Arising from the rustling leaves, he heard the sounds of war and home, of life, death, and rebirth. Each one whispered a memory he no longer tried to shut out.

Gwen reached the edge of the water and knelt in a patch of grass. She brought him back from the edge of darkness with her courage and hope. Clayton would never forget a single moment, but he'd finally found the words to do them justice.

Smiling, he stood, brushed off his pants, and walked the narrow trail down to the lake.

"I thought I'd find you up here." Gwen patted the space next to her. Clayton needed no further encouragement, and he lowered himself to the grass before lifting the edge of the cloth covering whatever she held in the basket.

She swat his hand away. "Not yet."

His boyish grin remained when he leaned over to brush a kiss over her soft lips. "Payment enough?"

Her laughter cut through the quiet morning. "You're incorrigible."

No, Clayton thought, not incorrigible. Happy. Somehow, after more than a decade of loss, pain, and war, he learned how to be happy again. "Does that mean I get to see what's in the basket?"

She held up the edge of the cloth farthest from him and withdrew a muffin before covering the basket once more. Gwen handed him the offering with a smile. "Satisfied?"

Clayton almost choked on the first bite. "Hardly, but it's a start."

Gwen leaned over to scoop up some water and flicked it in his direction. He yanked her across his lap, dropping the muffin in favor of her warm body pressed to his.

"What are you—"

He kissed her soundly, transferring droplets of water from his skin to her. With aplomb, he set her back on the grass and picked up the crushed muffin. "No sense in wasting this."

The gold chain holding her mother's ring slipped from beneath her blouse. Clayton palmed it briefly before tucking it away. She wore it always still, regardless of its cost, but the ring far more precious to him was the one she wore on her finger.

The next time she reached beneath the striped cloth, her teasing had subsided. Her gray eyes glistened with tears but not of sadness. What she presented to him next was wrapped in brown paper and twine, and Clayton didn't need to ask what lay within.

"The supply wagon came through this morning. This was in it."

Reverently, he pulled on one edge of the twine, then the other until it fell to his lap. The paper followed to reveal a hardbound volume with one-hundred twenty pages of carefully typed words. He lightly touched the gold lettering and read aloud, "*Whispers of Truth: Tales of Courage and Honor.*" On the first page, instead of his name, it read, *Written by a soldier for his brothers-in-arms.*

Gwen picked up a letter that rested in the folds of the paper. "You missed this."

Clayton passed her the book and unfolded the letter. He read it once to himself, then to Gwen.

Dear Mr. McArthur,

We are pleased to inform you that the copy you hold is from the second print run of your book. As requested, we will pay all of your earnings in equal part to your list of names. Should you write another book to follow, it would be our great pleasure to publish it as well.

Sincerely,
P. Wylan
Wylan-Morgan Publishing House

"Will there be another?"

He tucked the letter away in the book. "No. I wrote what needed to be said for them and their families, and now . . ." Clayton pressed a hand gently to the soft swell of her stomach. "Now, it's time to look forward." He stood and then helped Gwen to her feet. Hand-in-hand, they walked along the trail, and when they reached the end of the lake, Clayton pulled her into his arms. With her back against his chest, he wrapped her in his embrace.

"I wonder if Daniel and Evelyn realized what they were building when they first came here."

Clayton kissed her neck, then rested his face against her hair. "They knew."

Daniel and Evelyn's vision for Whitcomb Springs started with an adventure to explore and live in the untamed West, but it was from faith and hard work, bound by their love, that arose a place of solace and new beginnings. Clayton held his wife closer, always mindful of her gift to him—her unconditional love. Their story was not the first, nor would it be the last. So long as the mountain valley welcomed those who had lost and loved, there would be a place for those who wished to hope and dream.

Thank you for reading
Hopes & Dreams in Whitcomb Springs!

View more about the series, including extras, at www.mkmcclintock.com/whitcomb-springs-series.

If you enjoyed this story, please consider sharing your thoughts with fellow readers by leaving an online review.

Don't miss out on future books! www.mkmcclintock.com/subscribe

Thank you for joining our adventures in Whitcomb Springs!

The Montana Gallaghers

Three siblings. One legacy.
An unforgettable western romantic adventure series.

Set in 1880s Briarwood, Montana Territory, The Montana Gallagher series is about a frontier family's legacy, healing old wounds, and fighting for the land they love. Joined by spouses, extended family, friends, and townspeople, the Gallaghers strive to fulfill the legacy their parents began and protect the next generation's birthright.

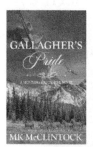  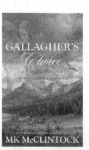 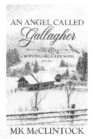

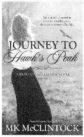 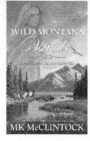 

THE WOMEN OF CROOKED CREEK

Four courageous women, an untamed land, and the daring to embark on an unforgettable adventure.

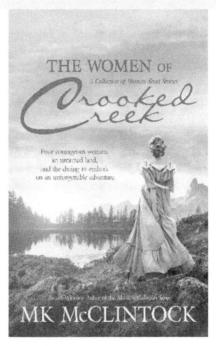

If you love stories of bravery and courage with unforgettable women and the men they love, you'll enjoy the *Women of Crooked Creek*.

Available in e-book, paperback, and large print.

MCKENZIE SISTERS SERIES

Historical Western Mysteries with a Touch of Romance

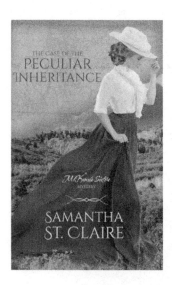 

Cassandra and Rose McKenzie are no ordinary sisters. One is scientifically inclined, lives in Denver, and rides a bicycle like her life—or a case—depends on it. The other rides trains, wields a blade, and keeps her identity as a Pinkerton "under wraps."

Immerse yourself in the delightfully entertaining McKenzie Sisters Mystery series set in Colorado at the turn of the twentieth-century.

Available in e-book, paperback, and large print.

BRITISH AGENT SERIES

Three men willing to risk life and duty for honor. Three women willing to risk everything for love and family.

From England, Scotland, and Ireland, the agents and the women they love embark on exciting adventures to save those closest to them.

"Ms. McClintock succeeds in masterfully weaving both genres meticulously together until mystery lovers are sold on romance and romance lovers love the mystery!" *~InD'Tale Magazine*

Available in e-book, paperback, and large print.

ABOUT THE AUTHOR

Award-winning author **MK McClintock** writes historical romantic fiction about chivalrous men and strong women who appreciate chivalry. Her stories of adventure, romance, and mystery sweep across the American West to the Victorian British Isles, with places and times between and beyond. With her heart deeply rooted in the past, she enjoys a quiet life in the northern Rocky Mountains.

MK invites you to join her on her writing journey at **www.mkmcclintock.com**, where you can read the blog, explore reader extras, and sign up to receive new release updates.

Discussion questions for MK's novels are available at her website.

Made in the USA
Las Vegas, NV
25 April 2022

47981816R00246